日本经典文库

路旁之石

〔日〕山本有三——著
竺家荣——译

人民文学出版社

著作权合同登记:图字 01-2017-9255 号

Robô no Ishi by Yuzo Yamamoto
Copyright © 1937 by Kikuko Hagiwara
Simplified Chinese translation rights arranged with Kikuko Hagiwara
through Japan Foreign-Rights Centre/Bardon-Chinese Media Agency

图书在版编目(CIP)数据

路旁之石/(日)山本有三著;竺家荣译.—北京：
人民文学出版社,2018
（日本经典文库）
ISBN 978-7-02-013935-4

Ⅰ.①路… Ⅱ.①山… ②竺… Ⅲ.①长篇小说-日本-现代 Ⅳ.①I313.45

中国版本图书馆 CIP 数据核字(2018)第 045835 号

责任编辑　卜艳冰　王皖娇
封面设计　高静芳

出版发行	人民文学出版社
社　　址	北京市朝内大街 166 号
邮政编码	100705
网　　址	http://www.rw-cn.com
印　　制	上海利丰雅高印刷有限公司
经　　销	全国新华书店等
字　　数	317 千字
开　　本	850×1168 毫米　1/32
印　　张	15.5
版　　次	2018 年 7 月北京第 1 版
印　　次	2018 年 7 月第 1 次印刷
书　　号	978-7-02-013935-4
定　　价	69.00 元

如有印装质量问题,请与本社图书销售中心调换。电话:010-65233595

目 录

- 001 | 开 篇
- 009 | 上中学的愿望
- 021 | 夜里的谈话
- 039 | 实用的学问
- 055 | 赌 气
- 075 | 红丝线
- 093 | 吾 一
- 111 | 祖先和门第
- 129 | 家境的变迁
- 145 | 小学徒的围裙
- 163 | 探亲假
- 181 | 物价飞涨
- 197 | 东 京
- 213 | 不倒翁
- 229 | 艰难困苦,玉汝于成

249	不要争辩
265	次野老师
283	日本在哪里？
297	学校骚乱
315	骚乱之后
333	五十钱银币
351	月亮为什么不落下
367	无奈折笔
373	劳动，劳动，再劳动
391	小人国
411	意想不到的来客
427	新论社的内幕
441	独立自尊
461	《成功之友》

开 篇

爱川吾一刚刚放学回家,正在脱裤裙,爸爸突然回来了,给了他一个铜板,叫他去买烤白薯。爸爸好像特别饿似的,显得很不耐烦。

吾一立刻飞奔到街上去买烤白薯。

正是吃间食①的时间,烤白薯店外面,黑亮黑亮的大烤锅周围排了很多人,有拿着包袱皮的小伙计,也有拎着提盒的女佣。看着慢慢移动的人群,吾一心里很焦急。好不容易挨到跟前,卖白薯的老板一边用长长的竹筷子翻动着锅里的烤白薯,一边问吾一:"下一个,买多少钱的?"

大店铺的小伙计们,一般都买十钱或二十钱的,吾一觉得自己买得这么少,有点难为情,就小声说:"买一钱的。"

"得嘞!"老板大声应道,熟练地从烤锅里一个接一个地夹起白薯来。

"今天多给了好几个啊!"吾一心想。接过老板递给他的用报纸包着的烤白薯后,他把一个铜板放在厚厚的锅沿儿上。

"哟,你先别走!"

老板叫了一声,急忙从吾一手里夺回了那包白薯。然后一五一十地数了数,把多给的烤白薯一个一个夹回了烤锅。看样子老板是把一钱听成十钱了。虽说是老板弄错了,可是从已经给了自己的那包烤白薯里往外夹,吾一觉得就像是自

---

① 即两顿饭之间吃点心的时间。

己做错了什么似的,羞愧万分,恨不得立刻从烤锅跟前跑掉。

"好了!"

这时,老板把那小袋烤白薯递给了吾一。吾一接过来,像小偷似的,灰溜溜地走了。

回到家一看,不知怎么,爸爸不在屋里。"爸爸——"他大声喊着,也没有回音。看刚才爸爸那么着急的样子,说不定忽然想起什么要紧的事情,又出去了吧?可是,一想到为了让爸爸尽快吃到烤白薯,自己才着急忙慌地跑去买回来的,结果爸爸倒不在家,吾一不觉有些失望。

吾一想到外面去玩,不巧妈妈也不在家,所以他不能把买回来的烤白薯扔下,自己出去玩。怕烤白薯变凉,他就把报纸包塞进怀里来保温。可是,左等右等,不但爸爸没有回来,连妈妈也没有回来。

这时,一股香喷喷的味儿,从他的衣领里头热烘烘地冒出来,勾起了吾一肚子里的馋虫,他紧紧合上衣领,把脸扭向一旁,可那股香味还是一个劲儿地从下巴底下往上蹿,吾一就闭上眼睛克制着。渐渐地,烤白薯的热气温暖了他的肚子,肚子一暖和,就像青蛙似的咕噜咕噜地叫了起来。

此时,吾一还没有吃间食,肚子自然很饿。他并非没有零花钱,可是他把每天的零花钱都投进了储蓄罐。自从老师要求学生尽量不买零食吃、把零花钱存起来以后,吾一一直是这样做的。但是,每天一到午后三点多钟,肚子就饿得难受,但他觉得再饿也要忍着,不能动用零花钱,所以一直坚持到现在。可是,今天怀里就揣着好吃的东西,而且吃掉了它,自己的积蓄也丝毫不会减少。此时,那股香味儿仍然不断地从下巴下边蹿上来,烤白薯的香味儿格外强烈地刺激着他的鼻子。

"就当是犒劳我,吃它一个,没事吧!"吾一终于忍耐不住了,把手伸进了怀里。

今天的白薯烤得特别软乎,比以往都好吃。吾一狼吞虎咽地吃掉了一个。一旦开了头,就收不住了,反而比刚才更想吃了,于是他忍不住又把手伸进怀里,拿出一个吃掉了。刚才买白薯时的不愉快,统统忘到九霄云外去了。

就这样,吾一左一个右一个吃起来,一钱的白薯,转眼间就吃光了,怀里只剩下了一个空报纸袋。

当手指触到瘪瘪的纸袋时,吾一感到了难言的悔恨,难过得想哭。他把空纸包从怀里拽出来,报纸被撕破了个口子。

过了一会儿,爸爸脚步匆匆地回来了,一进屋就问:"烤白薯买了吗?"

吾一回答不了,一直低着头,盯着地上的烤白薯纸包。

"怎么回事!你都给吃了?臭小子,真拿你没办法!"

爸爸拿着烟袋锅使劲儿敲打着火盆边,吾一忍不住哭了起来。

"混账,有什么好哭的。"

爸爸骂了一句,吾一以为,爸爸还会扔给他一个铜板,叫他再去买。要是那样的话,即便遇到刚才买烤白薯时那样的不愉快,吾一也会高兴地跑去买一趟。

可是爸爸并没有掏出钱包来,只是面容疲倦地叼着烟袋抽闷烟。

这就让吾一更感到难过了。

这时，爸爸突然说话了："喂，小子，纸包怎么还放在那儿啊。快点收拾了。"

没过几天，又发生了一件事。

吾一由于不吃间食，肚子饿得难受。为了存零花钱，肚子饿得受不了，于是他打算不存钱了，可是不听老师的话，又太不应该。谁知一问别的同学，他们都说已经不存钱了。"那么，我也……"打退堂鼓的念头一闪而过，但越是这种时候，吾一越是固执，"好吧，我偏要坚持下去！"

可是不论怎样忍耐，肚子照样饿得难受。

一天，吾一在院子里玩陀螺，不小心打丢了，他想找陀螺，就探头往檐廊底下看，只见稻草里有一些甘薯。甘薯怎么会扔在这个地方呢？虽然觉得很奇怪，但他脑子里首先闪过的是"太好了"的念头。他迫不及待地钻进檐廊底下，拿了一个出来。他觉得这个甘薯与一般的甘薯皮色有点不同，也没太在意。甘薯很干净，一点泥巴也没有，但他还是用袖子擦了好几下后，咬了一大口。

吃到嘴里，立刻觉得不对味，他皱起眉头，一口吐了出来。这东西一点也不甜，水灵灵的，却没有味道。他想，这个肯定是没长好的，于是他把手里这个扔掉，又拿起一个咬了一口，同样也没味道。他仍不甘心，这些甘薯里边总会有一个好吃的吧，可是一连咬了四五个，都没有一个好吃的。

"喂！你在那里干什么呢？"

头顶上突然响起了妈妈的叫声。

"唉呀，吾一，你怎么把西番莲都给糟踏了……"

一听见"西番莲"这几个字，爸爸也立刻奔到檐廊来了。

那时候，西番莲还是非常稀罕的东西。就连西番莲这个名字吾一都没听说过。这些西番莲球根是爸爸从东京搞来的，一直把它当作宝贝一样收藏着。

爸爸气得光着脚跳下院子，劈头盖脸地打了吾一几巴掌。

"小混蛋，你怎么这么馋呐。跟耗子似的，见什么啃什么！"

当时，在妈妈的劝解下，爸爸才饶了吾一，但还是骂骂咧咧的。过后，爸爸对妈妈说："吾一干出这种事来，就是因为没吃间食的缘故。让小孩子把吃间食的钱攒起来，简直是瞎胡闹。以后不要让他存钱了。"

可是，吾一仍然没有中断存钱。因为被爸爸骂嘴馋，对他的刺激太大了。虽说自己的确嘴馋，但爸爸这样不留情面地骂他，他反而要赌这口气——"让你看看，我是不是嘴馋！"而且，吾一在学校里是班长。"我是班长，所以只要是老师说的话，无论多难也要遵守"的想法也一直支配着他。

他每天都咬着牙熬过吃间食的时间。有时与伙伴们拼命地玩，使自己忘掉饥饿。可是遇到下雨天，自己在家里时，可就更难熬了。每当这种时候，他就看书，或者做体操什么的，以此来忘记饥饿。有时实在熬不住了，也去拿过储蓄罐，可是，由于妈妈没有教过他开罐的方法，怎么也打不开。虽然打不开令他气恼，但熬过去以后，又为没有打开储蓄罐而感到庆幸。

后来，他开始去稻叶书店看书了。稻叶书店很大，位于胡同口。书店的老板也是吾一家的房东。起初，吾一觉得只看不买很难为情，就躲在角落里，站着看书。书店老板是个好心的叔叔，经常对他说："你爱看这本书吧。""这是刚进的新书。"老板还经常把《世界童话》《少年世界》之类有趣的书借给吾一看。

吾一本来就酷爱读书，现在有了这么好的图书馆，就越发爱看书了。从此以后，他每天都风雨无阻地来稻叶书店看书。啃西番莲球根的少年，现在每天啃起了书本。

而且，吾一每次去书店，还能得到老板给的煎饼和好吃的点心。当然，他去书店并非为了这个，但对吾一来说，这也是去稻叶书店的乐趣之一。

就这样，他存的钱渐渐增多了。虽然一天一钱两钱的零花钱没有多少，但过年过节时父母给的钱，或者别人给的喜钱，吾一全都投进储蓄罐里了，所以积少成多，居然也存了不少。每当储蓄罐一满，妈妈就把这些硬币存到邮政存折里。"存了三元了""存了五元了"，吾一为自己的存款一天天增多而高兴，可是，当他的存款达到十元左右时，爸爸却把它全部取出，用到自己打的官司上去了。一向叨叨"小孩子家没必要存钱"的爸爸，一到了打官司用钱的时候，就不管不顾地把家里的钱全拿去了，也不问是谁的钱。可怜的吾一做梦也不会想到，自己的存款已经变成零了。

上中学的愿望

"妈妈，我走了。"

看到自己呼出的气息变成了一团白雾，吾一不禁缩了缩肩膀。

不过，当拔出松枝后插下的门松苗一映入眼帘，他又不禁感受到了春天的气息。只是那绿松苗还缩着头，蜷缩在土坑里躲避寒风。

吾一站在家门口，搓了几下手，便飞快地朝着稻叶书店的方向跑了起来，插在书包里的算盘，在他的背上哗啦哗啦响着。吾一伸手按住了书包，可算盘珠子还是一个劲地蹦跶。

"要不直接去学校吧，"吾一边跑边想，"要是到京造家集合，说不定会迟到的。"

迟到可不得了。吾一虽然非常担心迟到，可还是像以往那样去了京造家。每天，住在附近的同学都先到京造家集合，然后一起去上学。并非是什么时候谁规定的，但不知从什么时候开始，就变成这样了。

京造的学习成绩不算太好。所以，学习优秀的吾一，很不情愿每天早晨到京造家去，可是别人都到京造家集合，自己也不能不合群。

京造家四周都堆积着木材。长长的木材高高地堆积在街道边上，像河堤一样。木材场前面的空地上，已经来了六七个人。他们以京造为中心，正在围着一堆篝火取暖。

"喂！咱们走吧。现在已经很晚了。"吾一大声催促着，并没有提及自己迟到的事。

"嗯，走吧！"京造马上站了起来，用下巴清点了一圈人数，"哟，秋太郎还没来呢。"说着京造又坐了下来。

"这个阿秋，怎么回事。"

"那小子，每次都晚来。"

孩子们纷纷议论着。

"喂，再磨磨蹭蹭的话，该迟到了！"

吾一语气急躁地提醒大家。

"可是，秋太郎还没来，怎么走啊。"

京造好像对迟不迟到无所谓似的，一脸满不在乎的样子。

"我可不愿意迟到！"

吾一心想，因为一个人没来，自己也跟着迟到，那可不行。而且今天早上第一堂是修身课，在修身课迟到，就更不应该了。

"那就不等他了吗？"京造噘起嘴说，"待会儿秋太郎来了，不是太可怜了吗？"

京造这么一说，吾一觉得自己倒好像不对似的，不知该说什么了。

"再稍微等等吧，阿秋马上就会来的。"

京造不容置疑地说道。对他的话，没有人表示反对。

有人往篝火上又加了些碎木片，冒了一会儿呛人的青烟后，"啪"地一声燃起了火苗。

"阿京啊，该去上学了吧。已经八点了。"阿京妈妈在屋里喊道。

"来得及。没到点呢。"

京造不耐烦地回答妈妈。他坐在原木上,岔开腿舒服地烤着篝火。

店铺门脸的大黑柱子上的大挂钟,当当地响了八下。

站在离篝火较远处的吾一,一边说着"啊,好冷!"一边吧嗒吧嗒地跺了几下脚。他现在实在无法那么平静。

"来烤烤火吧。"京造一边用竹棍拨弄篝火,一边说。

可是吾一哪有心情烤火,一想到此时学校的杂役该打第一遍铃了,他就更加焦急了。

"可是,阿秋也太晚了。"

和吾一同班的作次,在篝火旁打了个大哈欠说。

"要不去找他一下吧!"低一年级的同学听到这话之后,也提心吊胆地附和道。

"也是啊——"京造也终于站了起来,"真拿他没办法,那小子!"他拿起一旁的水桶,哗地一声泼在了火上,然后说:"好吧,咱们一起去阿秋家找他吧。"

于是,大家一拥而出,跑到了街上。

可是秋太郎的家在另一条街,得绕一下路。即便从这里直奔学校,都不知道会不会迟到呢,要是拐个大弯去找秋太郎的话,肯定要迟到的。就在大家要往那边走时,吾一突然说了一句:"我直接去学校了!"也不等别人说什么,一个人朝着学校飞奔而去。

他好像听到背后有人在说他:

"也不管同学呀!"

"分数迷!"

"拍马屁!"

然而吾一继续飞快地往前跑,把那些声音甩得远远的。不管别人怎么说,都不应该迟到。在老师来之前到达操场,站在队列里就是最棒的。

他跑了一会儿,听见后面传来"哇!"的叫喊。

可能是他们追上来了。为了不让大家追上,吾一跑得更快了。

"喂。"

他们的喊声逐渐接近了。

"等一等!"

"喂。"

"吾一!"

"一起去吧!"

跑到学校门口时,上课铃声响了。吾一这才放了心,回过头去。

他看见大家也一窝蜂似的跑进了学校。

吾一笑着迎接他们,来掩饰自己的愧疚。

校园里,各个班级的学生都已列队站在规定的位置上。吾一同来晚的伙伴们迅速钻进了自己班级的队列里。

"你们挺快的呀!"

吾一对一起插进队列的作次小声说道。

"唔。"作次跑得气喘吁吁的,说不上话来。喘了一口气后他才说:"我们也是直接跑来的呀。"

"这么说,你们没去找秋太郎吗?"

"嗯,京造一个人去了。"

"就是说,大家都没跟着阿京去吗?"

"也不是。阿京说,我一个人去找阿秋就够了。你们先去学校吧。"

听他这么一说,吾一仿佛感到被人一拳打在自己的胸口似的。

排列在操场上的学生们,开完了早会之后,由老师带领着,回到了各自的教室。

京造和秋太郎赶到学校,已经是回教室七八分钟之后了。

"现在是什么课,你们俩知道吗?"

次野老师站在讲台上,瞪着他们两个问道。

"福野,你为什么来晚了?"

"……"

"睡懒觉了吧?"

福野秋太郎用手胡噜了一下脑袋,算是回答。

"第一堂是修身课,竟然有人睡懒觉!小村,你是怎么回事?"

京造一声不吭地站着。

"你也睡懒觉了吗?"

京造没有回答,只是撇了撇紧闭着的嘴唇。

"真拿你们没办法。你们两个都站着吧!"

秋太郎又胡噜了一下脑袋。

京造瞪了一眼讲台上的老师,立刻站直了身体。

吾一很同情京造。他不理解,京造为什么对老师不说明真实情况呢?告诉老师自己没有睡懒觉,并如实说明迟到的原因，不就行了吗？难道是不好意思为自己辩解？那么，作次应该替他说明一下呀。可是，连吾一自己也没有勇气举手告诉老师。

老师还在讲话，但吾一似乎没怎么听进耳朵里去。比起老师的话来，站在眼前的京造对他造成了更大的压力。更不幸的是，吾一个子矮，坐在第一排，而京造就站在他的面前。所以两个人不能不面对着对方。

两人的眼睛对视了。吾一不敢正视对方的眼睛，慌忙低下了头。

京造是因为迟到，而被老师罚站的。自己是按时到校的。谁对谁错，自然是不用多说。尽管如此，吾一心里却犹如一团乱麻，很不安。

他莫名其妙地感觉被罚站的京造很光荣，坐着的自己反倒很卑鄙。吾一不禁有些恼恨。本来是京造做错了事，为什么自己倒觉得抬不起头来呢？

和京造这家伙在一起时，我常有这样的感觉。京造虽然学习不好，却像一块腌咸菜石头似的，沉甸甸的很有分量。在京造的体内，有种不可思议的东西扎了根，使得吾一虽然在学习方面轻视他，却不能够彻底轻视他。

吾一一边想着这些，一边眯起眼睛偷偷看了看面前的京造。京造依然像根柱子似的直直地站着。

"爱川，你怎么看？"

突然听到老师的提问，吾一一时间慌了神，但他立即站起来，很好地回答了问题。

"嗯，回答得不错。"次野老师很满意。

吾一轻轻地坐下来时,又和京造的目光相遇了。他感到京造的目光比刚才更亮了。他的目光刺激着吾一的眼睛,令吾一隐隐作痛。但是被京造这样居高临下地府视,吾一也不示弱地瞪起京造来,那目光仿佛在说:"像我刚才这样回答问题,你行吗?"

"好,今天的修身课,就上到这里。另外我还有件事,想问问大家……"

次野老师突然语气一变,讲起了要在镇上建中学的事。

"虽然传说因工程拖延,校舍今年可能使用不上,但那些都是传说,四月份肯定会开学的。而且,在开学之前,会进行入学考试。为此,学校方面也要做些准备工作,所以,想上中学的同学请举一下手。"

吾一所在的班级是高小二年级。当时的高小二年级,就是现今的小学六年级。就是说吾一他们正处在临近小学毕业、不确定是否上中学的岔路口。到底是上中学继续读下去,将来出人头地,还是在这个小镇上终老一生,这是决定一辈子命运的分水岭。吾一很早以前就特别想继续上中学,老师也曾对他说过,他应该上中学。但是家庭条件使他不能够立刻举手说:"老师,我想上中学。"

也许其他同学也不能马上表态,你看看我,我看看你,没有一个人举手。

"老师,我想去。"这时,罚站的秋太郎举手了。

"去是可以的,要是迟到的话,可就不能参加入学考试啦!"老师说。

大家哄堂大笑起来。

除了秋太郎,明确表示想上中学的人,一个也没有。

"那么,大家回家跟父母好好商量一下,再告诉我吧。"老师说完,就下了课。

大家都跑到操场上去了,罚站的京造和秋太郎也得到了老师的允许,去了操场。

吾一对早晨自己先跑来上学的事,感到特别内疚。他不好意思说"早上很对不起",就笑着走近京造说:"咱们一起玩吧。"他们之间一向以"一起玩吧"来代替"对不起""咱们和好吧"的。

不知是不是没听见吾一的话——吾一觉得不会没听见,京造突然把身子扭向秋太郎,问:

"阿秋,你真的想上中学吗?"

也许京造不是有意不理睬他,但吾一对此感到很不愉快。

"嗯,想去。"秋太郎轻松地答道。

"真是傻瓜!上中学,有什么用啊!"

"可是,爸爸说让我去啊。"

"你爸爸叫你去你就去呀……"

"就是,上中学有什么意思呀。不去,不去。"作次从旁插嘴。

当时,在这个小镇上,念中学这种事不是那么被看重的。人们一致认为,孩子一上中学,就会变得狂妄自大。所以孩子们也受到了这种看法的影响,可是吾一看到大家这样围攻秋太郎,很同情他。再加上早晨没去接秋太郎,更觉得有些过意不去,就想帮秋太郎说话。

"为什么这么说呀。谁想上中学,谁就去上呗,有什么不可以的。"

"可是我爸爸说了，就是上了中学，也扛不动木头啊。"

"上中学又不是扛木材！"吾一飞快地反驳道。

"你说、说得没错，可是我爸说做生意一点也用不上。"

京造笨嘴笨舌，根本说不过吾一。吾一趁他结结巴巴的当儿，不失时机地说：

"有用还是没用，不上上看怎么能知道呢？"

作次突然插了一句："听你这么说，你也想上中学喽？"

"我还不知道怎么办呢。虽然不知道我能不能上，但是我知道没有不应该上中学的道理。不应该上中学的话，县里为什么要建中学呢？"

吾一这么一说，反对的人也不好正面反击了。于是作次又迂回到侧面，纠缠不休。

"哼！你既然这么说，那你也应该去上中学呀。"

"我不知道能不能上啊。我不是说了我不知道吗，你怎么听不明白呀。"

其实吾一很想反击他说："我当然会去啦。我要是上了中学，你打算怎么样？"

可是自己的家境又不允许自己这样断言，他觉得自己很可怜。

这些家伙明知道我想上中学，也知道我上不了中学，所以才说这种风凉话的。想到这儿，吾一更加窝火了。

"混蛋！走着瞧吧。我一定要上中学给你们看看。我要穿上中学生的制服，昂首挺胸地在你们面前走路。"吾一在心底憋足了一股劲儿，暗自发出了誓言。

夜里的谈话

一

放学后,学校里静悄悄的。

油漆斑驳的破旧校门前,刮起了一小股旋风,就像陀螺一样,从这边的柱子滴溜溜地转向那边的柱子去。

因值日还没有回家的吾一,站在鞋箱旁边,呆呆地凝视着大门。

"回家吧。"

突然背后有人拍了一下他的肩膀。吾一回头一看,原来是道雄同学。

"嗯。"

吾一轻声回答,眼睛仍然追逐着那一团骨碌骨碌旋转的黄尘。

吾一不怎么喜欢道雄,尽管道雄很想跟吾一玩,可不知为什么,吾一总和他不太投缘。

道雄是二班的班长,功课很好。当然了,两个班加在一起,吾一的成绩也是第一。虽说吾一第一,但两个人的学习成绩基本上不相上下。

说心里话,比起京造、秋太郎他们来,吾一觉得和道雄一起玩要更有趣。在同学中,订阅《少年世界》的只有道雄一个人。而且只要道雄喜欢看的书,他家里都能给他买,所以他有很多书。因此在爱读书这一点上,他和道雄是最有共同语言的，可是奇怪的是，他和道雄就是成不了好朋友。道雄说过可以借书给吾一看，吾一却一本也没借过。因为道雄买的书，吾一大都在稻叶书店里看过了。

道雄的父亲是医生，所以他总给人感觉有些洋气。一次吾一到道雄家里玩，道雄请他喝一杯泥水一样的黑色饮料。吾一从没喝过，不敢喝。"可甜了，好喝着呢！"在道雄一再劝说下，吾一才小心翼翼地拿到嘴边抿了抿，果然很好喝，颜色虽黑，味道却很香甜。道雄介绍说，这种饮料叫咖啡，加入开水之前，它就像一块白色骰子，里面掺有黑色粉末。因为很苦，所以外面包了一层砂糖。

吾一一边听着道雄说明，一边喝，觉得很好喝，连砂粒般的残渣也一饮而尽。他感觉舌头上有些渣滓时，吾一给出了比较低的评价："——不过，还是不如糖水好喝呢。"

吾一总是这样，每当道雄一给他什么不熟悉的东西时，他必定找理由进行反驳。不仅限于咖啡，无论是书，还是玩具，只要道雄一拿出吾一没见过的玩意儿，吾一就觉得道雄想要压自己一头，所以，每次都会反感。

"吾一，今天老师在你们班里，也说起上中学的事了吧？"道雄窥视着吾一问道。

"嗯。"

"你也想去吧？"

"我，还不知道呢。"

"别这么说呀，你也去吧。"

"……"

"我们班里没有人想去，可能只有我一个人去。"

"……"

"我一个人去多没意思呀。你也和我一起去吧。"

吾一还是没有回答,只是咬着嘴唇看着道雄。

西边突然刮来一股风,仿佛扫地一般,把他们两人裹进了尘埃之中。

二

妈妈正在糊信封。

近来不知怎么的,妈妈从不做针线活,总是在糊信封。吾一早上一睁开眼,就看见妈妈坐在浆糊和堆积如山的信封中间,晚上,他睡下后,妈妈仍然坐在浆糊和堆积如山的信封中间。

"我回来了。"

吾一放下肩上的书包,走进了屋子。妈妈冲他笑了笑,手上的活一刻也没有停。她的手指就像有弹簧的机器一样动作飞快而单调地糊着信封。

妈妈很少说话,仿佛连说话都怕耽误时间似的,老是低着头糊信封。由于已经非常熟练了,只见一个一个长方形的信封,从妈妈那白皙的手指间不停地飞出,堆积起来,宛如一阵阵涌上海滩的波浪。

可是,即便是不断涌上海滩的波浪,看得时间长了,也会感到厌倦,看着妈妈那机械单调的动作,同样会厌倦。妈妈反复做着同样的动作。这动作总是周而复始地不断重复着。在这极度的单调乏味之中,有时纸袋相互摩擦,发出刺啦的响声,这世上没有比这刺啦的响声更寂寞的声音了。令人感到犹如枯叶散落到腹中,凄凉之感一直渗透到了心底。

今天,吾一也不脱掉裤裙,一直黏在妈妈身边。他是想央求妈妈同意他上中学。虽然老师说过让大家回家好好商量商量，可是吾一怀有一个火焰般强烈的欲望，无论如何也要穿上中学制服，在作次面前昂首阔步一番。而且决不能输给道雄。但是，当他听到那落叶般刺啦作响之声，眼前便暗淡下来，几次话到嘴边也没有说出来，最后他鼓起勇气说道：

"妈妈，那个……"

"什么事？"

"那个……让我去吧……行吗？"

吾一觉得，上中学的事不是现在才说起的，所以这么一说，妈妈马上就能明白。谁知妈妈却淡淡地问道：

"上哪儿去？"

"上中学呀！"

"啊？你要上中学呀……"

妈妈抬起眼皮瞅了一眼吾一，糊信封的手一刻也没有停。

"可是，秋太郎、道雄他们都去啊。"

"是啊，那种家庭的孩子，当然会去呀。"

"那也让我去吧！"

"……"

"好吗，妈妈……"

"不行啊！咱们可比不了人家医生和大和服店家的孩子啊！"

"但是，秋太郎的功课不好呀！"

"……"

"功课那么不好的人都能去……"

"吾一啊，去上中学的，不一定都是功课好的啊。"

"可是，功课不好，是考不上的呀。今天老师说了，入学前要考试的……"

妈妈没有回答，仍然继续糊着信封。妈妈的手里就像拿着一个小巧的机器，长方形的信封，一刻不停地从手指下面飞出来。吾一看着波浪般的信封不断地涌出来，觉得妈妈把糊信封看得比自己的事还重要，便觉得干巴巴的灰色信封可恶极了，他恨不得把它们都推到一边去。

"好吗？妈妈……让我去吧！"

吾一随手拿起一个糊好的信封，在榻榻米上摆弄着，死缠着妈妈，央求个没完。

"吾一，不要玩那个，还没干哪！"妈妈回答不了吾一，想借着这个由头岔开话题。

"那又怎么样，这个破玩意儿。"

被妈妈这么一说，吾一气恼得把手里的信封使劲一摔，薄薄的信封轻飘飘地落在那堆信封上。

"你这么跟我闹，也没办法呀。"

"可是……可是……"

吾一带着哭腔，这样说着。忽然，他想起了什么，立即挨近妈妈，说：

"对了，妈妈，我不是还有那个吗？就是那个……"

他兴冲冲地提起了储蓄的钱，心想，怎么没有早点想起来啊。

吾一一提到储蓄的钱，阿莲的手突然停了下来。因为她一直没有告诉吾一，事到如今也就不好告诉他，那些钱被爸爸取走了。

"说是储蓄，就你那点钱呀……"

阿莲的声音带着苦涩。

"可是，总可以买一套制服吧。"

吾一也没有奢望过用储蓄的钱上中学，但是，买套衣服和鞋子总是可以的。一想到能穿上新校服和新鞋，他心里就不禁怦怦乱跳。

"吾一，"阿莲停下手，凄凉地说，"光有校服也不能上中学啊！"

"这个我当然知道了，其他的家里再给我出呗。"

"那也不好办哪……"

"妈妈，把我的钱都用上也可以，让我去吧，好不好，妈妈，好不好？"

吾一的每一句话，都像小石头打在阿莲的胸口。

"那好吧，我和你爸爸商量商量吧。不过，你爸爸会怎么说，可就不知道了……"

"还要跟爸爸商量……"吾一忍不住说道。

近来，爸爸很少在家。他经常待在东京，听说是为了打什么官司。爸爸从不跟他说打官司的事，所以吾一对情况不太清楚。但爸爸偶尔回家，也是整天皱着眉头。即便妈妈说和爸爸商量，可谁知爸爸什么时候回来呢？这么干等着的话，什么时候是个头呢？

即使现在跟爸爸谈这个事，官司还没有打完的话……妈妈叹了口气，又打起精神糊起信封来。

吾一低着头，默默地凝视着妈妈纤细的手指。

"啊，我想起一个好办法！"吾一突然大叫起来，"妈妈，有办法了,我也跟妈妈一起糊信封吧。这样的话,可以挣到钱,上中学就没问题了吧。"

唉,这孩子真是异想天开。他哪里知道,糊信封能挣几个钱啊。阿莲听了吾一的话,心里越发难过了。

吾一却一个人兴致勃勃地说:"我放学一回来,就开始干。我要是干这个,肯定特别快。"

"这可不行!吾一,男人吧,男人是不能干这种活的啊。"

"为什么?"

"不用问了,你还是好好学习吧。"

"学习……学习……不让上中学还学习什么……不让上中学还学习什么?"吾一抽抽搭搭地哭了起来。

"你怎么能这样说,这不是为难妈妈嘛!"

阿莲再也忍不住了,用衣袖擦起眼泪来。

三

嗖!一个凉冰冰的东西粘到吾一的脖颈上。

就好像青蛙蹦到了脖子上似的,吾一急忙伸手一摸,触到一个湿漉漉的小纸团。

"混蛋,居然拿纸团打我。哪个小子干的?"吾一刚一抬头,一个纸团又打了过来。

他往前面一看,有一个人正端着竹筒枪,向他瞄准呢。竹筒枪还不止一支,有好多支呢。

吾一气得要命,刚想把那些枪夺过来,只见竹筒枪一起哈哈大笑起来,与此同时,无数纸团纷纷向他飞来。

看到他没有还击,竹筒枪又笑了起来。那些竹筒枪的枪口,不知什么时候都变成了人的面孔。

这时,他听见了妈妈说话的声音。

妈妈一说话,那些面孔立即消失了,笑声也听不见了。

"噢,你们输喽!"

吾一想这样欢呼,却喊不出声音,真是怪了。不过他想,妈妈来了,太好了。

"可是,你……"

"那怎么可以啊!"

妈妈的声音像和煦的微风,不时地从吾一耳边吹过。四周很安静,所以虽然没有听清说的什么,但妈妈柔和的声音,轻柔地拂弄着他的耳朵,吾一感到特别舒服。

和煦的微风中,一直夹杂着呼呼作响的狂风,不知何时那狂风变成了低沉沙哑的说话声。

"那个事,你跟他说了吗?"

"没有说,但是孩子对我提到储蓄的钱时……"

"好啦,那个事先不说了。最要紧的是,能不能想办法筹些钱呀。"

"可是,你还要钱……"

"真是难办啊……有没有什么办法啊……真是的,在这个节骨眼上,他要是个女孩子就好了……"

"啊,你说什么呢?"

"我的意思是,要是个女孩子,马上就有钱了啊。"

"别开这种玩笑了。他在那儿睡觉呢!"

吾一感到好像被人抓住了脖领子,扔进了河里。他已经完全从梦境中醒了过来。他不明白,为什么自己是个女孩子就好了呢?为什么是个女孩子,马上就有钱了呢?他蜷起双腿,团着身子,倾听父母谈话。

可是,当妈妈一说"他在那儿睡觉呢"之后,爸爸的声音马上压低了,下边的话几乎听不见了。

吾一想,爸爸什么时候回来的呢?一定是我睡着了之后回来的。现在他们在谈论什么呢?

老是一个姿势很难受,吾一一骨碌翻了个身。

"你看,他不是在翻身吗?"

妈妈的声音,又突然飘进了吾一的耳朵。

吾一仍蜷着腿,屏着呼吸,偷听着父母在谈些什么。

四

第二天早上,吃早饭的时候,爸爸还没有起床。吾一怕挨爸爸训斥,急忙上学去了。

放学回来一看,爸爸已经不在了。妈妈说爸爸又去东京了。

"爸爸是因为生了气才走的吗?"

"……没有生气啊……"

妈妈仍然在糊信封,似乎连话都懒得多说。

虽然吾一想问问妈妈,上中学的事同爸爸说了没有,但他故意没有问。想到昨天夜里的交谈,他觉得还是不问的好。

今天,吾一在学校里一直反复地想爸爸的话。并非他想要这样琢磨,可是无论在课上还是做游戏,那些话总像云彩一样飘浮起来,充满了他的脑海。他怎么也想不通"要是个女孩子就好了"的含意。女孩子怎么可能比男孩子有用呢?一想到这儿,他就坚决地把爸爸的说法否定了。

与此同时,某种松散而朦胧的念头逐渐成形,沉淀在他的心底。这个念头促使他下了个决心。

虽然妈妈说糊信封的活很低贱,但帮家里干活,怎么能说是坏事呢?不管妈妈怎么说,我也一定要帮妈妈干活。我绝不可能是没用的人。不管做什么都不能输给女孩子。我帮家里干活,妈妈也会想办法帮我上中学的。

打定主意后，放学一回来，吾一就从厨房里找来个小木箱，坐在妈妈旁边。

"妈妈，给我糨糊。"

"干什么？"

"我也帮你糊信封。"

"吾一，昨天不是跟你说过吗，你不能干这种活。"

"可是，妈妈刚才在打盹儿呀！"

被儿子这么一说，阿莲不由得红了脸，她眨巴了几下眼睛，想打起精神来，可今天眼皮沉得不行。

"妈妈，你太累了，让我替你干一会儿吧。"

"可是，你干不了啊。"

"我会干。这活儿有什么难的。先这样叠一下，再这样一下，就行了吧？"

吾一拿起一个信封，比划了几下给妈妈看。妈妈觉得他糊得挺像那么回事，不禁露出了微笑。

无论发生了什么事情，阿莲都不会让自己的孩子糊信封，甚至连想都没有想过。可是，今天她实在太疲倦了。她根本没想打瞌睡，可稍一放松，就迷迷糊糊起来。再加上丈夫昨夜回来，直到刚才一直陪着他，所以，糊得很不顺手。今天必须交的活儿还堆积如山呢。一想到这儿，她就心急如焚。

吾一连干活坐的箱子都搬来了，要帮自己干活，既然这样，就只限今天，就今天这一次，让他帮着干点儿吧。多少帮着糊几个，也好一些。而且孩子也是一片孝心，硬不让他干，反而伤了孩子的心。

"那你就糊几个试试吧。"

妈妈说着，拿了一沓灰色信封纸，递给吾一。

"不是糊一点，要糊好多好多。我要拼命干活，不去玩啦!"

吾一接过纸，学着妈妈的样子，在纸的一边刷上糨糊，起劲地糊起信封来。

阿莲本想稍微休息一下，可是看看身边堆积着的纸捆，实在不能去休息。她只得依旧坐在原地糊信封。

她一边糊，一边瞅了吾一一眼。吾一笨拙地一个一个地糊着。妈妈看到儿子用满是冻疮的小手，一张张地叠着灰色信封纸，不禁心头一酸。心想：要不是他爸爸忙于打官司，就不会让孩子干这种活了……

"吾一，你不用太快，糊得仔细一些。"

"知道了。"

"不要把纸的正反面搞错了哟!"

"啊，我知道。"

吾一头也不抬，起劲地干着。

"你累不累?"

"一点也不累。"

接下来，屋里除了叠纸和刷糨糊的声音外，什么声音也没有。母子俩就像坟地里的两块石碑似的，一直弓着腰埋头干活。

"妈妈，糊完了。"

吾一把妈妈给他的那一沓信封糊完后，得意地递给妈妈。

"啊，完了? 谢谢!"

看着那些好歹被糊成的信封，妈妈放了心。但她接过信封，翻过来一看，脸色突然变得煞白。

"妈妈，你怎么啦?"

吾一是个聪明的孩子，自然不会看不出妈妈脸色的变化。

"没事，没事。"

虽然嘴里这样说，阿莲眼里却满含着眼泪。因时间急迫，才让孩子帮着干活，看来真是大错特错了。

原来吾一糊的信封，不只是第一个糊错了，翻看了一下，所有的都糊反了，所以一个也不能用。本想让他帮忙，结果反倒添了麻烦，真是越忙越添乱，阿莲急得想哭都哭不出来。她以为事先已经交代得很清楚了，看来还是没有说清。

阿莲停下手里的活，趁着糨糊还没干，赶紧把吾一糊的信封一张一张地揭开。

"我糊的这些，都错了吗?"吾一放在木箱上的手指颤抖起来，"要是糊错了，我来拆了重新糊。"

"不用了，你不用糊了。"

"为什么?"

"这个活儿吾一还是干不了啊。"

"不，我干得了。别担心。"

"你已经糊了不少了。让你帮着干的话，更费时间，你就干这些吧。"

阿莲就像给小鱼开膛一样，把那些已糊好的信封一个一个地揭开，其中也有不好揭开的，发出刺啦一声。

吾一看到给妈妈添了麻烦，忍不住眼泪吧嗒吧嗒地掉了下来。他心里很不是滋味，觉得既抱歉，又委屈，他赶忙用青布衣袖紧紧捂在眼睛上。

"吾一，不是你的错，哭什么呀。好啦，好啦，别哭了。"

"……"

"你干得很好啊，根本不能怪你。让你干这种活，是妈妈不好啊！"

阿莲边说边从腰带里取出钱包，拿出一个铜板，放在吾一的木箱上，说："好啦，这是你今天的零花钱。"

但是，一向理所当然拿着的零花钱，吾一却没有伸手去拿。不但没有拿，妈妈一说零花钱，他的眼泪又夺眶而出。他猛地站起身来。

"你去哪儿啊？去玩吗？"

吾一没有回答，跑出了家门。

虽然跑出了家门，但吾一没有心情跑到大街上去，就在家门外面蹲了下来。

"吾一！"

妈妈在屋里叫他，吾一也不回答，一直低着头，凝视着地面。

地上积着薄薄一层不知什么时候下的残雪，经白天的阳光一照，开始融化了，在吾一的脚底下形成了一个小水洼。

冷风吹过来，水洼上皱起一层烤豆饼皮般细细的波纹。水洼上的那层薄薄的皮微微颤抖着，吾一目不转睛地凝视着它。

他的眼泪止不住地掉下来。

实用的学问

一

"来，干一杯！"

稻叶书店老板黑川安吉，向次野立夫举起酒杯劝酒。黑川安吉由于戴着银丝边眼镜，虽然系着围裙，仍然显得很书生气。

午后明媚的阳光照射在檐廊新裱糊的拉门上。可能是老年人闲来无事用线串起来的吧，屋檐下吊着的一串一串柿子就像算盘珠似的，映在拉门上。次野立夫观赏着映在拉门上的柿子串，仿佛在观赏另一个世界的景色，当酒杯出现在眼前时，才被拉回到现实中来。

"怎么啦？你怎么发愣啊？"

"没有啊……"

"昨晚又开夜车了吧？写作是好事，但也要保重身体啊。"

"没关系的。"

"立夫老弟，可要保持健康啊……"

"哈哈哈哈，健康！健康！'若想永远健康，就要经常活动脖子'吧！"

次野说罢，拿起酒杯，一饮而尽。就像到亲戚家来做客似的，次野毫无拘束地谈笑风生，和课堂上那个讲课严肃的次野相比，简直是判若两人。

"就是啊，你还是稍微运动一下比较好。"

"安兄，这话不好跟你说啊。"

"为什么?"

"正直正太夫①说过：'要想永远健康，就不能懒于活动脖子。所谓活动脖子，即鞠躬作揖也。'"

"怎么回事，你又和校长吵嘴了?"

"没有，没吵嘴，只是没有进行脖子运动。"

"为什么你那么不喜欢鞠躬呢？像我这里，可是从早到晚都在鞠躬啊。"

"是这样吗？据我所知，大家都说，稻叶书店的老板上过庆应大学，可不是那么喜欢鞠躬的啊。"

"我的事怎么说都无所谓，可是你为什么又和校长干起来了呢？"

"一点小事。"

"你又在教研室里看小说了？"

"不是那个事儿。让学生考中学的事，他唠叨我布置晚了。当时，我要是低个头，说一声'是，对不起'就什么事也没有啦。可是我有我的想法，就提出了一点自己的意见。这下把校长惹火了。"

"原来如此。"

"校长的意见是：中学是镇上创办的，所以这个镇里的小学去考中学的学生，都应具备考取的成绩，否则，对学校的声誉影响不好。但是，我连谁想上中学都还没调查呢，所以校长很不高兴。不过，我对于'想上中学的，到这个学校来，不上中学的，随你的便'的做法很反感。"

---

① 正直正太夫，明治时代的小说家、评论家斋藤绿雨的别名。

"说得没错。那么后来怎么样了呢?"

"还能怎么样。这不是校长的命令吗?现在正在统计想上中学的人数呢。"

"有多少人?"

"还不清楚,可能不会太多吧。我很是无奈啊,我觉得应该上中学的学生,因为家庭条件不允许,没办法上学,而学习不好的学生,又举手想去。"

"世上的事,不就是这样嘛!"

安吉边斟酒边说。

"哎呀呀,可喜可贺啊……"单口相声的嘶哑嗓音伴随着懒洋洋的鼓声,从外面传来。

"我有一件事求你。"

次野一连喝了两三杯后,突然言辞恳切地说道。

"是我班里的一个学生,你好像也很疼爱他的。怎么样,你能不能给他出学费啊?"

"是啊……"安吉盯着自己面前斟满的酒杯。

"安兄,我就是想让那样的孩子上中学。那个孩子很有前途啊!"

"是啊,我也不是没想过,可是,那个孩子不大好办。"

"不大好办,是什么意思?"

"我觉得这件事不是想象的那么容易办成。"

"为什么?"

"因为那个孩子的爸爸是士族①。"

---

① 明治维新时,对武士阶层出身者的称呼,现已废除。

"是士族，又有什么关系啊？"

"立兄怎么不明白啊！这样不谙世事，怎么写小说啊。"

"你不要吓唬我啊。好不容易才喝醉了，别让你给吓醒了。"

"哈哈哈哈。不过，报上不是登过吗，一个士族把卖面条的给砍了……"

"我不记得了。"

"是这么回事，一个士族得到了一张帮人搬家的酬谢面条兑换票，叫孩子拿到面条铺去，让店家把面条送到家里来。结果呢，可能是兑换票数额太少吧，店家回复说兑换票不给送，请自己拿碗去取，给打发回来了。于是，士族盛怒之下就把卖面条的给砍了。"

"咳，这不是很早以前的事了吗？"

"即便是以前的事了，可士族就是那样的人啊。立夫老弟，你可得明白这一点啊……"

"可是，这事还不是怪那个卖面条的吗？居然叫人家拿碗来取。"

"卖面条的当然也有不对的地方，可是再怎么样，也不应该拔出刀来呀。我想说的是，士族为什么能做出那种不理智的事来。如今的士族已经没落了，被人轻视了。但是他们自己却不甘心被町人们轻视……"

"安兄，你说错了。就是让我拿碗去取，我也不能忍受啊。但是，有人慷慨解囊帮自己交学费，怎么还会生气呢？"

"那可不一定。很可能被看作町人之流，谁还敢多管闲事呀。"

"怎么老是町人、町人的呀，我也是为孩子着想嘛……"

"是啊，要是都能明白这个道理当然好，可是武士这种人，总是把体面这种东西看得比什么都重啊！"

"没错，这是个很大的问题。可是不管怎么说，在今天的形势下……"

"正是今天的形势，使这些士族越来越吃不开了啊。因为时代越进步，武士们越是感到自己在被淘汰。如'版籍奉还''废藩置县''全民皆兵'，等等，不都是对武士们不利的政策吗？俸禄被取消，刀也不能佩戴了，改行做生意又赔钱，使得他们牢骚满腹。即便是当今的民权运动，说到底，还不是对社会不满的士族，打着自由的旗号进行的一种反抗运动吗？"

"爱川的爸爸，对当今社会这么不满吗？"

"具体情况我也不太清楚，但听说他一直在告村长的状，而且还殴打过外国人。"

"等一等，对于告村长的状我不好判断谁是谁非，但殴打外国人，我觉得不是没有道理。"

"不管你怎么说，看起来立夫老弟也是个喜欢动武的人哪。哈哈哈哈。"

"哼，我也会动手的，肯定会揍那个洋人一顿的。在那种情况下，不可能忍气吞声的。"

次野拿起酒杯，一饮而尽。

二

说起爱川揍外国人的事，是这么回事。

早在两三年前，有一个带着枪的欧洲人到大沼这边来猎鸟，可是一只也没打着，十分恼火。路过一户农家，看到农家外面有五六只鸭子在嬉戏，就拿起枪瞄准了那些鸭子。鸭子受了惊，嘎嘎地乱跑。可是鸭子腿又短，身子又肥，怎么也跑不快，只听"嘭"的一声，一只鸭子应声倒地。不会飞的鸟，无论是谁都能百发百中的。

当时，爱川正好在一个农民家里，听到枪响，他们吃惊地跑出屋来，一看是一个高大的洋人，而且那个洋人背着刚打死的鸭子正要走，爱川和那个农民拦住洋人，同他讲理。可是由于语言不通，怎么跟他说也说不明白。据说那个洋人叽里咕噜地胡搅蛮缠，丝毫没有道歉的意思，所以两个人一气之下，就把那个洋人给揍了。

即便是外国人，也不应该拿枪打死家禽哪。再说，对不会飞的家禽开枪，也太残忍了！谁知，那个外国人竟然反咬一口，告到了警察局，说是遭到了日本人的暴行。因此，爱川和农民立即受到了当局的处罚。真是岂有此理！尽管二人辩称是那个外国人做了犯法的事，也无济于事。因为此事涉及外国人，所以二人就必须承担罪名。

那个时代的日本，不管外国人干了多么伤天害理的事，也没有逮捕洋人、进行审判的权力。即便把违法的外国人扭送到领事馆，也会有该国的人进行审判，所以几乎都会被无罪开释。而且还无一例外地反过来向日本当局告黑状。当时，就此枪杀家禽事件也曾跟该国的领事馆进行过交涉，可是他们大言不惭地说什么被枪杀的鸟类不属于家禽。家禽都应该关在栅栏里，因此在外面的一定是野鸟，简直是一派胡言。不知天下有羞耻二字！反正全都是日本人的不是。他们说日本人对持有旅行护照的外国人滥施暴行，是野蛮的民族。要求对那些不遵纪守法的人予以严厉的惩罚。

在条约修订以前的日本，这种事情数不胜数。其中最极端的例子，就是"诺尔曼顿号事件"。英国客轮诺尔曼顿号由横滨启航，在开往神户途中遭遇了风暴，于纪州海面触礁沉没。船上有日本乘客二十三人，这些日本人全部溺死了。所有人都会这样想，既然乘客全部遇难，那么船员也必然无一幸存地葬身海底，可是，船长及二十六名英国水手，全都安然无恙。按理说，当轮船沉没时，船长和船员应以抢救乘客为自己的职责，在船上留到最后吧。即使那些乘客只不过是三等舱的乘客，可他们同样也是人啊，同样也买了船票啊。而且日本乘客没有一个得救，只有英国船长和船员们坐上救生船逃生了。这说明了什么呢？在外国人的眼里，日本乘客不过是草编袋里的货物罢了。不错，他们就像草编袋里的货物一样被抛弃了。

五十年前，蓝眼珠的人就是这样对待日本人的，这是必须牢记的事实。

受到这样无礼对待的不仅是个别的日本人，日本这个国家也受到了他们同样的对待。

三

"立夫老弟,你可不能这么感情用事啊!"

安吉拿起新上的一壶酒给次野斟酒。

"可是,一想到今天的日本,怎么忍得了啊?"

"是啊,我也很气愤。但是,因为气愤而挥舞柔弱的拳头,又能怎样呢?因为这些问题光凭着拳头,是解决不了的。因此我想,我们在握紧拳头之前,有着更需要抓紧做的事情。"

"哈哈,你终于说到这事了。我就猜到你早晚会这么说的。安兄所说的是要更加兴办教育、发展实业、增强国力吧?我已经知道啦,知道啦!——啊,我喝醉了。白天喝酒容易醉呀!"

"现在不是正月吗,就喝个痛快吧。"

"醉酒论天下吗?安吉兄,今天,我可要喝个一醉方休了!"

"好啊,喝个痛快吧。顺便你把这个海带卷也吃了吧,里边还夹着大沼的鲫鱼片呢。"

"谢谢,谢谢。那我就不客气啦。"

次野又一连喝了三四杯,愤愤不平地说:

"混蛋,今天真是憋气。校长有什么了不起的啊,我要是不干了,谁理你什么校长不校长的,你说是吧,安吉兄?"

"怎么，你还为那个事儿生气啊。那个问题不是已经解决了吗？"

"哪里，到了三月才算解决呢。"

"那么，你就干到这个学期末了？"

"是啊，不干了！老实说，我恨不得现在就走人，可是孩子们太可怜，我才忍着的。学生们很可爱呀！"

"你说得没错，既然学生可爱，你就再忍耐一下吧。"

"那可不行。因为中途离开不负责任，所以这个学期我可以忍耐，但是下个学期，就算下刀子，我也不干了。这回我可是下定决心了。"

次野拿起酒壶给自己的酒杯里斟满了酒。

"哎呀，失礼失礼。你下的决心是什么呀？这么说，你是铁了心打算去干那件事喽？"

"我怎么能整天听着那种校长的唠叨，在这个小镇上当一辈子的代理教员哪？本来我就不想当教员的。"

"可是，不管你多么喜欢文学，这年头你专门去搞文学，可真让人担心啊。"

"你的意思是说，会吃不上饭吧？"

"就算是吧。爱好文学没有问题，业余搞搞不可以吗？何必非要辞掉自己的职业呢……"

"安吉兄，我不希望你误会我。我的志向可不是当个小学的代理教员噢。纵然千难万难，我，我也要靠写作立身。"

"你的心情我知道，可是你喜欢的正直正太夫不是说过这样的话吗？那句话就是'想来笔一支也，筷子两支也，可知寡不敌众'。在书店里，你看到书上写的这个句子时，不也是连连拍着脑袋说'啊，就因为这样，才敌不过，敌不过'的吗？"

"不对，只有在现在这个场合，我才真正是'敌不过，敌不过'呢。不过，安吉兄，当时我确实那样说了，可是最近，我是这样想的，'想来笔一支也，嘴一张也'。怎么样，嘴是一张啊，'一对一也，何惧之有'啊！"

"可是……"

"没有什么'可是'。不管今天如何开化，人也只有一张嘴，一对一的话，就不会输的！"

"但是，对于一个人，不，应该说对于一个男人来说比较合适吧。可是你现在后面跟着几张嘴呀。"

"别瞎说了，有那么多嘴，谁受得了啊？"

"那么，我问你，老婆孩子怎么办？"

"我是个单身汉哪。"

"现在是单身汉，但不可能永远是单身汉哪。"

"要是养不活她们，我就永远一个人。我要和文学共存亡。"

"你这种雄心壮志让人钦佩，但是，怎么说呢，既然有这份决心的话……"安吉说到这儿，把后边的话咽了回去。

好像吹过来一阵风，吊着的柿子串在拉门那边晃动着。

"你是不是想叫我学点对社会有用的知识啊？哼，所以我才说，讨厌上过庆应大学的人呢。"

次野鼓起红扑扑的腮帮子，吐出了一大口气。

"近来，什么都追求实利实益，无论是实利也好，实益也罢，都不错。不过也有无用之用一说。所以不管实业社会怎样发达，人类社会也不会因此而发展的。就是在你安老兄的面前，我也要说，这位福泽先生①，我是不大喜欢的。"

"为什么这么说呀？那样伟大的人物，可是独一无二的呀！"

"伟大是伟大，可是他不重视文学，所以我讨厌他！"

"哈哈哈哈，看来你离开了文学，连天都不亮了。"

"可是，你知道吗，他说和歌'不过是三十一字②配上三弦琴，唱成拖腔的小调，便与都都逸③无异，实乃粗鄙不堪'云云，怎么能让人不反驳呢？对不起，我认为福泽先生一点也不懂文学。

"春色缱绻心难静。"

"喂，老兄，这不是很好的和歌吗？春色缱绻心难静，樱花随风乱飘零！我这样唱，一个钱也不值啊。虽然一个钱也不值，心情却舒畅极了。这种心情，这种境界，在如今可是拿十个金币也买不到呀！我到了三月就不干了。从三月起，我就是没有窝的燕雀了。可是，一唱起'春色缱绻心难静，樱花随风乱飘零'，虽然没有了窝，我倒觉得心情很舒畅，这难道不是难得的好歌吗？"

"……"

"斗胆说一句，福泽先生是不会懂得'静心'的境界的啊。人若不懂静心，还有什么真正有用的知识呢？实用的学

---

① 福泽渝吉（1835—1901），明治时代的思想家、教育家，庆应大学的创始人。
② 即和歌。因和歌由三十一个字母组成。
③ 日本的一种俗曲。

问是什么,实业社会是什么?啊,现在好痛快呀!这就叫做'春色缱绻心难静,樱花随风乱飘零!'吧。来,干一杯怎么样?"

"啊,谢谢。老兄实在是意气风发啊。"

"社会实用知识,不会让人这样豪情万丈吧?这种豪气,这种热情,这种境界,正是人生中最宝贵的东西啊!啊,我想喝杯水。先不说这个了,安吉兄,那个不行吗?那个……"

"哪个?水马上就来。"

"嗯,谢谢。那个,就是那个学费呀,爱川的学费呀。"

"那个事,刚才不是说过了吗?"

"说了吗?啊,是啊,你说过不好办了。嗯,是说过不好办……是啊,不行啦……怎么都不行了吗?"

次野接过女招待拿来的水杯,一边喝水一边口齿不清地来回说着车轱辘话。

"其实我也很同情他,可是,即便现在给他提供学费,也没有用啊!"

"没、没有用……为什么没有用啊?"

"因为学费不会成为学费的呀!"

"哼,哪有这种怪事。"

"的确是怪事,可是只要他爸爸还继续做那件事,就会这样的啊。"

"你说的那件事,是诉讼吧?若是诉讼的话,附加个条件,不要用在那件事上总该可以吧?"

"即便这么说,能行得通吗?最近听说官司情况不太妙,听说连孩子的积蓄都拿去花了。"

"真想不到啊。可是，孩子的积蓄，能有多少啊。"

"就连那点零钱也投进去了，所以我才这么说……"

"哪有这么当爸爸的呀！真没想到爱川有这么个不讲理的爸爸！"

"……"

"这么说，还是不行了？安吉兄，只能眼看着他辍学了吗？那孩子也够可怜的啊！可是，有什么办法啊。'走吧，你走吧，你的……'哎呀，混蛋，怎么流清鼻涕了？来一壶热酒吧……安吉兄，我喝醉了吗？没有，我还没喝醉呢。'啊，走吧，走吧，你的……'"

赌 气

一

　　道雄在马路对面一边向吾一招手，一边喊他，可是吾一装作没看见，拐进了胡同，朝着伊势屋后院的松枝小屋走去。京造和作次他们肯定也来了。吾一觉得京造他们至少比道雄要亲近些。

　　松枝小屋，或许只是这一带才有的习俗，就是新年的时候，孩子们用大人给的门松搭起的小窝棚。

　　　给我松枝，
　　　给我草绳，
　　　初三过后，
　　　给我松枝……

　　孩子们这样一边齐声喊着，一边成群结队地走街串巷，跟乡亲们要松枝。可是刚过初三，大多数人家不会给他们松枝的。一般要等到过了松内①以后才行。松内一过，今天出来要松枝的孩子们，比昨天喊得更响了。"初七已过，给我松枝。"然后，他们把得到的松枝用粗草绳捆起来，在街上拖着走，运送到盖松枝小屋的地方。

---

① 松内即装饰门松的时期，元月一日到十五日之内。

天黑之前，先用原木和竹竿搭好小屋的骨架。然后把要来的松枝铺在小屋的骨架上，除了四周外，连屋顶也铺上了，以便抵御冷风。只有在正面留出一个小门，作为出入口。小屋很小，只有一两坪①，中间砌着地炉。孩子们团团围坐在炉旁，一边烤着年糕什么的，一边说笑。

这个小屋即使过了正月十五的爆竹节，孩子们也舍不得把它烧掉，有时甚至一直保留到立春②。可以说，松枝小屋就是孩子们的俱乐部。放学后或星期日，他们都会聚到这里来玩耍。

吾一往小屋里一看，里边已经挤满了人，没有地方坐了。他正犹豫着要不要进去时，只听秋太郎的妹妹阿娟命令道："啊，吾一来了，让他进来呀。"

一个女孩子家，这样招呼自己，吾一觉得怪难为情的，所以转身快步往回走。

"吾一，吾一，没关系，能坐下的。"

阿娟赶紧站起来，从入口探出头来叫住吾一。她那刚刚梳好的桃形发髻上，插着垂有红穗子的花簪，那摇曳的红穗子和碧绿的松枝相互映衬着，特别的喜庆，年味十足。

虽说松枝小屋是孩子们自己搭起来的，但骨架是提供小屋用地的伊势屋给搭的。因此，作为伊势屋的小姐，说话自然是很有分量的。大家伙儿稍微挤了挤，给吾一腾出了位置。

---

① 一坪相当于 3.3 平方米。
② 日语为"初午"，即二月第一个午日，"稻荷神社"的庙会。

"阿秋，躲开呀。你总是占据最好的位置，真够贼的！"

"真没办法。你坐这儿吧。"

温顺的秋太郎，在妹妹的命令下，乖乖地把自己的位置让给了吾一。

"吾一，那个地方最好了。"

阿娟把坐在地炉旁边的哥哥轰开，让吾一坐在那里。

阿娟年纪虽小，但为人豪爽，连哥哥都被她当作哥们儿对待。不光是让秋太郎躲开炉旁这类事，平时，她也不叫他哥哥，而是像同学那样叫他"阿秋"。秋太郎只长阿娟一岁，而且由于降过级，所以在妹妹面前，就没有了做哥哥的威信。

阿娟长得浓眉大眼，而且脸蛋圆圆的，很有福相，有种商家小姐的派头。她心直口快，不同于她的哥哥，功课相当好。大概是因为这个缘故，她很瞧不起学习不好的哥哥，但对吾一这样的好学生，一直很有好感。今天让秋太郎让出炉旁的好位置给吾一坐，也体现出了这一点。

"喂，阿胜，后来怎么样啦？"

京造重新盘起腿，催促着。

"是啊，对了，对了，吾一一来，把阿胜的话给打断了。"

阿娟为了让京造高兴，顺着他说道。

"刚才讲什么呢？"吾一问道。

"嗯，大家都在讲自己做过的最惊人的事呢。比一比谁干的事最了不起。喂，快往下说呀，阿胜。"京造摆出主席的派头，催促道。

"下面不大好意思说啦。"

"别说那么多废话，快说吧！"

"刚才已经说得差不多啦。后来吧,我就悄悄从草丛里爬出来,逃跑了。"

"这么说,你只是偷了几个李子呀。"

"你说得轻巧,从那个从来不打盹儿的老头儿眼皮子底下偷东西,多不容易呀。"

"哼,偷一两个李子算什么本事呀。我把这么大的牌子都扛回来了。"

"什么牌子?"

"药铺的牌子呀。就是画着人鱼的那个闪闪发光的牌子呀,我给摘了背回来了。怎么样,厉害吧?"

"什么药铺,是鱼铺吧。在那条行人很少的地方摘牌子太容易了。我把警察所前边一户人家的名牌给揪下来过呢。就在警察往别处看的一瞬间,一把就给揪下来了。"

大家越说越来劲儿,谁也不服谁,气氛剑拔弩张起来。

"我说,大家还有没有更有意思点儿的事了?听你们刚才说的那些事,不都跟小偷一样吗?"

阿娟一说出"跟小偷一样",引起了一阵哄堂大笑。

"那么,像我这样怎么样?我敢在山田桥的栏杆上走……"作次模仿挑担子的木偶,伸开两只胳膊。

"什么也不扶着,在栏杆上走。怎么样?你们行吗?"

"嗬,阿作,你敢那么走啊?"

"当然敢啦,我走过呀!"

"阿作,那你能走几个来回呀?"京造慢悠悠地问了一句。

"你说什么几个来回,就是从这头走到那头啊。"

"原来就是一回呀,我能走到那头之后,向后转身,再走回来呢。"

"也是撒开手吗?"

"当然喽,在栏杆上爬的话,算什么能耐呀。"

"真棒啊!"有人惊呼。

"还是阿京胆子更大呀!"

作次虽然嘴上这样夸京造,心里却不大高兴。他无意中看到吾一,突然想起什么似的说:

"吾一,你还没讲呢,你也干过什么事儿吧?"

吾一听到作次问他"你也干过什么事儿吧",觉得不能不说点什么,要是什么也不说的话,好像自己特别无能似的。吾一觉得,要是作次的语气再稍微温和一些,或者,不是作次,要是别人问他的话,他会干脆地回答:"我什么也不会。"可是,吾一与作次由于上次那档子事,让他不想说出叫人瞧不起的话。他打算说一件特别离奇的事儿,吓唬吓唬这个家伙。

作次见吾一没有马上回答,便依旧用那种嘲讽的口吻说:"人家吾一是要上中学的,怎么会像我们这样干蠢事儿呀。"

"没有的事!"吾一被他拱起了火。

"可是,你不敢在桥栏杆上走吧?"

"在栏杆上我是不敢走,虽说不敢走,但我也敢冒点险。"

"冒险,冒什么险?"

"吾一,算了吧,不要理他啦……"

阿娟轻轻拉了一下吾一的衣袖说。可是,到了这个份上,吾一已经不能退却了。尤其是当着阿娟的面,他无论如何也不能向作次服软。

"你说你能在栏杆上走,可是我呢,我在铁道桥上吊过呀。就在火车轰隆隆通过的时候，吊在铁道桥的枕木上面。"

"哇！"坐在后边的人发出了惊叹。

"是真的吗？"作次仿佛受到突然一击，从嗓子眼儿里发出嘶哑的声音。

"当然是真的啦！"

"是真的吗？我怎么也相信不了。"

"阿作，你不应该这么不相信人。吾一还能说谎吗？不过，吾一真是了不起啊！我一点都不知道……"

阿娟一直吃惊地瞧着吾一。

吾一坐得靠近炉火，脸蛋和眼睛通红通红的。

"可是，是真的吗？吾一说他干过……"

"哎呀，你怎么不相信他呀？"

"可是，在火车哐当哐当通过时，吊在枕木上，怎么可能呢？"

"……"

"要是别人，不好说，可吾一的话，我觉得不可能。"

"喂，我说阿作，你也太差劲了！你要是不相信，吾一，你就做给他看看！"

就像声援自己崇拜的演员似的，阿娟也被激怒了，悄悄地碰了一下吾一的膝盖。但是，吾一并没有马上表态。

平时作次就对阿娟总是袒护吾一满肚子不高兴，今天见她又帮着吾一说话，就更加不依不饶了。

"做给我们看？那太有意思了。好啊，不做可不成啊。是吧，同学们？让大家伙开开眼，看看吾一是怎样在铁桥上打吊的。在阿娟面前，他一定会好好表演的。"

作次说了些什么话，吾一一点也没听进去，只有作次刺耳的声音——他那嗡嗡作响的说话声，像针扎似的一下一下扎进他的身体里。

吾一虽然坐在火炉旁，却一点也感觉不到暖和。只觉得从松枝覆盖得严严实实的屋顶缝隙中洒下来的金粉一般细碎的阳光格外好看。按说在这种形势下，吾一应该不会有兴致欣赏这景色的，可不知为什么，他对那金粉般闪烁的阳光看得入了迷。

"喂，吾一，怎么啦？为什么不说话？"

"……"

"还是不敢吧？对不对？不敢做吧？刚才说的，都是撒谎吧？"

"谁撒谎了？"吾一突然转向作次，反驳道。但他的声音有些沙哑。

"那就干一下给我们看看呀。"

"当然会干的。"

"现在就干吧！"

"明天，我会干的。"

"明天可不行，现在就得干。"

"……"

"今天天气多好啊，今天都不干的话，明天还能干吗？"

"……"

"说什么明天干，是不敢吧？不敢干就想逃跑啊，孬包！"

"好吧，既然你这么说，混蛋，我现在就可以干！"

"吾一，没问题吧？"

虽然是自己提议的,可是阿娟越来越害怕,担心地看着吾一。

"没问题。"

女孩子既然都这么问了,就不能打退堂鼓了。可实际上,吾一从来没有在铁桥上吊过。只不过是话赶话,才逞能说出这种大话来的,可是到底能不能吊在铁桥上,他自己心里一点儿底也没有。事到如今,他反倒恨起阿娟袒护自己了。因为她越是袒护自己,越是给自己撑腰,就越会把自己推向绝境。可现在说什么都晚了,已经没有退路了。

"那么,在哪个铁桥上干?"作次已经开始选择铁桥了,"吾一,你在哪个铁桥上干过?"

"……"

"就在你以前干过的地方干吧。"

"我在哪儿都行!"

吾一随口回答道。

二

虽然也有人提议，地点最好选在山田桥下游的铁桥，可是因为那里离镇子太近，来往行人多，所以选定了河面很窄的内田桥。内田桥距车站有八九百米，位于一片田地中央。

大家从小屋蜂拥而出。吾一也趿拉着木底草鞋，夹在伙伴们中间，今天这草鞋尤其不跟脚，走起路来踢里踏拉的。

正要从伊势屋的后门出来时，京造突然轻轻地拍了下吾一的肩膀说："吾一，来一下……"

吾一回头看了京造一眼。

"你来一下……"

京造拉着吾一的衣袖，走到堆着几个破旧衣箱的仓库旁边。

"什么事？"

"别问了，到这边来一下。"

京造拉着吾一，一直走进了仓库之间的夹道深处。这里照不到阳光，阴森森的。吾一不禁感觉脊背一阵发凉。

刚才就一直提心吊胆的，现在又突然被人领到这里来，吾一的心情更加恶劣了。

"有什么事吗？有话就快点说吧。"

京造没有回答，继续领着吾一往里走。走到尽头的时候，他才转过身来。仓库过道外面，一片阳光明媚，但是看不到一个人影。

确认四周无人之后，京造盯着吾一的面孔。

吾一猜不出京造想要说什么，心里想，要是京造想找碴打架的话可糟了，自己完全不是他的对手，只能狠命抓他的脸和手，跟他拼了。

"你真的要干吗？"京造终于开口了。

吾一没有回答干还是不干。

"要是真那么干，你会送命的呀！"

吾一暗暗骂道："混蛋，瞎说什么呢。死也好，活也好，都是我的事。事到如今，还说这些废话干什么。"

"我——我——"

吾一感觉心里堵得慌，但是在京造面前落泪，是他的耻辱。眼圈本来已经红了，吾一眨巴了几下眼睛，竟然没让眼泪流出来。

"所以，你要说不想干，我可以去跟阿作说说。怎么样？还是别干那种傻事吧……"

吾一怀疑自己是不是听错了！这真是京造说出来的话吗？他忍不住看了京造一眼。

"啊，阿京，帮我去说说吧。要是能那样，可帮了我大忙了！"

他想立刻就这么说，可舌头却不轻易听他使唤。他紧咬嘴唇，低下头来，眼泪夺眶而出。

吾一琢磨不透京造这么说是出于同情呢，还是出于关心。如果是关心的话，他很高兴；可如果是轻蔑或怜悯的话，就难以忍受了。

自己老是被人瞧不起的想法，在吾一的脑子里是根深蒂固的。爸爸常年不在家，妈妈在家干零活，而且自己家在胡同里。虽然没有人当面说过他什么，但他总觉得有人在什么地方这么说。所以，在他那幼小的心灵里，时时刻刻燃烧着一股逆反的烈火。他在学校里能经常获得第一名，动力之一就是这股逆反的烈火。

今天也是这种逆反心理在起作用。其实根本没有必要说那种大话的，可是他不甘心输给作次他们，结果说了大话。可事已至此，说什么都来不及了。

现在，他面临着生死攸关的时刻，但是他内心憋了一股劲，没有什么自己做不到的事。比起撒手在栏杆上走来说，抓住枕木——只要能牢牢抓住枕木，从有抓手这一点来看，还是吊枕木安全些的想法，隐藏在他的心底。当然，无论怎么说，还是不干最好。能通过京造的调解而体面地不干的话，就再幸运不过了。可要是被京造说成是"因为他干不了，我才不让他干的"，或者"因为可怜他，我才说服阿作不让他干的"的话，自己无论如何也咽不下这口气。

吾一左思右想，不知该如何回答才好，他低垂着头，一直犹豫着。

"喂，你到底打算怎么样啊？"京造等得不耐烦了，催促着。

"嗯——"吾一还是不能爽快地给出回答。

京造焦躁起来。不能爽快地接受自己的好意，让他感到很扫兴。

过了一会儿，吾一终于抬起头来，他打定主意，根据对方的表情来决定，但就在他抬头的一瞬间，京造噘起嘴说：

"哼，这么说你一定要干喽？"

京造看着吾一红红的眼睛，做出了判断。

"真够犟的，你这个家伙！"

京造甩下这么一句，便迈开大步走了。

吾一心里"咯噔"一下，仿佛真的从铁桥上倒栽了下去似的。

三

"吾一，没问题吗？"途中，阿娟一边走，一边担心地问吾一。

吾一什么也没说，只是默默地往内田桥方向走。

不久，他们走出了住家鳞次栉比的街道，走上田间小路。

刚刚收割完的田地，就像褪了毛的兽皮，光秃秃的，一片凋零。

来到内田桥附近的时候，从对面的柞树林中冒出一股黑烟，一辆火车开过来了。

"啊，是火车！"

"万岁！"

大家都振臂高呼"万岁！"，只有吾一没有喊。

"喂，大家快跑啊！"作次带头跑起来。

可是，当他们好不容易跑到高高的路基下时，火车突然发出山崩地陷般巨大的响声，从他们的头顶飞快驶过。秋太郎朝后戴的帽子，被火车的气流刮飞了好几米远。

阿娟的花簪也差点儿被风刮跑。飞驰而过的火车，就已经把她吓坏了。

"还是算了吧，我害怕……"

阿娟回想刚才看到沉重的车轮在眼前隆隆压过的情景，更不用说大铁桥下面吊着个人了，她连想都不敢想。

"怎么能不干呢!"京造岔着腿站在阿娟面前,训斥般地大声说道,"这是吾一自己说要干的,怎么能不干呢?他不干的话,我决不答应。"

"唉,太可惜了!"作次看着驶向车站方向去的火车,恨恨地说,"要是再早来一点,就好了。"

"不用担心,马上还会有上行火车开过来的。因为要在这里错车。"京造这么说着,登上路基。然后伸直了腰,向车站方向张望。

铁道是单线的,中间虽有些弯曲,但一直向前延伸着,途中没有任何东西遮挡。被震落了树叶的小树林对面,露出站台的铁皮房顶,反射着阳光,宛如一片水洼。大概是被站台遮住了,刚才那辆火车已经看不见了。

"喂,谁当马呀?"

京造在路基上大声喊叫。立刻有四五个孩子爬上了路基。

他们几个人立即组合成骑兵,玩起了骑马打仗游戏。京造骑在"马"上,手搭凉棚,频频向西眺望,侦察"敌情"。

"来了,来了!"过了一会儿,京造像发现了敌军似的,大声报告。

"我看见冒烟了。喂,你们也都看见了吧?"

"嗯,看见了,看见了。""战马们"也齐声叫起来。

"喂,吾一,快吊到桥上去呀。火车一进入前边那站,很快就会开过来的,"京造说着从"马"上跳下来,"喂,吾一,你在哪儿呢?"

吾一没有回答,他正伸开腿,坐在路基下边的草坪上,茫然地望着田埂。

阿娟在大家登上路基的时候，已经跑掉了。虽然她曾劝吾一同她一起逃跑，但是吾一丝毫没有动摇。其实要想逃跑，有很多机会，但是他现在都懒得逃跑了。

混蛋，死了就死了呗，怕什么呀？大家都死了算了！干脆来一场大火，把整个镇子都烧光了吧！

周围的人，周围的一切东西，凡是眼睛所看到的一切，都令吾一厌恶无比。混蛋！混蛋！只有这股怒气在他胸口喘息着。

"原来你在这儿呀，快上来呀！"京造在路基上叫喊。

吾一没理他。

"喂，火车来啦！"

随着作次的这声尖叫，吾一条件反射似的，倏地站了起来。就在他蹦起来的刹那，"精神一到"①这句古话闪电般地划过他的脑海。他睁大眼睛，眨了一下。他挺着胸膛，凝视远方的群山。在那苍绿的山峦那边，高高耸立的白雪覆盖的山峰仿佛正瞧着他这边。每当吾一看到那白雪皑皑的高峰，就不由肃然起敬，向它鞠躬。

不知什么时候，吾一手里攥了一根枯树枝，无意中两手用力一掰，枯枝"咔嚓"一声折断了，然后他爬上了路基。

以前，他对农田从不关心，可是现在登上路基一看，一向熟视无睹的农田突然变了模样。不光是农田，无论是柞林，还是萝卜地，以及远山、近丘，都是那么美不胜收，令他激动不已，看着看着，吾一感到心头一热。

---

① 出自朱熹的《朱子语类》（八卷），"精神一到，何事不成"。

吾一沿着两条大蛇般的铁轨中间的枕木，朝着铁桥方向走去。刚刚走上桥头，迈过三四根枕木，就感到一股寒风从桥下刮了上来。

吾一感到不安，就地蹲在了枕木上。

他原来想象的枕木比这个要窄一些，可是走近一看，枕木很宽，便吃了一惊。这么宽的话，即便两只手扒着枕木打吊，也很难抓牢。就算能抓住，由于身体太重，也会很快滑落下去的，这可怎么办啊？

"喂，太狡猾了吧，就在那儿呀？你得再往里边点。"

紧紧跟在他旁边的作次不满地说。

"说什么呢，只要是在桥上，吊在哪个地方还不都一样！"

吾一仍然蹲在原地没有动。问题是，他不知道怎样吊下去才最安全。这是他眼下一心思考的问题。

突然，吾一听到了哗啦哗啦的流水声，是下面的河流发出来的。

虽然桥下是不过五米宽的小河，但水流撞到铁桥下的坚固的桥柱，发出了哗哗的响声。

他不由自主地往下面看了看，顿时一阵头晕眼花。河水是深是浅，完全看不清楚。他慌忙闭上了眼睛。

"喂，快点呀！"站在路基上的京造，也在大声催促。

吾一很恼火。"吵什么，马上就干！"他很想这样训斥京造，却根本发不出声音来。

他闭上了眼睛，努力使情绪稳定之后，两手紧紧抓住枕木，轻轻地卧在那条枕木上了。他打算这样趴着，一条腿一条腿地往下放。

他稍微倾斜着身体，先伸出了左腿。他紧贴着枕木，慢慢分开胯，一点一点出溜着往下伸腿。就在这个时候，只听"扑通"一声，吾一吓了一跳。

"完了！"

原来是不跟脚的木底草鞋掉下去了。

吾一心脏的血液一下子凝固了。

一瞬间，妈妈糊信封时的疲惫神态，像幻灯片似的模模糊糊地出现在眼前。

"啊，妈妈！"

他刚这么一想，妈妈的影子又突然不见了。

泪水打湿了他的睫毛。

为什么自己一点儿也没想到妈妈呢？要是想到妈妈，怎么可能干这种蠢事啊……

"喂，怎么啦？草鞋掉了吗？"

听到旁边作次的喊叫，吾一的反抗心理又抬了头，心想：鞋掉就掉了吧，管它呢！

他把垂下去的那条腿又缩了回来，盘腿坐在桥上，迅速把另外那只草鞋也脱下来，扔下了河里。

草鞋"叭"的一声打在桥墩的砖壁上，又"扑通"掉到水里。

"喂，还不快点，火车要来啦。"作次又一次提醒他。

"嚷什么！怕火车的家伙，赶紧下去吧！"

吾一本想立刻骂他几句，但是没能说出来。

没想到，一扔掉草鞋，他的胆子突然大了起来，腿也不怎么打哆嗦了。他闭上眼睛诵读了一遍刚才的那句格言——

"精神一到"。

这回他改变了方向。刚才是面向车站伸下腿去的，这次相反，背朝车站，趴在枕木上，一只脚一只脚地慢慢往下放。

不过他没有只靠手臂钩住枕木往下吊腿，这样的话很难吊在上面。因为枕木过宽，他的小手根本抓不牢，所以他尽量低下头，用两臂抱住枕木，前胸紧贴着枕木，只让胸部以下吊下去。这样一来就很轻松了。他的身体就像木匠的矩形尺一样，挂在枕木上，悬在空中了。

这时，大家在路基上唱起了铁道之歌。

"汽笛呜呜一声响，我们的火车开出新桥。"

路基下边的伙伴们起劲地唱着，但是他们总是在重复前两段歌词，总也唱不到品川或川崎。尽管他们翻来覆去地唱着"已开出新桥""已开出新桥"，可是火车一直没有开过来。

吾一抓着枕木上的两手，渐渐支持不住了。虽然一半身体趴在枕木上，但两腿悬在空中，还是不能支撑很久。而且枕木的棱角硌着肋骨，越来越喘不上气来了。可是想要喘口气，身体一动弹，手一松的话，自己的小命可就不保了！

"啊，妈妈，妈妈呀！"

他不顾一切地喊了起来。

他已经顾不得什么羞耻和脸面了。此时此刻，他真恨不得赶快爬起来，逃离铁桥。

就在这时，从铁轨上传来了轰隆轰隆的响声，那巨大的响声犹如大地震的前兆。不，岂止是地震啊，那是万劫不复的地狱在向自己逼近啊！

红丝线

一

"是这样啊……你也真是不容易啊！不不，我也一直很挂念你的呀，只是，从那以后，一直马不停蹄地忙啊。你也知道，一到年底，店里忙得就像打仗一样。正月里，要张罗新年大减价，又要准备新年会……这个那个的忙得不可开交，简直是分身无术啊。老板要是能够帮着干点儿就好了，可是他最近整天叼着烟袋，什么活也不干了。整天使唤我：'忠助，抱歉，帮我把这个干一下，把那个也收拾一下。'说句老实话，弄得我连抽烟的工夫都没有了……"

伊势屋的忠实大掌柜忠助坐在火盆前，一个人喋喋不休地说个没完。虽然他穿着的衣服和外褂都是棉布的，可素色围裙的下面，竟隐约露出了彩虹色。

忠助一唠叨起来就没个完，阿莲打算至少把已经刷上糨糊的一堆信封先粘上，所以默不作声地继续叠着灰色的草纸。

"其实，要说那件事吧，要是没发生那种事，对我来说是小事一桩，可是一旦发生了正面冲突，哐当一下撞上了，我就不好办啦。他为什么要对老板说那些话呢？有什么话可以找我说嘛。原本我就是中间人嘛！可是偏偏不找我……"

"我也很过意不去的。总是给贵店添麻烦，实在是……"

"可是，爱川也真是的，他可能有他自己的想法，我也不便多说什么，我只是为你和吾一着想啊……不，店里对你并没有什么不好的看法。不过，爱川不是跟老板吵翻了嘛，所以不得已才把你的活儿给收回了，其实我心里还是很挂念你的。"

"实在是太让您费心啦……"

"不过，真不愧是阿莲哪，一天到晚都不歇着，确实让人佩服啊！可是，阿莲，即便你再怎么干，也很那个吧……嘿嘿嘿，请不要介意，不要介意。我这个人就是心直口快，没办法……"

忠助弓下腰，将烟袋锅伸到火盆里借火，嘴噘得像狐狸似的使劲嘬着烟嘴，下巴底下的黑痣上长出的一根长毛，难看地随之抖动着。

"阿莲哪，说实在的，你有那么好的手艺，却不做针线活，干这种粗活，不是太可惜了吗？对了，当年那件红丝线的事，到现在还有人谈论呢。"

大掌柜煞有介事地说着，"噗"地从鼻孔里喷出一股白烟。

阿莲做姑娘的时候，针线活就出类拔萃。那个时候，商人家的姑娘都要到成衣铺去学针线活。那个年代，既没有裁缝学校，也没有教授女红的讲习班，所以成衣铺就相当于姑娘们学女红的学校和讲习班了。她们每天穿着镶有黑领的瀑纹丝织绸料和服，趿拉着嘎嘎作响的漂亮木屐，去成衣铺里学习针线活儿。

说起来已是十四五年前的事了。那时候，忠助刚当上管家，曾经接了一套时间很紧迫的结婚礼服，将有图案的小袖①,交给阿莲学针线活的成衣铺去做。和服需要在上等厚黑绉绸上绣大朵白雪松枝图案,内衣是白纺绸的。和服当然由师傅承做,而和服内衣由于时间紧迫,无论如何也得让徒弟来做了,否则就会耽误工期。

一听说是做结婚礼服,姑娘们都想做,可当时被师傅叫去的,只有阿莲一个人。当她从师傅手里接过裁好的白纺绸衣料时,其他姑娘都羡慕得不得了。尤其是坐在阿莲上席的姑娘妒忌地说:"你做得了吗?那可是个急活。"

师姐一向好嫉妒,阿莲克制住自己,不予理会,聚精会神地穿针走线。

当她缝完一只袖子,要缝另一只时,不知怎么搞的,放在身边的白线轴不见了。

"对不起,你看见我的白线轴了吗?"她问身旁的那个姑娘。

"给你白线轴!"那个姑娘立刻扔给她一个线轴,阿莲接过来一看,哪里是白线轴,分明是缠着红彤彤的红线的红线轴。

阿莲刚想说:"不要红的,我要的是白的。"正好与对方冷冷的目光相遇了。从这冷冷的目光里,阿莲自然看得出她的心思,也明白了白线轴怎么会突然找不到了。

阿莲想:她这么做的目的,一定是想难倒我,让我没法交差。

"在我后面来的,还这么狂妄。你要是真有本事,就用红

---

① 小袖,即窄袖和服。

079

线缝制白内衣好了,这回你做不出来了吧!"她肯定是这么想的。想到这儿,阿莲也非常气愤,轻蔑地瞟了那个姑娘一眼,平静地说了声:"谢谢!"然后拿起红线轴,把一条红丝线穿进了细针孔里。

"哎呀,阿莲,你糊涂啦,怎么用红丝线啊?"

虽然坐在对面的姑娘吃惊地提醒她,可阿莲只是微微一笑,若无其事地缝了起来。

不一会儿,阿莲把剩下的一只袖子也缝完后,故意把它放在旁边那个姑娘的腿旁,仿佛在说:"请看吧!"无论是袖口还是肩头,都没有露出一丁点红色来。

自从这件事以后,阿莲的针线活儿更是被众人交口称赞。在那之前,正是由于阿莲的缝纫手艺好,才得到师傅的认可,从而获得缝制白纺绸内衣的机会的。而且,师姐的刁难也没难住她,人们无不啧啧称赞,这么年轻的姑娘竟有如此高超的技艺。

但这已是过去的事了。尽管作为女红,当姑娘时,阿莲努力钻研裁缝,做得一手好针线活,但她从未想到要以此来养家糊口。可是由于种种遭遇,最终不得不靠承接缝纫活来赚钱,补贴家用。但是就连这个活计,也由于去年丈夫对东家出言不逊,而被东家突然收回去了。

"我说,阿莲,你看怎么样?重新给店里做缝纫的活儿,好吗……"忠助磕了一下烟袋,像唱戏的亮相似的,挺了挺胸脯,看着阿莲说。

"要是能这样,当然再好也没有了。"

"既然你愿意,我就想办法帮你这个忙。你说什么,那件事吗？你怎么这么说啊，阿莲，是我开口求东家呀，我怎么会做对东家不利的事呢？"

忠助使劲拍了拍胸脯，可是，忽然感到领口开了，他慌忙抓住领口，向后仰了仰脖子，像女人似的整了整领口，整个一个从前嫖客的做派。

"说真心话，要是爱川的事，我可懒得管。因为是你的事，就不能看着不管了……我看你和吾一实在是可怜，不管怎么说，也得帮你们养活自己呀。对了，吾一多大了？好像满十四岁了吧？岁数正合适啊。我说，阿莲，有一件事想跟你商量一下，你想不想让吾一来我们店里当学徒啊？"

"……"

"今年春天，孩子就读完高小二年级了吧？要我说啊，学历已经足够了。大多数人家的孩子，念到初小，就去当学徒啦。所以说，念完高小二年级，已经读得够多的了。当然了，要是没有前些天他爸爸那件事，二话不说，我会马上给你派活儿的。可是，有了那事，就不太好办了。所以我才想到这个法子的。你觉得怎么样？挺不错的吧？这就叫做一举两得呀。"

"……"

"你要是能让吾一去店里当学徒，我们东家也会感受到你的心意，那些不愉快的事，自然就一笔勾销喽。这样一来，你承接缝纫活的事，也不成问题了。而吾一呢，也能学到手艺，用不了多久，就可以赚钱养家了。我就是这么为你打算的。这么好的主意，一般人可是想不出来的啊！"

阿莲一直默默听着。因为除了听着，她什么办法也没有。她想，虽然吾一说想要上中学，但这种事是根本不可能的。

虽说上不了中学，可是让刚念完高小的孩子去当学徒，她又下不了这个决心。

"阿莲，你不会是不愿意吧？哈哈哈哈，是不是舍不得孩子离开家去当学徒呀。是啊，当父母的都是这样，可是孩子是去学手艺呀，不趁着年纪小的时候让他学点手艺怎么行啊！你不用担心，受不了什么罪的，只是让他坐在店里卖布。虽说是有点自卖自夸，可像我们东家这么正经的买卖人，的确是不多的噢。"

"……"

"我得跟你说在前头，这个事情我绝对没有勉强你的意思。现在想来当学徒的多着呢，到处都托人来拜托我给安排呢。我总是说，对不起，怎么能随便增加人手呢？另外，阿莲，我还想跟你说一下，你可要有自己的主见哪，要不然，吾一这孩子说不定会出什么问题呢！前些日子，我偶然碰到了爱川。他又像上次那样，提起那件事来。我不想再提，还对他说'那些都是过去的事啦'，爱川君好像很发愁的样子，唠叨个没完没了。最后，竟然冒出这么一句：'我家的小子要是个丫头就好啦！'着实把我吓了一大跳。"

"……"

"我担心的就是这个。阿莲，你家要是这么下去，吾一将来会成为什么样的人呢？以前，我稍稍看过一本叫《西国立志篇》①的书，书里描写了一个制陶匠，他就像个疯子似的，

---

① 中村正直翻译自塞缪尔·斯迈尔斯的《自助论》（日文译名《西国立志篇》，1871 年出版）。

为了烧制陶器，把家里所有的东西都投进窑里烧掉了，我看爱川君，在某些方面，也跟那个外国人很相似。为了打官司，什么都不管不顾了，把家里所有的钱都投进去了，用不了多久，说不定把吾一和你也投进去呢！"

阿莲仿佛丢了魂似的，无力地靠在糊信封的台子上。脑子里一片空白，忠助的话，她几乎都没有听进去。只有死去的爸爸那严厉面孔在她眼前忽隐忽现的。

和爱川结婚之前，尽管父亲告诫她说"你要是跟这种人结婚，将来有你哭的时候"，但阿莲还是不听爸爸的劝告，嫁到了爱川家。她这样做，倒不是因为多么喜欢爱川，只是觉得那个时候，自己只有这样做，才算尽妇人之道。

虽说是经人介绍，阿莲家与爱川家订了婚，可是在订婚半个月后，爱川就跟亲戚打起官司来。因为发现了作为监护人的叔叔的不正当行为，便突然采取了这种手段。可是，老派的父亲非常讨厌打官司，不管有理还是没理。他认为凡是闹到法庭的人，都是不愿意工作的、游手好闲的人，并提出解除婚约，声明不能把姑娘嫁给这种人。

然而，人们未必能够理解。有人说："看男方家境好就订婚，发现财产被亲戚给抠走了就毁约，也太现实了。"这些话传进阿莲的耳朵，她是个倔强的姑娘，就没有听从父亲的主张。就像那个师姐扔给她红线轴一样，对于别人的说三道四，她更是要表现出"我可不是那种女人"来给他们看。而且按照伦理道德，她也不想悔婚，因此她哭着劝说父亲，最终和爱川结了婚。

"以后你就该后悔了。"虽然父亲多次这么说，但当时她认为父亲头脑里沾染了世俗的东西,是个市侩小人。可是,尽管她凭着要强的性格和巧手,能够用红线缝制白纺绸内衣,但婚姻生活可不是像缝衣服那么简单的事。她一个女人家,无论付出多么大的辛劳,也是不可能改变贫困的状况的。

父亲去世以后,她才慢慢理解了父亲的话。特别是这次丈夫打起官司以后,她的体会就更深了。但事已至此,说什么也无济于事了。可是吾一是自己唯一的希望,她不能不为孩子想一想啊……

"怎么样啊?就是因为考虑到你家的情况,我才劝你让吾一去当学徒的啊。当然喽,也不必急着答复我,你仔细考虑一下吧。"说着,忠助将烟袋揣进了袖筒。

这时,一个穿小仓布立领制服的人,气喘吁吁地跑进来,问道:"这是爱川先生的家吗?"

"是的,是爱川家。"忠助代替阿莲随口答道。

"请你马上去一趟。"那人说。

"马上?到哪儿去?"

"去车站,请马上到站长室去一趟。"

"啊,站长?站长怎么了,到底为了什么事啊?"

"出了大事啦!"

铁路职员焦急地说。

二

现在再回到内田河的铁桥。

吊在枕木上的吾一,由于背向着车站,所以看不见飞速开来的火车。其实即使面朝车站,也未必能看到那可怕的大家伙。

"呜——"

铁轨在枕木上发出"哐当哐当"的轰鸣。

轰鸣声越来越响了。

这轰鸣声传到枕木上,就连粗木头都发出了轻微的响声。

不仅仅是响声,粗大的枕木也随之颤抖起来,那震动传递到了吾一的手指、手腕和前胸……他的整个身体都感受到了震动。

"啊,我要死了!"

他像只毛毛虫一样,紧紧抱着枕木,死死趴在枕木上。不对不对,是抱着,还是趴着,他都没有一点知觉了。

"呜——"

"呜——呜——"

尽管火车不停地鸣着汽笛,但他仿佛没有听见似的,即便听到了,也毫无感觉了。

渐渐地,他的脑袋迷糊起来了。

"哐当,哐当,哐当!"

当他好像听到制作蜜糖的人,用大铁锹铲砂糖块般的声音的瞬间,就什么也不知道了。

哎呀,我可受不了!吾一趴在枕木上想着,要来,就快点来吧,怎么这么慢。

这时,他听到旁边有人不住地说话。

"哎呀,难道说火车已经过去了吗?"

他悄悄地抬起头来看了看,可是心里害怕,根本不敢看。但他还是想睁开眼睛看看周围,刚要扭动一下脖子,就立刻感到一阵头晕目眩。

这并非头晕眼花那种程度。他只觉得在头顶上——不知是蓝天,是天花板,还是车轮子,搞不清楚是什么东西,高速旋转着。

混蛋,火车来啦!他想,我可不想死!怎么能因为干这点事就死掉呢?

"精神一到"那句格言,又浮现在他的脑海里,于是他尽量把脸贴在枕木上,拼命地抱着枕木。

可是,现在他紧紧贴着的并不是枕木,而是枯草坪。原来吾一现在昏昏沉沉地趴在路基下边的草地上呢。

"啊,好像醒过来了。"一个大人说。

"已经不要紧啦。看来还是因为脑子缺血。"

"可不得缺血吗?怎么干这种蠢事!"

吾一隐隐约约地听到了这些议论,这才知道自己手里抓的不是枕木,而是干草一类的东西。

但是由于惊魂未定,他不敢睁开眼睛。比起睁开眼睛来,更要紧的是，他意识到自己已不在桥上吊着了——我得救了。神经这么一放松，他又晕过去了。

"谁有人丹啊？"

他恍惚听到这个声音像风一样刮过。

过了一会儿，吾一感到好像有什么黏糊糊的东西在舔自己的额头、面颊、嘴唇。他觉得好像是狗在舔他，很讨厌，但是又像是刮来一阵清爽的晨风，很是凉爽。

他提心吊胆地睁开了眼，先看到的是一片烫伤的疤痕般白花花的肤色，其实那是夕阳西下的天空。

但是紧接着他看到了蓝飞白和服的衣襟，这是他非常熟悉的蓝飞白衣服啊……

"混蛋！"吾一的逆反心理又萌发了。

"怎么样？"他想昂起头，站起来，可是他又一次晕了过去。天空又像陀螺一样，在他脑海里旋转起来。

于是，吾一又如同一根草，倒在了草坪上。

"喂，不能动他，不要动他……"

这次，他清楚地听到周围大人的说话声。

吾一虽然睁不开眼睛，但他心里想：哼，这么点事，难得倒我吗？混蛋，难不倒我的！他虽然倒在草坪上，心中仍然在较劲。

不知不觉中，西边的树林渐渐黑了下来，树梢与天空的分界越来越清楚了。

一只大鸟飞过明亮的天空，往北方飞去。

刚才，就在他快要坚持不住的时候，一列从车站发出的上行火车，拐过镇子外围的弯道，驶入直行的线路。一进入直道，火车就开始加速，可是到了内田桥附近时，司机突然看到一群孩子从路基上跑下来，吃了一惊。而且，他还发现铁桥上有一个异样的物体。

司机觉得很奇怪，一面赶紧拉起警笛减速滑行，一面注视着桥上的物体。当他发现好像是一个人时，立即紧急煞车，让车停下来。但由于惯性，车轮仍然向前滚动。幸好在离桥头五六根枕木的地方，火车就像在沙地里行走似的发出一阵"嘎啦嘎啦"的怪声，终于停住了。

司炉和列车员在停车之前就跳下了车，跑上铁桥，迅速把吾一拉了下来。

吾一像根枕木一样坚持趴在桥上，脸上也像枕木一样没有一点血色。看情形，如果他们再稍晚一秒钟，吾一的手就抓不住枕木了，非掉到桥下不可。

列车员和司炉把像死人一般的吾一从路基上抬了下来，然后让他平躺在草坪上时，吾一好像被放在火上似的，突然跳了起来，又趴在了地上。

就在这个时候，京造喊着"啊，吾一，吾一"像一阵风似的飞跑过来。

"你是谁？是他的朋友吗？"正在看护吾一的乘务员吃惊地看着京造。

"我，我……是我不好。"京造没有回答列车员的问话，猛然扑倒在吾一身旁，哇哇地哭了起来。

刚才吾一在昏迷中看见的蓝飞白布，就是在他旁边的京造的衣襟。

过了一会儿，车站的站务员也闻讯赶来了。

司机把一切事情委托给站务员之后，又把列车开走了。

由于吾一仍然趴在地上，所以站务员就抓住京造，向他询问起来。

此时，其他孩子早已跑得无影无踪了。在列车员和司炉跳下车时，他们都怕被抓住，慌慌张张地四散奔逃了。

"那么说，是你让他干的喽？"

低着头的京造鞠躬般地点着头。

"你居然让他干这种事。桥上怎么能吊人呢？就是他自己说想干，也不能让他干哪！还有，我问你，当时除了你之外，还有谁？"

"……"

"我问你还有谁？"

"谁……谁……也没有……"

京造支支吾吾地说。

"这么说，就是你和这个孩子两个人打赌喽！"

"是的。"

"就你们两个人吗？"

"是的。"

这时，躺在草坪上的吾一，心里很吃惊。

"这么说，是你逼着他，非让他干不可，他才干的，是这样吗？"站务员问京造。

"不对，不对。"这时吾一突然摇摇晃晃地坐了起来。这次不像先前那样头晕眼花了。

突然有人撞到了自己身上，是京造。

刚才他们俩还势不两立呢，刚才自己心里还在骂"混蛋，混蛋"呢，现在不知怎么回事，高兴得不得了。吾一一把抱住了京造，京造也紧紧抱住了吾一。

"吾一……"

"阿京……"

两个人都说不出话来，一边哇哇地大哭，搂着对方不撒手。因为搂抱着哇哇大哭，两人的脑门儿不断相碰。可即便这样互相碰着脑门，他们俩也不在乎。

"怎么样？头不晕了吧？"站在旁边的站务员见此情景，放下了心，问吾一，"你能说话了吗？"

"嗯。"吾一还是紧紧抱着京造，回答着。

"方才你说'不对'，是什么不对？"

"就是不对，就是不对！"吾一只是重复着。

"什么也不要说啦，什么都不要……"京造对着吾一的耳朵，小声却坚决地说道。

"你说不对，到底什么不对呀？"站务员追问吾一。

"不是阿京……不是京造让我干的。"

"吾一！"京造瞪着吾一，想制止他说下去，但吾一还是说了下去。

"不是阿京让我干的，是我自己……要干的。"

站务员立刻明白了，看来两个人都在把责任往自己身上揽，不过，总不能一直在野地里盘问下去，而且围观的人越来越多，他们就把两个孩子带回了车站。

站务员就把他俩领进站长室，站长又详细向他俩询问了情况。

吾一虽然并没有昏倒，但身体很虚弱，所以，站长让他躺在从候车室搬来的一个长椅子上了。

奇妙的是，对于因打吊而体力衰弱的吾一，谁都没说半句责难的话。而活蹦乱跳的京造，却遭到了严厉的训斥。在站长室里，京造也同样挨了站长的训。

吾一感到京造受了委屈，想从长凳上起来为他辩护，被站长制止了。

"没问你，不要说话。"

看到京造在站长面前挨训的样子，吾一想起了前几天在教室里，京造挨老师训斥的情景。那时候，矮墩墩的京造也像个小柱子似的直直地站着，而现在，京造同样把罪名都揽在自己身上。吾一觉得这样的京造比那个满脸胡须的站长还要高大。

这时，一群人蜂拥而入，先是京造的爸爸和店里的伙计，以及伊势屋的掌柜，最后是吾一的妈妈，她面色苍白得像死人一样，战战兢兢地走了进来。一看到妈妈苍白的脸，吾一忍不住眼泪哗哗地流了下来。

吾一很害怕，不知妈妈会说自己什么。但是进来的人都走到站长坐着的桌前，鞠躬致谢，他这才稍稍放了心。

站长严肃地发表了长篇讲话。先说明了事情的经过，指出虽然妨碍列车的正常运行是违法的，但考虑到他们还是孩子，这次也就不追究责任了。不过，今后家长要对孩子严加管教，否则将严惩不贷。

大家都安静地听着，连咳嗽的人都没有。

"还好，孩子没有受伤，真是万幸。"最后，站长的语气稍稍缓和了一些说道。然后,获得了站长许可,京造由爸爸领着,吾一由妈妈领着,走出了站长室,各回各的家。

忠助出钱给吾一母子雇了一辆人力车。大概是考虑到吾一丢了草鞋,而且身体衰弱,担心他路上会晕倒吧。幸好,这样一来,吾一就可以倚在妈妈的膝下,不用和妈妈对视了,他觉得真是幸运极了。

阿莲什么也没有问吾一。从方才站长的话中,她一切都明白了——当她知道是孩子一时说了大话,而不得不逞能吊在枕木上时,就仿佛有一团火球般熊熊燃烧的东西从眼前闪过。

可她总觉得那火红的东西似乎是一团红线轴。若是倒转那个红线轴,似乎会一直倒转到吾一的心里去似的。她想到这里,感到有种说不出的恐怖。

吾 一

一

"啊，火车来了！"

"呜……"

电线被狂风刮得呜呜作响的声音，从背后袭来。

"妈呀！"

吾一吓得大叫了一声，他的整个身体就像一块石头般僵硬，差点儿松开了手。

"要是……一撒手……可就全完了……"

吾一死死抓住了枕木，比先前更加拼命地抓住枕木，紧紧贴在上面。

"呜！"

呼啸声越来越响亮了。

身体两侧的铁轨也张开大嘴呜呜地吼叫起来。

吾一感到胸部下面的枕木呜呜叫起来。

枕木剧烈地震动起来了。

"啊！我的手……我的手已经……"

"救命呀！"

"妈妈……妈妈！"

吾一猛地睁开了眼睛。虽然睁开了眼睛，但好一会儿都弄不清自己在什么地方。好容易意识到自己身子下面不是坚硬的枕木时，紧张的心情才多少放松了一些。

原来吾一是趴在床上，两手紧紧抓着褥子呢。可是他总觉得自己正吊在枕木上，总觉得压在身子底下的褥子在咔哒咔哒震动着，一列火车发出"呜"的吼声，眼看着就要从身后的黑暗中冲过来了。

吾一吓出了一身冷汗，全身像被浇了凉水似的，湿漉漉的。

他急忙翻过身来，捡起滚到床铺外面的枕头，又侧身躺下。

因为妈妈叫他今天早点休息，所以吃过晚饭就躺下了。可是刚一迷糊，就做起了吊在桥上的噩梦来。现在虽然已从噩梦中惊醒过来，可他仍然缩成一团，在被窝里发抖。

沙沙，沙沙，沙沙。

窗外在风中飒飒飘落的树叶，好像落进了吾一那颤抖的心里。

他睡不着，悄悄地睁开了眼睛。看到妈妈坐在自己的头顶，面朝着别处在默默地干活。所以吾一虽然看不到妈妈，但她糊信封的姿态，清晰地映在厨房的隔扇上，就像剪影一般。

沙沙，沙沙，沙沙。

吾一久久地凝视着隔扇上妈妈的身影。倾听着妈妈糊信封发出的枯叶相互摩擦般的瑟瑟响声，不知为什么，他忍不住想哭。

其实妈妈糊信封，也不是从今天才开始的。每天都从早忙到晚。但是不知为什么，今天晚上，他感到特别难过。看着妈妈坐在昏暗的油灯旁低头干活的身影,他感到犹如刺入骨髓般的疼痛……

啊,妈妈!

除了妈妈,我再也没有别的亲人啦。

我再也不干那种让妈妈痛苦的蠢事了!

原谅我吧……妈妈!

他被某种特别沉痛的悔恨牵引着,想要坐起来,跪着请求妈妈的原谅。但又一想,在自己的妈妈面前,像外人那样跪着谢罪,太见外了。

妈妈那低着头干活的剪影,依然默默地折叠着信封。吾一觉得这个影子特别刺眼,心里痛苦极了。

"晚上好!"有人在外面喊道。

哗啦哗啦的风声,像流水声一样。

"晚上好。"

哟,是来我家的。吾一悄悄擦去了眼泪。

妈妈站起身,去开门。

是谁来了呢?听声音好像是个孩子……

不一会儿,妈妈回来了。

"妈妈,是谁来了?"吾一躺在床上小声问。

"呀,你还没睡着呀。早知道不让他走了,是道雄来看你了呀。"

吾一一听是道雄来了,冷淡地"嗯"了一声。

"道雄还说,他爸爸说,你哪儿不舒服,就告诉他,他会来给你看病。为此特意让道雄来看你……"

"不愿意,不愿意!我才不让道雄的爸爸给我看病呢。我哪儿都不难受！"吾一边揉眼睛，一边固执地说。

"你怎么这么说话呀？你不想让他看病，就不让他看好了，人家好心好意关心你，怎么能说那种话呢！"

"……"

"一提到道雄，你为什么这么不高兴呢？我看道雄那孩子很懂事嘛。你应该好好跟人家学学！"

妈妈这么说着又干起活来。

吾一刚才虽然哭了，但越哭越觉得心里舒服，可是被妈妈这样一责备，一股莫名的委屈涌了上来，"哇"地大哭起来。

"哎哟，这是怎么啦？怎么还哭起来了？虽说让你学学道雄，也没必要哭呀！你为什么这么倔强啊！"

吾一想说："我没有倔强啊。是妈妈不了解我，一点也不了解我。"

但是，吾一没有顶撞妈妈，而是躺在床上，伤心地大哭起来。

二

"实在太打扰您了，真对不起。孩子的事让大家为我们担心，真过意不去……"

由于不常来家里的稻叶书店店主黑川安吉今天特意登门看望，所以阿莲不知所措地寒暄着。

"好在没有伤着哪儿，真是万幸啊！"安吉站在狭小的过道里说。

"是啊，这都是托您的福啊。啊，您可别站在那里，请屋里坐吧……"

"不，我待一会儿就走，我只是来看看。"

"您太客气了！过道里很凉，还是上屋里坐吧……今天晚上好像特别冷……"

"是啊，这两天一下子冷起来了。"

在他们寒暄的时候，吾一在睡梦中突然"哎哟"地呻吟了一声。

"吾一怎么了？"

"不，已经没事了。今天晚上不知怎么了，经常这样叫唤。"

"大概在做噩梦吧？"

"好像是。"

"看来白天的事刺激太大了啊！"

"可能是吧。真是干了件蠢事……"

"也难怪，男孩子嘛……"

"可是，这孩子干出这么不要命的蠢事来，我真是担心啊……真是的，怎么会干出这种事啊……"

"想那么多也没有用啊。"

"这个孩子太犟了，拿他没办法。只要是想干的事，就不管好歹，一味蛮干到底……"

"是啊，吾一这孩子是很要强的，我想这次发生的事，应该不仅是因为逞强才干出来的吧？可能有更深层的原因……"

"您说更深层的原因，啊，那个，在那里站着太怠慢您了，请到屋里来谈吧！"

"不啦，已经很晚了。我是说，这次的事恐怕与上中学有很大关系吧。"

安吉划了一根火柴，点燃一支卷烟，继续说下去。

"看得出来，吾一这孩子非常想上中学……"

"是啊，这个我知道……"

"既然这样，那就让他去吧……"

"可是……我们这样的家庭，实在是……"

"别这么说。同孩子的班主任商量商量，说不定会有什么好办法呢。"

"……"

"我这么说，可能有点多管闲事，不过像吾一这样聪明的孩子，让他就此辍学，实在是太可惜了！"

"……"

"我是这样猜想的，就拿今天的事来说吧。当然了，看表面，主要是由孩子们打赌引起的，但是如果追根究底的话，孩子可能是由于想上中学，而家里不让去，就产生了这种自暴自弃的心理——既然中学上不成，死又算得了什么呢？这种破罐破摔的想法会不会起了作用呢？我有这种感觉……"

阿莲听安吉这么一说，才意识到事情的严重性，吓了一大跳。她根本没有往那方面去想，只认为孩子是意气用事，逞强好胜罢了。现在听了安吉的一番话，觉得确实不无道理。一个外人，这么深切地关心着吾一，比自己这个做妈妈的还要深。想到这儿，她一时间百感交集。

阿莲和安吉都是在这个小城镇长大的，虽说两小无猜，情同手足，但二人既非亲戚也不算什么至交。阿莲的夫家败落后，安吉总是对她家给予多方关照。就连吾一家现在住的房子，也是安吉好意租给他们住的。当时爱川生意失败了，安吉主动提出，自家后院的出租屋空着，若他们不嫌弃的话，可以搬去住，而且几乎不收取租金。尽管这样，他也丝毫没有表现出傲慢的态度。也可能是因为自己没有孩子，安吉把吾一当作自己的孩子一样疼爱。然而，爱川竟然误会了安吉的热情，曾经对他说了些难听的话。从那以后，安吉就不再来吾一家了。今天来吾一家，站在过道不进屋，想必也是这个缘故。过去丈夫对人家态度那样不好，安吉却说了这么关心的话，阿莲越发觉得对不起人家，心里很不是滋味。

其实，阿莲是多么希望能和这样的人好好商量一下吾一的前途啊。但是她深知丈夫的禀性，知道不能拜托他什么，弄不好，不知会给人家带去多少麻烦呢。

安吉只待了一会儿，就悄悄回去了。

阿莲依然呆坐在那里,用袖口揉着湿润的眼睛。

更夫敲梆子的声音从远处传来,夜深霜重,听着格外清脆。

阿莲撑起疲惫的身体,又走向了糊信封的工作台。

她正想刷糨糊,可锅里的糨糊不知何时已经结冻成冰了。

这时,吾一"哎哟"叫了一声,使劲翻了一个身。

阿莲急忙走到吾一枕头旁边,轻轻地拍着儿子的后背,小声问道:"吾一,你怎么啦?又做梦了吧?吾一,吾一!"

三

第二天，吾一去上学。放学后，次野老师把京造和吾一留在教室里，分别训斥了一番。因为，站长也给学校发来了严厉的通告。

次野老师对京造的训话还不算太长，但对吾一的训斥，却持续了很长时间。

"真是万万没有想到，像你这样的好学生，怎么会干出那种事来？要知道这不单是你个人的事。作为你的老师，也没脸面对世人，而且学校的声誉也不知会受到多大的影响呢！"

"……"

"我问你，到底为什么非要去干那种冒失的事呢？是不是有什么事想不开呀？"

"……"

"爱川，你说说吧。既然干了那种事，一定是有什么特别的原因吧。你说过想上中学，是不是因为不能如愿，就自暴自弃了呀？"

吾一稍微抬起了垂着的头，看了看老师。他不认为当时自己想过这些，但此时听老师这样一分析，倒也觉得不能说一点这方面的因素都没有。

"我说对了吧，是这么想的吧？因为上不成中学，你就觉得人生变得没有任何意义了，即便是死也无所谓了，对吧？"

吾一暗想，既然老师已经这样做出了肯定的判断，自己就不好说"不是，我没有像老师说的那样想"了。于是他含着泪小声回答了一声："是。"

实际上，他当时之所以要那样干，只是因为在气头上说出了大话，结果就逞能去干了，现在根本想不起来有什么明确的理由。他记得最清楚的，只是插在阿娟发髻上的花簪子的红穗子，可是这些话是不能对老师直说的。不过，仔细想想老师的话，也不能说完全没有想过，反正顺着老师的话说，是最保险的，所以他这么回答。

"考虑到你的情况，老师很同情你，但是，你真是干了一件非常轻率的事啊！"

"……"

"就因为上不了中学，便如此轻生，哪有这样的孩子啊？心胸这么狭窄，将来怎么能有出息呢！爱川，你想没想过自己为什么叫这个名字啊？"

"……"

"怎么，自己的名字是什么意思，你难道都不知道吗？"

"……"

"'吾一'这个名字，恐怕是因为你爸爸叫'庄吾'，你是爸爸的第一个孩子，所以就在'吾'字后面加了个'一'字吧。但是，以我的理解，并不止这个意思。爱川，'吾一'这个名字是个很有意义的名字啊，"次野老师继续兴奋地说，"你在作文本或大字本上，写自己的名字时，觉得理所当然，所以什么也没有想，就写了'爱川吾一'四个字。但是你要知道，'名'是表现'体'的，非常的重要，所以'吾一'这个名字也是很不简单的哟!"

"……"

"我不知道你的名字是你爸爸取的,还是别人取的,总之,除了方才我说过的那个原因之外,还包含着更深刻的意义。命名的人是否考虑到这一点,现在不必去追究。但不管起名字的人是怎么想的,作为拥有了这么一个好名字的人,你得让自己的名字真正名副其实,否则怎么对得起自己的名字呢?"

"……"

"所谓'吾一',就是'只有我一个'的意思,就是在这个世界上,只有一个的意思。在这个世界上有很多亿人啊,但是你这个人,你听着,爱川,名叫爱川吾一的,在这个世界上只有一个。这就和无论有多少人,每个人的面孔都不一样是一个道理,叫爱川吾一的,在这个广阔的世界上,只有你一个。而这个独一无二的爱川吾一,怎么能干出吊在火车即将开过来的铁桥上那种蠢事来呢!"

"……"

"万幸的是火车终于刹住了,没有出事,万一火车没有刹住,会是什么后果,你知道吗?这个世上就再也没有爱川吾一这个人了!"

"……"

"你死了还能上中学吗?你上中学,是为了成为有用的人吧?既然如此,为什么要干那种蠢事呢?虽然人们常说来世如何,可人一旦死掉了,就不可能活过来了。就如同这个世上只有一个爱川吾一一样,你的生命也只有一次啊!"

"……"

"你还是个孩子,所以情有可原,但是,在桥上打吊,绝不是什么勇敢,也不算是胆子大,那不过是匹夫之勇。死这种事,爱川,还是交给老爷爷和老奶奶们好了。人生不是为了去死的,而是为了活着。今天的人们,最重要的是努力活下去。无论如何要让自己活下去。如果做不到让独一无二的自己,让只有一次的生命好好地活下去的话,人还有什么必要来到这个世界呢?"

"……"

"明白了吗,爱川?正因为老师看你有出息,才跟你说这么多的。就冲着自己这么好的名字,也要让自己好好活下去。因为你这个人,这个世界上只有一个。听明白了吗?吾一,要好好记住老师跟你说的话啊!"

四

"叔叔!"

吾一兴冲冲地跑进了稻叶书店,背着的书包哗啦哗啦作响。

"叔叔,我有可能去上中学呢。"

吾一知道自己能上中学了,高兴得不得了。他当然不知道是谁帮助自己上中学的。

"是吗?这可太好啦!"

安吉正坐在店里,看岛田三郎①写的《论修订条约》,看见吾一进来,就放下了书。

"今天来晚了,因为放学后,我又复习了语文、算术什么的。"

"准备入学考试吗?"

"是的。"吾一志得意满地说。

安吉虽然早已从次野那里知道了吾一上中学的事,仍然装作初次听说的样子,微笑着鼓励吾一说:"那么,吾一,你要好好考啊!"

由于安吉上过庆应义塾,所以在这个镇上算得上是个知识分子。虽然因身体不好,加上父亲去世,不得已辍学回归

---

① 岛田三郎(1852—1923),政治家。

乡里，但他对于知识的渴望并没有减弱。只是因为要继承家业而扎起围裙，照管起生意来，没有时间可以静心看书。加上经常发低烧，什么也不能干，只能整天闲待着。幸而家境殷实，对生意不那么上心也没有关系。在店里待得无聊的时候，他竟突发奇想：何不培养一个孩子，替自己去求学，以弥补终生的遗憾呢？如此看来，他资助吾一，也并非完全是因为自己没有孩子的缘故。

此时，出现在他面前的就是吾一。吾一正是他实现愿望的最好人选。而且，他和吾一的妈妈，小时候常在一起玩捉迷藏、老鹰捉小鸡等游戏，从儿时起，安吉就对阿莲产生了某种微妙的好感。他甚至想过，如果自己不去东京读书，说不定会跟她结婚呢。由于吾一是他儿时好朋友的孩子，所以他对吾一有着特别的亲近感，想要暗中给予他多方关照。可是，吾一的爸爸是个没落的士族，妄自尊大，丝毫不通人情世故，安吉不愿意和他这种人打交道。结果，只好打消了帮助吾一的念头。

但是，当安吉听说了铁桥事件以后，仿佛胸口挨了一记闷棍般的心痛。虽说是小孩子淘气干出的鲁莽事，但他总觉得，正是由于自己的漠不关心，才导致这颗幼小心灵出现反常的。于是他马上去看望了阿莲，随后又去找次野老师，表示自己想要帮助身边这棵幼苗茁壮成长。只是，如果明说自己负担吾一的学费的话，会引起吾一爸爸的反感，于是全权委托次野去办，不要告诉他们是他出的学费。

次野喜出望外。前几天两人喝酒谈论此事时，因安吉的态度很冷淡，自己曾对他深为不满。如今安吉竟主动提出资助吾一求学，使次野深受感动。

于是，次野老师在训斥吾一的当天下午，就立刻把吾一的妈妈请到学校来了。他先谈了铁桥事件，请家长今后多加管束之后，就吾一的前途问题，和吾一的妈妈谈了很多。次野是个多愁善感的人，以为吾一妈妈知道了安吉资助吾一的事，一定会感激万分的，谁知阿莲的反应并不像他想象的那样，不免令他有些失望。当然，阿莲对孩子能上中学的事，也是欣喜不已，但她还是反复地说，自己一个人不能作主，要和吾一的爸爸商量。虽说和父亲商量也在情理之中，但按照人之常情推断，吾一爸爸应该不会反对的。可吾一妈妈总是在强调这一点，令次野多少感到有些失落。最后商定：吾一爸爸那边，由阿莲先去说服，等吾一爸爸回来后，自己也准备找他好好谈谈。次野还告诉吾一妈妈，没有几天就考试了，先让吾一准备考试。

"是，我一定好好复习，争取考个第一。"

吾一毕竟是个孩子，受到叔叔的鼓励，劲头更足了。

安吉听了，非常高兴，暗想"是时候了"，就说："那好啊，为了庆祝你上学，叔叔送给你一件好东西。"

安吉站起来，从书架上取下一本茶色封面的薄书，递给吾一说："这套书有很多本，你现在可以先看看第一本。写这本书的先生是叔叔上大学时的校长，是位了不起的先生。在现在的日本，可算是首屈一指的大人物。刚开始看的时候可能会觉得有些难，但像你这样有抱负的孩子，这样的书是必须看一看的！"

吾一接过书来，翻了翻，心里并不怎么高兴。打开一看，既不像《世界少年》那样，有卷首插图，书中也没有插图，觉得不怎么好看。但是《劝学篇》这个标题吸引了他，与他当时的心情正好吻合。

"天不在人之上造人，不在人之下造人。"

最开始的这一句读着很顺口，虽然对这句话的意思不太明白，但这个心中有着强烈求知欲的少年，竟不知不觉看入了迷。

他回到家后，很快就看完了这本薄薄的小书，尤其是对于书中"人非生而有贵贱贫富之别。唯勤学问、知事物者，为贵人，为富人；不学者，则为穷人，为下人"这段话，产生了深深的共鸣，反复读了许多遍，渐渐地竟能背诵下来了。

祖先和门第

转眼间，就到了梅花傲然开放的季节。然而凛冽的寒风呼呼地刮着。因此，盖着锅盖的糨糊锅里，不知什么时候就浮了一层尘土。

自从跟次野老师谈完话后，阿莲就给庄吾去了信，要他回来一趟，商量商量吾一上学的事情。但是，庄吾不但没回来，而且连一封信也没有回。阿莲又一连写了几封信和明信片，仍然没有回音。

阿莲听人说，庄吾已当上了宪政党的干将，东奔西走。还有人说，他已经在东京另安了新家，再也不回来了。参加政党的传说，不能说一点根据没有，因为他一直对政治很感兴趣，但是说他另外娶妻安家，那是不可能的。尽管他几个月都不回一次家，但阿莲不愿意相信。

阿莲依旧日复一日地干着单调的活，熬好了糨糊，就叠信封，然后往信封上刷糨糊，糊出一个个信封。

与阿莲闷闷不乐的样子相反，吾一每天都兴高采烈的，仿佛根本没有看到妈妈忧郁的脸色一般，沉浸在自己的喜悦之中。

作次以及小伙伴们，都不再嘲笑他了。何止是不嘲笑，在他面前，大家都觉得抬不起头来。因为在铁桥事件上，他和京造两个人承担了责任，没有说出其他孩子的名字，这一点颇受孩子们的称赞。但更令大家佩服的是，自己说出来的话，真的能在大家面前付诸行动。从那以后，伙伴们都称赞吾一："他不但学习优秀，还是个有胆量的人。"于是，吾一在小伙伴中立刻受到了小英雄般的待遇。

过去，虽然他在课堂上受到尊敬，但在课外，玩游戏也好，上体育课也好，吾一很少能够得到好的角色。就拿玩骑兵游戏来说吧，虽然偶尔做骑士，但绝大多数是当马后腿。而现在，吾一一下子成了全军的总司令。由京造充当马前腿的最强壮的战马来到他面前，说："请骑在我们这匹马上，指挥我军进攻吧！"于是他骑上京造充当马前腿的战马，统率众多的骑士，悄悄逼近敌军阵地。他一边前进一边指挥，哪些马去跟敌军的哪些马交锋，哪些马包抄敌军后路，最后自己朝着敌军的统帅奋勇进攻，与对方勇猛搏斗，每次都能够将对方打落马下。

玩打仗的游戏时，吾一也必定被推举为大将，因为大家对他的智谋和胆量都十分佩服。事实也是如此，只要他指挥，必定凯旋。他的威望已不限于打仗游戏了，在玩其他游戏时，只要他玩腻了，说一声"咱们赛跑吧"，大家就会马上停止游戏，赛起跑来。他说句"打陀螺吧"，大家就会异口同声地说："好啊，玩陀螺吧。"真可谓一呼百应。

孩子们的世界，是实力的世界。谁的力气大，谁就当大王。功课好的孩子，受到大家的尊敬。功课又好、力气又大的人，就是王中之王，是最受崇拜的人。家境好或不好，父辈能干还是不能干，在这个世界里，都无足轻重。法官的公子也好，财主家的少爷也罢，若是个熊包，也只能当一名小卒子。反之，即使是车夫的儿子，只要勇敢，也可以当头领。

总之，一切都由实力说了算，除了实力之外的东西在这里吃不开。因此，伊势屋的秋太郎等人，总是充当运输兵或马后腿。

在孩子们的世界里，虽然没有投票也没有选举，却存在着比任何选举都公正的标准。

在他们的世界里，虽然没有官衔或勋章，但存在着极为严格的、自然形成的等级制度。孩子们都默默地承认它，默默地尊重它。这就是孩子世界里的宪法，孩子世界里的规矩。

对这种规矩，就连道雄这样的孩子也不得不遵守。即便道雄很可能背地里对吾一表现出不屑，"哼，他有什么了不起的"，但至少当着吾一的面，他再也不敢不懂装懂，不敢炫耀自己那套时髦的玩意了。以前凡事总想跟吾一较高低的道雄，现在丝毫也不敢跟吾一较劲了。尽管吾一觉得有些失落，但毕竟是一件愉快的事情。

吾一现在成了名副其实的山大王。他的话就是圣旨，无人敢违抗，在伙伴中，宛如众星捧月一般。加上上中学的愿望顺利实现了……真是万事如意。他甚至觉得今年的春天来得都早了一些。

今天放学后，吾一复习完备考功课后，高高兴兴地走进小巷，刚到家门口，就听到屋里断断续续地传出爸爸瓮声瓮气的说话声。他立刻停下了脚步，站在家门旁，没有马上进去。

"不，我不去，说什么我也不到那儿去。"

"可是，人家一番好意，怎能不去道谢呢……"紧接着传来妈妈的声音。

"什么好意？那根本不是好意，纯粹是多管闲事！"

"哎呀，你怎么这么想呢！说这种话，怎么对得起老师啊？"

"烦人。我这次回来，不是为了这个回来的，是为了离开这个鬼地方才回来的，所以你也跟我一起离开这儿好了。"

"……"

"真是没有主见的东西！你到底怎么打算？你只回答一句，去东京，还是不去？"

"……"

"你打算考虑到什么时候啊？我说要离开这里，你不同意吗？"

"……"

"哼！你是不是舍不得离开这个地方啊？"

"你说什么呢！"

"都他妈的欺负人！喂，有什么下酒菜没有？光这些破玩意怎么喝酒啊。"

"……"

"你上鱼铺去买点什么来。还有，这么点酒够谁喝的，再多打点来！"

吾一像蝙蝠一样，一直贴在窗户上，听着里边的对话。爸爸这样发脾气骂妈妈，已不是什么新鲜事，但在这么紧张的气氛中，他实在没有勇气说声"我回来啦"，走进屋去。正在这时，妈妈拿着包袱皮，从后门走了出来。

"啊，你什么时候回来的？别站在这儿啊，快进屋吧。"

虽然妈妈这么说，但只有爸爸一个人在屋里，吾一不愿意进去。

"妈妈,让我去买吧。"

"不用了,你不知道去哪儿买。"

"那,我跟妈妈一块去。"

"你去跟爸爸打个招呼吧,他回来了。"

"我不,我一个人……"

吾一就这么拎着书包,跟着妈妈去了鱼店和酒屋。回到家后,跟在妈妈身后,战战兢兢地进了屋。

爸爸下身穿着粗条纹的裙裤,上身穿着有家徽的黑色羽织①。吾一站在远处,向爸爸问了安。

妈妈把一盘生鱼片和酒壶,放在爸爸的面前,然后又像往常一样,坐在工作台前,开始糊信封。

庄吾阴沉着脸,自斟自饮,喝起闷酒来。忽然,大概是舌头碰到了酒里的什么脏东西,他"呸"地一声吐了出来,然后冲着阿莲,大骂起来。

"喂!你怎么老是干那个烂活儿啊。别给我丢人现眼了!"

"……"

"那活儿是平民干的,在我们家,祖祖辈辈里就没有一个干这种零活的女人。"

唉,他怎么能说出这种话来。阿莲怨恨地抬起眼看了看丈夫,马上又低下头,继续干活。

她伤心地想:谁家的妻子愿意干这种零活啊?要是丈夫月月能拿回钱来,自己早就不想干了。可是,现在的家境,

---

① 羽织是和服的一种。穿在长着、小袖外面,作为防寒、礼服等之用。

哪里能闲着什么也不干哪。

"这个先不说了,我刚才问你,你到底去还是不去?"

阿莲没有回答。她想,丈夫说要举家搬到东京去,可是他到底有多少把握,能顺利迁过去呢?这一点,总是不得要领。他说话的口气总是很大,却一向不着边际。每次开始做事的时候,他都是说得天花乱坠,其实完全不是那么回事。对他这一套,阿莲早就听腻了。

"喂,你为什么不吭声?你不去东京,想永远在这儿糊纸口袋吗?"

"……"

"正是因为你干这种活,咱们才会被别人瞧不起的。你在我眼前糊口袋,连酒都变酸了。喂,我叫你停下,为什么还干?"

庄吾说着抄起酒杯,砸向阿莲,幸好砸偏了。杯子擦过阿莲的脑袋,落在了信封堆上。洒在上面的酒痕一道道的,就像鼻涕虫爬过一样。

吾一一直坐在妈妈身后,此时实在看不下去,就悄悄站起来,想躲到外边去。可是刚走到厨房,木地板就发出"咯吱"一声响。

"吾一!上哪儿去?"

爸爸的喊声从背后追来,吾一吓得站在了原地。

"这个时候了,不要到外边去了。到我这儿来。"

"……"

"上这儿来,坐在爸爸跟前。喂,我叫你坐下!"

吾一没办法,只好坐在爸爸的面前,却一直不敢抬头看爸爸的脸。

"听说你想上中学，是吗？"

"嗯。"

"可是，爸爸要是不让你去，你怎么办？"

吾一大吃一惊，看了爸爸一眼。

"干吗这副脸色！上中学有什么用啊。你知道是谁给你出的学费吗？"

"不知道。"

"你小子，就是用别人的钱，也非要上中学，是吗？"

"我、我就是想……上……中学……"吾一带着哭腔，战战兢兢地说。

"我知道你想上中学。我在问你，即便是用别人的钱，你也想要上学，是吗？"

"我是想……想念书。"

"混蛋！你什么时候变成贪小便宜的乡巴佬了？"

"……"

爸爸忽然说："你知道新井白石①吧？他的故事在课本里应该讲过。"

"知、知道。"

"知道就更好了。不过，你也知道白石是怎样成为那样伟大的学者吧？怎么，你不知道？我看也是。你要是知道，就不会说出今天这样的糊涂话来。白石吧，不用说，从小就学

---

① 新井白石（1657—1725），江户时代中期的政治家，德川家宣幕府的文官，参与改制。

习好，而且非常用功。不仅如此，他还具有武士的气概。正是这气概成就了白石那样的伟大学者。你好好听着，我给你说说。白石小时候也很穷，穷得连饭都吃不上。有一个叫河村瑞贤①的人——他也是个有名的人物，你在学校里应该也学过的。他是个大财主，拿现在的有钱人来比，大仓②都不如他，跟三井③不相上下。这个瑞轩看中了白石，想招他做自己家族的女婿。正好瑞贤哥哥的女儿正待字闺中，便对白石说，如能做他这个侄女家的女婿，自己将三千两购进的宅邸作为陪嫁，资助他研究学问。喂，你听见了吗？是三千两啊。要说三千两，放在现在也是一笔巨款啊。那时候的三千两，可是一份足够他度过奢侈一生的财产。但是，你猜白石是怎么回答的？他说：'您的厚意，不胜感谢之至，但恕我不能从命。'断然拒绝了啊。"

"……"

"怎么样，这件事他表现得多有志气呀。男子汉大丈夫，就应该这么有骨气！家里一粒米没有，而面对着的是三千两的宅邸。只要有了这三千两，他就可以一生无忧，踏踏实实地做学问了。但是白石拒绝了这三千两。如果他当时拜倒在三千两脚下的话，恐怕就成不了价值三千两的学者了。正因

---

① 河村瑞贤（1817—1699），又称瑞见、瑞贤，江户时代前期的实业家，土木专家。
② 大仓是日本近代的大财阀。由实业家大仓喜八郎（1837—1928）创办。
③ 三井是日本近代四大财阀之一。其最初的企业为三井高利（1622—1694）创立的三井越后屋。目前包括银行、零售等多个产业。

为白石拒绝了三千两，才成为了名垂青史的大学者。怎么样？这凛然气概！喂，酒杯，酒杯。"

庄吾仿佛自己拒绝了这座三千两的金山似的，精神振奋，想拿起酒杯痛饮一番，却忽然发现眼前没有酒杯了。

阿莲又拿来一个酒杯，放在庄吾面前，然后随手拿起酒壶想给他斟酒，发现酒已凉了，想拿去烫一下。

"不用烫了，凉的也行，凉的也行。"庄吾边说边连喝了两三杯凉酒。

"吾一，你不是武士的儿子吗？要拿出点大丈夫的气概来，气概。"

"……"

"你难道忘了咱们的祖先吗？我记得跟你说过的，我们的祖先叫相川①新吾定春，甲州国②的武士。属于尾张的山崎太守的部下，那可是声威赫赫的勇士。一次，尾张太守③检查部下的武器装备。其实就相当于现在的阅兵。可是我们的老祖宗没有穿铠甲，当即遭到太守的申斥：'你的铠甲哪儿去了？'咱们的老祖宗满不在乎地说道：'命运在天，铠甲在当铺。'"

"……"

"哈哈哈哈。'命运在天，铠甲在当铺'，咱们的老祖宗说得多好啊！吾一，你要记住，我现在和当铺这么有缘，看来

---

① 相川是新潟县佐渡的地名，江户时代初幕府直辖的矿山区。盛产金、银等。
② 甲州国，又称甲斐国，江户时代地方割据的国名。
③ 尾张是旧国名，山崎是姓氏，太守是地区行政长官。

起源于咱们的祖先呀。啊哈哈哈……话说远了，尾张太守确实是讲道理的人，他虽然对年轻的新吾斥责道：'没有铠甲，武士怎么打仗呢！'却当场砍了一段金竹竿①给他。这金竹竿就等于是现在的金条啊。'你拿去！'他豪爽地把它扔给了新吾，意思是要新吾赎回铠甲。但新吾定春可不是凡人鼠辈，决不是一个拿着金条偷偷摸摸地进当铺的贪心人，而是把这些钱分给了穷苦的亲朋好友。当然，他自己也与要好的朋友喝了些酒，但大部分钱都给了别人。但是他在太守面前，仍然装作把铠甲赎回了的样子。"

"……"

"但是，那时毕竟是战国时代，装是装不了多久的。据说是在永禄十三年②正月，由于信玄公③要攻打花泽城，集合了甲州全部人马，当然也包括尾张太守的部队。可是，要上阵打仗了，新吾没有铠甲，只佩着一把战刀。尾张太守看见他没穿铠甲，惊得瞠目结舌。这也难怪。太守给了他那么多钱去赎铠甲他却没有赎。尾张太守瞪起眼睛训斥他：'你为什么不穿铠甲！'我们的老祖宗却面不改色地申辩：'像如今这般子弹横飞，铠甲已起不了多大作用了，所以我没有穿。不过，今天我带来了这个。'说完，便取出一个装栗子的麻线网兜，给太守看。太守说：'你拿这玩意干什么用？''这是装敌人首

---

① 即铸金银子竹竿上，必要时可切断当钱花。
② 永禄是日本的年号，即1558年到1570年间。这个时代的天皇是正亲町天皇。室町幕府的将军是足利义辉、足利义荣、足利义昭。
③ 武田信玄（1521—1573），名晴信，法号信玄，战国时代的武将，武田信虎的公子。1541年继承父业，为甲斐国的领主。

级的网兜。我要冲在最前面,把敌人的首级装进这个网兜里,奉献给太守。'太守气得劈头盖脸一顿骂:'愚蠢的东西!连自己的盔甲都准备不好,跑到敌人城下有什么用?我看,还是用它装你自己的脑袋吧!'但是,新吾定春仍然非常镇定,边笑边回答:'命运在天,铠甲在当铺。'"

"……"

"当然,我们的老祖宗是准备战死沙场的。然而,在战场上,敢于豁出命去杀敌的,即是强者。不惜自己的生命去同敌人拼死一搏,往往会克敌制胜。到了进攻花泽城的时候,我们的老祖宗冲在最前面,并且割了敌军大将的首级,装入那个网兜里,从容不迫地得胜回朝。尾张太守见他果真取了敌人大将的首级,喜出望外,出发前的不满立刻飞到了九霄云外,当即提拔他为百十人小队的队长。不仅如此,据说信玄公还亲自赏赐了他。这就是我们的祖先。你小子应该知道这些事迹的呀。"

在爸爸讲述老祖宗的丰功伟绩的过程中,吾一多次听到从远方传来的汽笛声,这声音虽然是与古代战争毫无关联的现代的东西,但此时,它就如同咚咚敲响的战鼓,给爸爸的讲述添加了威武的气势。每当汽笛一响,吾一就握紧了拳头。

"啊,吾一,咱们祖先的丰功伟绩,还不只这些呢,"庄吾说完,拿起酒杯,身子往后一仰,一饮而尽,然后又继续说,"信玄公死后,武田家就开始衰败了。继承父业的武田胜赖[①],有勇无谋,而且没有大将的器量,因此,出崎尾张太守

[①] 武田胜赖(1546—1582),战国时代的武将,信玄公之子,有勇无谋,继承父业后被织田、德川击败,自缢于天目山麓。

对他感到失望，终于离开武田，投奔了织田①。按那时候的规矩，主公离开的话，家臣要跟随他去的，但是我们的祖先没有跟主公去。因为新吾定春就是甲州人，而且出生于信玄公城堡所在的杜鹃花盛开的崎山旁边流淌的相川溪谷下游，因此，他虽不是信玄公的直系家臣，但无论如何也不能以自己出生的家乡为敌。可如果留在武田家，势必与投靠织田的尾张太守交战，这也是他不愿意的。就这样，不管投靠哪一边都不合自己的意，他最后决定谁都不投，下了甲州山。后来搬到这里，隐居在大沼池畔，并把相川的姓改为爱川。在那个年代，咱们的老祖宗，就能够这样审时度势，真是罕见。因为那正是'昨日的朋友，今日的敌人''杀人盗窃乃武士必备'的时代。在武士只考虑个人私利的时代，咱们的老祖宗能够作出重义轻利之举，比取了那花泽城领主的首级还要了不起呢！"

"……"

"由于这些缘故，即便隐退之后，相川新吾的名字也相当响亮。据说在日本权现迁都江户时，德川幕府②派来特使，希望将他招在麾下，但他以不愿作官为理由谢绝了。然而特使临行时留下话：对于爱川家，给予永久性的特殊待遇，请

---

① 织田信长（1534—1582），日本战国时代的三英杰之一（另外两人是丰臣秀吉及德川家康），成功控制以近畿地方为主的日本政治文化核心地带，使织田氏成为日本战国时代中晚期最强大的大名，但后来遭到部将明智光秀的背叛，魂断本能寺，织田氏也因此一蹶不振。
② 德川家康的幕府，德川家康于1603年任征夷大将军，后改德川幕府为江户幕府。

安然度过余生。之所以这么对待他,是为了不让他为别的武士家效力!不过,由于有了这种待遇,爱川家在德川时代,可谓盛极一时。仅房产占地就有十三町①,而且还不用交税。据说主人外出时,都是佩刀的,因此地方官也都让他几分。地方官府每遇到管辖的村落出了麻烦事,也会来求咱家帮忙解决纷争。只要咱家老祖宗一出面,纷争立即平息了,多有威望啊!我刚才说的这些都是托老祖宗的福啊!"

"……"

"可是,到了明治维新,社会就完全变了样。萨摩和长门两地的那些家伙,胡作非为,把好端端的社会搞得乌七八糟。世道变得这样险恶,都是那帮家伙造的孽。人与人之间也渐渐变得尔虞我诈起来,世道又退回到战国时代,不同的只是没有穿盔甲。昨日之友,今日之敌。武田认为自己的属下不会背叛自己,放松了警惕,结果属下竟然暗地里通敌。唉,世道人心完全变了,一点儿都不能麻痹大意。嘴上说得好听的人,必定怀有鬼胎。爸爸就不知上过多少次这种人的当了。咱们家之所以落到这步田地,就因为你爸爸把人看得太好了,所以吃了大亏。因为这世道变坏了。吾一,世界上最可怕的是什么,你知道吗?最可怕的不是老虎,也不是豺狼,而是人,是花言巧语的人。"

"……"

"吾一,不要随便相信别人。千万不能轻信别人的甜言蜜语。你现在还小,可能还不太懂,但爸爸今天同你说的话,

---

① 一町等于99.15公亩。

你可要牢牢记在心里,知道吗?无缘无故对你好的人,这个世上是没有的。善良的背后,必然有其打算。即便有人关心你……"

"老公……"在厨房切菜的阿莲实在忍不住了,抹着眼泪,想要张口。

"你想说什么,你少插嘴,还想让我拿酒杯砸你吗?"

庄吾"叭"地一声把酒杯放在桌子上,朝阿莲瞪了一眼。然后,一连喝了几杯后,又接着说起来:"吾一,你大概不知道是谁出钱供你上学的,但是爸爸大致猜得到。虽然学校的老师说是他出的,但老师是不可能给你掏钱的。我干脆告诉你吧,我是不会同意你靠那个人的钱上中学的。"

"……"

"你学学人家新井白石,拿出敢于拒绝三千两的气概来。靠着别人的恩赐去学习,多寒碜哪。将来怎么能有出息呢?我们家,祖祖辈辈都是关照别人,还没有受过别人照顾的先例呢!"

"……"

"你和那些乡巴佬,天生就不是一样的人,不要见钱忘义。要有骨气一些,还要学得坚强一些。再过几天,官司就了结了,到时候,别说上中学了,什么都包在爸爸身上!"

"……"

"中学什么的,哪儿都有啊。上这种寒酸的农村中学,还不如上更好的学校呢。怎么样?你愿意去东京吗?去东京,上东京的学校去。"

"……"

"你妈说不愿意去东京,也可能有什么缘故吧。你妈要是不去,我就和你去,东京可是个好地方啊!"

"……"

"你为什么不说话?哈哈哈……肚子饿了吧?喂,给吾一拿饭来!"

"知道了,我正在做呢。"阿莲在厨房里边擦眼泪边答应着。

"这么半天干什么去了,怎么不早点做出来!算了,不用做了!喂,吾一,咱们走,跟爸爸走,今天爸爸请客。"

"你带孩子上哪儿去呀?"

"带他吃牛、牛肉去。你妈太吝啬,一点牛肉也不给你吃吧。今天、今天爸爸请你吃。上牛肉馆去!"

"这里哪有牛肉馆子啊?"

"没有牛肉馆,就上别的馆子。今天爸爸有钱,叫你小子吃个够。你小子饿了吧,来吧,跟我走。"庄吾说着摇摇晃晃地站了起来。

"你怎么能带孩子上那种地方去……"

"讨厌,没你的事!在家喝酒无聊透了。喂,吾一,走啊!你还磨蹭什么,相川新吾定春的后代嘛,要精精神神的才行。"

"……"

"命运在天,好吃的在……不知道这里的饭馆有没有好吃的,反正要去吃。快点,站起来!你不去吗?真是个傻小子。老是离不开妈妈,将来也没出息!"

家境的变迁

一

爱川家到庄吾这一代，已延续了十三代。爱川家是这一带首屈一指的名门望族。祖先新吾，善理经济之道，开田造林，奠定了爱川家业的基础。第二代、第三代又都是治家理财的能手，兢兢业业扩大祖宗留下的家业，很快就成了这一带无人可比的豪绅富户。当然，在爱川家的继承人中也有游手好闲的人，但也有像庄吾夸耀的那样，或是帮着地方官出主意、征收地租，或是站在农民一边，对付地方官这类有才干的人。不过总的来说，因循守旧的后代占多数。这个家族之所以能够这样延续不衰，这可能是个重要的原因。在那个时代，他们只要循规蹈矩，就是躺着睡大觉，什么都不干，粮食也会源源不断地被运进仓来，可以说是威风八面，所以，没有比这再好的守业方法了。

可是到了庄吾的父辈时，社会动荡起来了。"勤王""佐幕"等等词语开始出现在人们的嘴里。穿着打猎羽织①的流浪武士也开始频频出入爱川家。庄吾的父亲常常和这些人外出两三个月不回家。在庆应四年的九月，改元为明治，庄吾的父亲加入了彰义队②，上了上野山。可是只听说他们坚守不

---

① 是武士们便于骑马、后下身开衩的衣服。
② 庆应四年（1868年）二月，德川庆喜幕府部下的一部，屯集在上野宽永寺，反抗明治政府，于该年五月十五日被大村益次郎指挥下的官军所歼灭。

出，后来的消息就断绝了。据传说，上野被攻陷时，彰义队向三河岛①方向突围，因此有很多人逃脱了，其中也有庄吾的爸爸。听说他逃进一个染房，放开武士发髻，梳成仆人发髻，双手插入蓝色染缸，装作染房的伙计，最终逃脱了追捕。可是这些传闻究竟是真是假，谁也不知道。

家里虽然派人四处打听，但没有得到一点消息。他若能安全脱逃，早晚一定会回来的。尽管庄吾抱着一线希望，期待着爸爸能够平安回家，但是爸爸始终没有回来。

在爸爸下落不明后的第三年，庄吾正好满十周岁了。这年正月，庄吾剪去了刘海，举行了冠礼，并废弃了乳名，取名庄吾安春。冠礼是按旧式礼仪举行的，非常庄重。当时祖父还健在，一切都按照他的旨意进行。

不言而喻，祖父比起投奔彰义队的爸爸来，更加倾向于德川幕府。与其说是倾向于德川幕府，不如说是极端反对明治政权的革新或改良更恰当些。他是个特别尊崇陈规旧习的顽固不化的老人。他一生都不离佩刀，且不说自愿不佩刀的年代，就是在废除带刀令正式下达之后，他也没有老老实实地服从过。他曾扬言："不让佩刀，鄙人就提着刀走，布告中没说不让拿刀呀！"这样，他就用左手提着刀出门。庄吾就是在这位祖父的教育下成长起来的。时代的舞台虽然已经改变，家里的大人仍然给他穿上过去的服装，学着过去的台词。所以，即便是参拜神社，或逢年过节，连他这个小孩子也是武士打扮，佩带双刀外出。庄吾是这一带最晚剪掉长发的。因

---

① 古代地名。位于今爱知县东部。

为祖父说过，只有非人①和叫花子才剪头发。

祖父在庄吾十五岁时死去了。由于他家是个大家庭，十五岁的庄吾还料理不了家务，所以亲戚就成了监护人。后来他才知道，这个监护人，趁着明治维新世道混乱之时，暗地里转移了他家的财产。可是当时，由于衣食无忧，新当家人庄吾终日无所事事地当着他的"少爷"，好不自在。

可是，这个新当家十八岁那年的夏天，遭遇了"村规骚乱"。所谓"村规骚乱"，就是违反了村规，要受到村民们的惩罚。那年夏天，连日干旱，土地干涸，眼看禾苗就要枯死了。农民们去神社寺庙祈神求雨，但一点效果也没有。于是全村决定去向大山神求雨。通知书也发到了爱川家，所以庄吾不得不去。要是在明治维新以前，作为乡居武士，不仅不能与农民同席，就连管辖乡民的名主②也不放在眼里，因此他原本不应该参加此类活动。可是如今时势已变，讲不了从前那些陈旧礼法了。然而庄吾总觉得自己的身份与那些乡民不同，所以觉得穿上草鞋，跟着乡民们到三里外去祈祷大山神，实在愚不可及。他只是在森林土地庙集合时露了一面，中途就溜回家睡起午觉来了。他觉得无论拜不拜神佛，该下雨就会下，不该下雨怎么求也没有用。于是他仰面大睡。谁料想，他这个举动引起了全村人的极大不满。当时要是下了雨，也不会把他怎么样了，可是不管农民怎样虔诚地祈求大山神显灵降雨，还是一滴雨水也没有。这么一来，村民们就

---

① 非人，江户幕府时期，身份处于士农工商之下的低贱的人。
② 江户时代负责乡村事务的官吏。

把不下雨的罪过都推到庄吾身上了。本应全村人一同去求雨，庄吾却偷懒没去，因而惹恼了大山神，才不降雨的。打着这个旗号，村民们一窝蜂地闯进爱川家，一边叫嚷着"快把那小子交出来！""把懒蛋交出来！"一边准备破坏庄吾家的大门和房子。尽管监护人出来 再地赔礼道歉，但愤怒的村民就是不答应。最后有人从中说和，庄吾才免遭众人殴打，但爱川家必须拿出三十包大米和二十两黄金给农民。

庄吾没去求雨，按现在的说法，就是没有服从乡规，这当然是不对的。但仅仅由于没去求雨这点小事，就遭到如此严厉的惩罚，也太过分了些。其实这就是所谓的"违反村规"，对于平素看不惯的人家，借此机会采取粗暴的手段整治一下。爱川家的人总是摆出一副高高在上的面孔，令村民对他家素有积怨。而且，庄吾的父亲抵抗官军，不顺应时代潮流，也让村民反感。再加上他们知道，爱川家是财主，只有折腾他们，才能拿出钱来。所以村民们就趁着这个机会蜂拥而至。

这种风俗，现在虽说已经看不到了，但在明治末年，还是比较普遍的。打从这件事发生以后，庄吾就和村里的头儿们产生了隔阂。显而易见，这次违约事件，与其说是全村人的意愿，不如说是在头儿们的指使下行动的。尽管他们表面上充当了调解员的角色，但庄吾一直耿耿于怀。因此，眼下对村长提起的诉讼，不仅仅是因为林权之争。说到底，就是那时候的积怨导致的。在很大程度上，他是想以此为契机，向村里的头头脑脑报一箭之仇。

庄吾在二十岁的时候，正式继承了家产，不久就娶了媳妇。就在此时，意外地发现了监护人转移家产的事。无论怎样交涉，都没有彻底解决问题，只好起诉了监护人。可是虽说官司打赢了，但由于对方精于算计，早已把财物藏匿起来了，结果什么也没有要回来。在自己这一代丧失了巨额家业，庄吾深感愧对列祖列宗，一心想填补损失，重振家业，于是想方设法搞各种经营。听说养鸡千只可赚大钱，他就在空地上建起鸡舍，高价购进了很多鸡，饲养起来。谁知在孵小鸡之前，母鸡都染上了鸡瘟，血本无回。后来听说大山神的邻山出铁，他又轻信传言，盲目进行开采，结果越开采，自己的亏空越大。不仅如此，天公也好像在故意为难他似的，一次日本特有的风灾水祸，将这户建于德川时代的宅第给毁坏了。那年暴雨成灾，导致山体滑坡，房屋转眼间就被冲塌了。

虽然田地还没有被冲坏，但早归他人所有。一直在祖父的娇惯下成长起来的不谙世故的小少爷，就这样沦落到了房无一间、地无一垄的境地，比普通农民更悲惨，只得搬到贫民居住的陋巷去。可悲的是，家境落魄到如此地步，他仍念念不忘自己的出身。他认为自己变成这样都是时势造成的，都是世道不好。他咒骂社会，不相信任何人。"见人思贼"对于他来说，已不是谚语，而是坚定的信念。

他还轻视勤奋做工。别人给他介绍工作，他也无动于衷。他认为辛苦劳作是下贱的，像自己这样的人，不能干粗活，是他的人生准则。由于爱川家世世代代都是躺在租税上睡大觉的，所以不劳而获的生活就成了庄吾的理想生活。他每天游手好闲，寻求轻而易举的发财之道。有一天，他翻弄水灾时抢出来的柳条箱，从里面翻出一沓用头绳捆绑的旧文书。

闲来无事，他一边晒太阳，一边随手打开翻了翻。忽然从一张被蛀虫咬过的纸上，获得了意外的发现。原来里边清清楚楚地记载着，现在村上公有的山林，原本属于他家所有。一束亮光突然间划过他的脑海。庄吾急忙坐起来，仔细地从头看了起来。

从字面上看，在德川时期，该林产似乎是地方官的领地，但由于当时村民要进山搂落叶、打草，所以只交纳微薄的税金，林产暂时委托村吏管理。然而村民中，不仅有搂树叶、打柴草的，而且还出现了盗砍树木进行倒卖的不法分子。地方官一气之下，决定从村吏手中收回山林。可是山林一收回，贫苦村民就感到生活困难了，于是那位有才干的爱川家的主人，出面进行调解，除了交付村民未交纳的税金之外，还捐了款，尽力平息地方官的怒气。结果，官府又准许村民进山了，看来是大笔捐款打动了官吏的心。事后，地方官下了这道文书，里面写了"因识时势，捐款于土地管辖所，甚为满意，山林一带归其所有"的字句。在这句话前面，记述了上面所讲述的事情。

既然有"山林一带归其所有"的字句，就说明山林是属于爱川家的。就是说，这块山林既非官地，也非村吏所有。这等大事，为何自己至今不知，真是奇怪。文书落款于文化①九年，似乎是由于一直装在旧柳条箱里，而无人问津。再加上爱川家良田多多，这片山林不足挂齿。自古以来，村民年年进山收扫落叶，即便从文化九年算起，也有八十余年

---

① 江户后期，光格、仁孝天皇朝代的年号。

的历史了，所以就以为是公有领地了。连庄吾也一向是这样认为的。但看到这张凭据之后，庄吾则认为，不管怎么说，这肯定是自家林产了。庄吾欣喜若狂，举着这张文书，连连鞠躬。

"这回我也时来运转喽！要不我怎么说你干那种穷酸的活儿是傻瓜呢！喂，你赶紧把那个穿针眼的活儿给我收起来。"

他俨然以大财主自居，对着做针线活的妻子叫嚷起来。然后，催促阿莲说："车，车，快叫车来。"

就是在这时，他心里已经在忙着盘算："那座山的面积有多少？若是把山上的树砍伐了的话……"

一直想让全村人大吃一惊的庄吾，特意坐上人力车，威风凛凛地去了村公所。他见了村长，要求归还山林。他以为村长会吓得脸色煞白，可是，尽管他出示了那份文书，村长也毫不惧怕。村长说该山林自古以来就归村里所有，这张文书如同废纸一张，对他的要求，根本不予理睬。

庄吾十分恼怒，从村长那里回来时，直接去了律师事务所，请律师鉴定了那份文书。律师说，有了它，官司一定能打赢。但是，即便庄吾想打官司，却没有钱打官司，他每天拿着旧文书，气得咬牙切齿。就在这时，伊势屋的忠助为了给阿莲做针线活的事，突然到庄吾家了。庄吾见人就唠叨这件事，还拿出旧文书给人家看，所以，忠助一来，他也重复了这一套。

"是啊，这可真是一张有力的证明啊。我要是有钱，也跟你合伙干。"忠助用鼓动的口吻附和着说。

半个月后，忠助对庄吾说："去跟我们老板说说这事吧。"

便领着庄吾去见了伊势屋的老板。老板看了文书，似乎也有些动心，便说："好吧，我可以借给你起诉费。"

"不过，事成之后……"精明的忠助立刻提出了分成的要求。庄吾自然满口答应，立即用伊势屋的借款打起了官司。

判决拖了很长时间。因为涉及公用土地，本来就很复杂，而且，对文件的解释也很困难，所以，不论在什么年代都是要花些时间的。实际上，仅仅是调查取证，就得一年半载。然而，判决结果出乎庄吾的预料，官司打输了。根据村公所的说法是：从表面上看，好像是调解人爱川家把钱捐给了地方官，但那笔钱是村民们凑出来的，并非爱川独家的捐献。村公所现在仍存有爱川家捐款的存根。该山林原本属公有土地。在文化时代以后，村里的土地账目中，也没有山林属爱川家的记载。而且在明治五年官地出售时，正式售给了村里，所以说它确实属于村里所有。所以村民的说法得到了法院的认可。

但是，在庄吾看来，村民的说法是不可信的。即使捐款里有一部分是村民的，可是既然白纸黑字写了"山林一带归其所有"，再怎么说都不能否定山林已归爱川家所有的决定。尽管对方说官府正式卖给了村里，但在明治初年的混乱之际，文书可以随便改写，是无效的。庄吾非常愤慨，打算继续上诉，就到伊势屋来商量对策。作为商人的伊势屋老板对于这类官司，并无意一直陷入其中。所以，他一反常态，一再催促庄吾还清借款。

庄吾不知该怎么办好，但他绝不会遇到这点挫折就认输的。于是他又东拼西凑地借了些钱，再次向东京的高等法院提出了申诉。他这样做,争强好胜是一方面,但贪欲也起了不小的作用。另外,当时盛行的自由民权思潮,对他的影响也是很大的。由于此地的县知事曾经胡作非为,所以民权思潮很快就蔓延开来。原本当地人几乎不懂得什么是自由,什么是民权,以为只要是反抗官宪、跟官员对着干,就是自由,就是民权了。因此,以村长和村公所为抗争的对象就是最崇尚自由、主张民权的表现了。

庄吾打的这场官司就是其中一例。庄吾认为,只要官司打赢了,自己就能暂时衣食无忧了。让吾一上中学,也就不算什么难题了。这次高等法院的二审也拖了很长时间。最近终于宣判了,结果,二审庄吾还是败了诉。

二

"你不是武士的儿子吗？那就要有骨气！"

挨爸爸训斥的事，对于吾一的刺激很大。这句话就好像被烧红的烙铁烙在胸口似的，他只觉得心脏阵阵疼痛。

可是，吾一并非想拿别人的钱上中学。他根本就不知道是谁出的钱。老实说，他认为谁拿钱都不重要，只要能上学就行。上中学是他唯一的希望。可是听爸爸这么一说，他不知该怎么办好了。

好在爸爸说过，一打完官司，就给他拿学费，所以他盼望判决快点下来。因此，他依然像往常一样，努力复习功课，迎接考试。

但是，尽管想上中学的人一个劲地担心入学考试，但出人意料的是，到了真正报名的时候，报名的人却寥寥无几，大概跟当地的风俗有关系吧。结果，只要报了名的，都可以免试入学。一听到这个消息，像秋太郎那样学习不好的孩子都高兴得手舞足蹈，但吾一却泄了气。光是这个倒没什么，可是已到了报名截止日，因为没有交学费，吾一连报名表都不能填写。

"妈妈，把我的储蓄给我吧。只给我入学金就行。不赶紧拿出来，就上不了中学啦。"吾一认真地央求妈妈。

可是，妈妈支吾着"那个……那个……"，用袖子挡住脸，哭泣起来。

直到今天吾一才知道，自己的储蓄早就没有了。而且妈妈擦拭着眼泪，告诉他："听说你爸爸的官司又输了。所以，上中学的事，你就死了心吧。"

妈妈劝慰般地继续说下去："你爸爸昨天来了信，说他还要上告到最高法院去。但我对打官司这种事从来都很反感。而且，像你爸爸这种什么事也不做、整天游手好闲的人，在社会上是立不住的呀！你要学会一门手艺，本本分分地过日子。虽然你爸爸常常咒骂买卖人，可是，再没有比做生意更靠得住的啦。"

"……"

"其实吧，即便没上过中学，也有很多人有出息呀。只要你肯努力，就一定会成为了不起的人。妈妈是……多么想让你成为像样的买卖人哪！"

在商人家庭里长大的阿莲，觉得经商是最现实的出路。她那继承家业的弟弟，因常年患病，过早地离开了人世，因此现在家业已经改弦更张，但店铺仍在经营。每当看到那个店铺生意兴隆的景象，她就决心把吾一培养成一个能干的生意人。

不过，阿莲并不曾想让可爱的孩子现在就去做学徒，至少也要让他高中毕了业再说。然而心有余而力不足。以眼下靠糊信封过活的家境来看，连这个可能性都没有了。幸好，伊势屋里的忠助特别关照过，可以让孩子去伊势屋当学徒，而且，如果她同意的话，老板也会消了气，还像以前一样，给她派缝纫的活儿。如果能做缝纫活，比起糊信封来要强得多了。

但是，吾一对妈妈的话几乎没有听进去，他心头燃烧着一团怒火。自己好不容易攒下的钱，都被爸爸用掉了，让人生气；没有学费上不成中学，也让他难受。特别是一想到输了官司的爸爸，他就更是气不打一处来。他真想破罐破摔，恨不得再去铁桥上打吊，给他们看看！

然而，几天后，学校的毕业典礼之后，当性急的人们已经开始外出赏花的一个风和日丽的早晨，吾一身穿条纹夹袄，系着藏青色围裙，跟随忠助大掌柜，无精打采地穿过伊势屋门上挂着的门帘。

像吾一这样倔强的孩子，曾经那样哀求妈妈想上中学的孩子，怎么会突然间同意去当学徒了呢？看似让人难以置信，但在这世间，有些事情，别说是倔强的小孩子，就连很多大人，绑在一起去抗争都无济于事。这么一说就足以解释了吧。总之，那个东西就好比一个大石磨，凡是被压在它下面的东西，都会被碾得粉碎。而且最了解这石磨的重量的，恐怕要数穷人家的孩子了。到头来，他们只好说一句"没法子"，咬牙忍耐罢了。

"这小子，叫什么名字？"老板喜平从账房里抬起眼皮，越过老花镜，俯视着吾一问道。

"叫吾一，是吧？"

忠助冲着吾一，确认般地问道。

吾一恭恭敬敬地鞠了个躬，代替了"是"。

"名字不太顺口呀！"

"就是啊。吾一这名字叫着是有些别扭。要不要改一下呢?"

"当然要改一下,这名字不适合做买卖的人。"

"改成什么名字好呢?叫'吾吉'好像也不合适……"

"索性叫'吾助'吧,你看怎么样?"

"不错,'吾助'这个名字很不错啊!"

"还有,这小子的'吾'字好像很难写,写起来太麻烦,不行,用'五'就可以了。"

"是的,是的。买卖人万事都得讲实惠,取名字也是一样嘛。那好,从今往后,你就叫'五助'了,知道吗?"

一穿过伊势屋的藏青布门帘,吾一就变成"五助"了。

虽然次野老师曾说过,吾一这个名字是个非常好的名字。活得要无愧于这个名字——自从听了老师这番话以后,吾一自己也认为这个名字不寻常,心里感到很自豪。可是这么好的名字,今天突然被改成与亲戚中的一个叫云助的相似的名字了,而且和父母都没有商量一下,吾一觉得特别伤心。如果非改不可的话,至少也应该换个稍微像样点的名字嘛。可是,吾一站在老花镜挂在鼻尖上的、瘦得满脸褶子的老板和领他来的大掌柜面前,却什么话也不敢说。

"好啦,听明白了吧?以后召唤'五助'的时候,必须马上答应'是',知道吗?"

大掌柜忠助再次叮嘱道。因为是阿莲的儿子,他格外的耐心、亲切,但吾一根本体会不到,只是低着头,不吭声。

"你瞧瞧,你瞧瞧,这样子怎么行啊。必须马上说'是'才行啊!真是的,这孩子连答应都不会,实在对不起……我回头一定好好教他,请老爷不要见怪……"忠助一边搓着手,一边打着圆场。

随后他又带吾一到内宅去问候眷属。

"啊,吾一同学来了!"

秋太郎从客厅里跑了出来,好奇地看着吾一。

"小少爷,不要那样称呼他啊。"

大掌柜温和的语气中夹带着严肃,提醒老板的儿子。

"为什么?"

"他在这儿不叫吾一了,来店里后,改名叫'五助'了。所以,请一定要叫他'五助'。"

"五助?好奇怪的名字!"

"一点也不奇怪,这名字叫着顺口。"

"我觉得还是'吾一'叫着顺口得多。"

"不行啊,小少爷,不能这么说。你们已经不是同学啦,所以你不叫他'五助',怎么要求店里的人叫呢!"

"可是,这名字真怪!"

管学校里的同学叫那种古怪的名字,对于秋太郎来说,是有些别扭。

更难堪的是吾一。一想到让在学校里考倒数第一的、自己一向瞧不起的胆小鬼秋太郎叫自己五助,眼眶就直发热。他坐在地板上,低着头,用手指揉搓着围裙边。

小学徒的围裙

一

　　吾一从二楼的铺盖屋里，背来一个大铺盖，打算靠着账房门打开铺盖，突然，一个年轻的掌柜走过来，一脚把铺盖包踢到一边，训斥说："不行，五助，不许在那儿打铺！那儿是我睡觉的地方。哪有你这样不吱一声就往这儿搬铺盖的？新来的都靠那边去，这是规矩。"

　　吾一一个劲地鞠躬赔礼，把铺盖搬到掌柜指定的地方。那儿是靠近入口的土间旁边，在粗粗的榉木横框下边，店里人的木屐横七竖八地乱放着。

　　虽然店铺很大，但由于学徒人多，每个人把被褥铺开之后，给吾一留出的睡觉的地方就很有限了。他只好将薄被半铺在席子上、半搭在门框上，勉强躺下了。

　　脑袋刚一挨枕头，他就闻到了一股从土地板房里袭来的潮气。吾一不由得悲从中来，眼泪涌了出来，怎么擦也擦不干。他翻来覆去睡不着。每次翻身时，褥子下边的门框，就在脊背之间发出咯噔一声响。

　　第二天清晨，吾一被睡在身旁的小伙计摇醒了。他一骨碌爬起来，用包袱皮包好被褥，正想扛到二楼去，忽然一个大包袱落在他的肩上。

　　"你得把这个先送去。"

"唉!"

吾一必须先把掌柜的行李送到二楼去。他来回送了三趟之后，才背起自己的铺盖包，爬上楼梯。刚爬了一半，突然一个大包袱落到自己的包袱上边。背一个包袱就够重的了，又加上一个，他的身子不由自主地晃了一下，差点从楼梯上跌下来。不过，他只掉下来一个台阶，好歹支撑住了，没滑下去。

"哎呀，对不起，对不起!"

只听得楼梯上边有人这样说，可他头上压着两个大包袱，根本看不见上边的人是谁。

既然知道说"对不起"，就应该从上边伸手把包袱拉上去才对，可是上边的人只是笑，一把手也不伸。吾一很气愤，用肩膀和脑袋使劲顶着，终于把两个大包袱扛上了二楼。

"个子不大，力气倒不小啊! 一般的人，一下子就掉下去了。"二楼上的一个伙计笑着说。他是小伙计中最大的一个。

吃过早饭，打扫完店铺，吾一被人领到洗澡房来。

"打扫澡房的活儿，今后就归你了，记住了。"

原来干这个活儿的小伙计，简单地介绍了一下刷洗澡房的要求，就赶紧去干别的了。

吾一脱了鞋，照着他教的方法，刷洗了澡房。等到了黄昏时分，他又到灶门前，生火烧洗澡水。

"怎么样? 还不能洗吗?"老板在客厅里大声问道。

吾一揭开洗澡桶的盖，伸手试了试，觉得水温正好，就答道："哎，正合适。"说罢又回去烧火了。

不一会儿，老板来到浴室，刚一进浴桶——"混蛋!"——

气急败坏的骂声从浴室的窗口飞了出来。

"这样的水能洗澡吗？混蛋！你连水热了还是没热都不知道吗？"

吾一被骂得晕头转向，他不明白为什么这样热的水，还下不去呢？

"刚一来就想偷懒，浑小子，你光用手试了试，没搅和吧？不搅和搅和，能知道水热不热吗？这样半凉不热的洗澡水会感冒的。喂，还不赶快烧热点！"老板在浴桶里大发雷霆。

吾一吓得哆哆嗦嗦地往灶里添了劈柴，用扇子拼命扇火。

烧过洗澡水的人都知道，要把洗澡水来回搅和几遍，把水温上下搅匀之后，人才能泡进去。但是吾一家里没有洗澡桶，对这些根本不懂。如果懂的话，他根本不会偷这个懒，搅和两下算得了什么呢。可是对于洗澡的事，他只知道每隔三四天去一次澡堂子，澡堂里的水总是热的，所以他以为用手一试水温，觉得合适就可以下去了。

从此以后，老板对吾一就没好气了。不管吾一做什么，都要挨骂。每天饭前饭后，下人们都要跪伏在老板房间前面的地板上，客气地说："我吃饭了。""我吃饱了。"（现在应该也有很多人家保留着这个习惯。）一天，吃完早饭，吾一跪伏着说完"我吃饱了"的时候，老板立刻骂道："怎么谢恩呢？"

"唉！"吾一吓得趴在地板上，将额头抵在地板上行礼。

"唉一声就完啦，有你刚才那样行礼的吗？"

"唉。"

"再做一次！"

"唉。"

因额头已经挨地了，没办法再进一步行礼了，所以吾一把头稍抬一下，又非常恭敬地叩了一下头。

"瞧瞧，瞧瞧。所以我才说你嘛。买卖人哪能这样行礼呀？你磕头就像山雀啄食似的，不是只要把头低下就行了！不行，再来一次。"

"唉！"

吾一已经眼泪哗哗的，快说不出话了，可是好不容易仰起头来，又要再一次行礼。

"混蛋，哭什么！哪有行礼谢恩还哭的？想做个生意人，连行礼都不会怎么行啊。"

"……"

"五助，你好好想一想，现在你能天天吃上饱饭，是谁的恩赐啊？这样一想，你行礼的姿势就会有所改变了吧？"

吾一把前额紧叩在留有抹布痕迹的地板上，听着老板的训诫。他感觉现在这样的姿势比趴在铁桥的枕木上还要难堪得多。

老板的口气不知怎么突然变了。

"哎哟哟，你在那儿趴着，不是挡道儿吗？阿娟怎么过去啊？"

一听到阿娟的名字，吾一通红的脸色变得更红了，他两手撑着地板，向后哧溜哧溜退去，就像在地板上打滑一样。

"真是没有眼力见哪！不知道小姐要上学吗？别老是在那里趴着，快把小姐的木屐摆好！"

这回是太太在训斥他。

吾一就像被这句话弹起来似的,飞奔到玄关,迅速打开了鞋箱。可是由于阿娟的木屐太多,他不知该拿哪双。

"五助,你磨蹭什么呢?快把木屐拿来!"

阿娟站在台上,催促道。她这一催,吾一就更加慌乱了。他想,拿双最漂亮的,她一定会满意。于是他找了一双带席面的低齿木屐,整齐地摆在换鞋的地方。

阿娟也不说话,只是用左脚尖轻轻踢了一下。但吾一以为阿娟没站稳,又一次小心地把木屐摆好,又被她一脚踢开了。

"真急死人啦!怎么能穿这个上学啊?拿那双呀——哎呀,我不是说拿那双吗,那双呀……"

阿娟指的是晴天穿的涂漆木屐,吾一总算找出了那双木屐,摆在了阿娟的脚下。她撇着嘴,瞪了吾一一眼,故意使劲用木屐后跟跺着地,咯噔咯噔走出去了。

吾一万万没有想到,不久前还一口一个"吾一同学,吾一同学"的阿娟,怎么会变成现在这样了呢?简直和以前的阿娟判若两人啊。唉,早知道这样,说什么也不该来伊势屋,吾一深感后悔。由于妈妈劝他说,伊势屋买卖大,特别是有秋太郎和阿娟在那里,总比去别的店铺要好些。自己也曾这样天真地想过,现在看来,这些想法是大错特错了。

说心里话,吾一对于阿娟是伊势屋的小姐,曾怀着淡淡的喜悦,不但能够同阿娟朝夕相见,而且相信她会像过去一样,时时都护着自己,甚至还朦朦胧胧地期待着其他的什么。可是来到店里以后,阿娟令他大失所望。过去被伙伴们那么崇拜的优等生,如今在阿娟的眼里,只不过是个下贱的小伙计,而且还是个新来的笨手笨脚的小伙计,所以对他比对别的伙计还要苛刻。比起来,倒是秋太郎在叫"五助"的时候,多少还有些顾忌的样子,而阿娟却一点情面都不讲。吾一恨恨地暗自骂道:"还是女人呢,这么狠毒!"可是自己现在的身份,也不能跟小主人顶嘴。

"那个,把鞋拿来……"

不知什么时候,秋太郎突然从檐廊上伸出脚来。在昏暗的玄关里,秋太郎身上的新校服纽扣闪闪发光。

吾一没敢抬头去看穿着中学生制服的同学。他低着头走过去,默默地把鞋摆在秋太郎的脚下,这时不由得心头一酸,眼泪涌了上来。

我为什么必须给这个学习也不好、胆子又小、总是当马后腿或捡炮弹的差生摆鞋子呢?来这里之前,我是何等的威风,只要我一声令下,高喊"前进",大家都会按照我的命令执行,愚笨的秋太郎因为经常做错,不知道挨了我多少次责骂。可是,自从自己扎起伊势屋的围裙之后,一切都翻了个个儿。小小一条围裙,怎么会有这般不可思议的力量啊!它就像魔术师的毯子,把它一披上,有能力的人立刻就丧失了能力,没有能力的人立刻就有了能力。

在小学,是最讲实力的。有实力的人受到尊敬,没有实力的人受到轻视,这是再正常不过的了。谁知,一扎起围裙,那些实力就行不通了。不管你力气有多大,学习有多好——如果现在同秋太郎打架的话,自己也会毫不费力地把他打翻在地。但是,别说是厮打了,就连说一句"秋太郎,扳腕子吧"的资格都没有了。这围裙真是奇怪的东西。虽然只是往腰上一扎，就好像中了什么魔法，怎么也抬不起头来了。仿佛围裙的带子把脖子拴住了似的，脑袋成年累月地被拽到膝盖那儿。上小学时的山大王，威风凛凛的吾一，也完全被围裙给降服了。在这里，根本不讲人本身的实力。让人威风的不是这些，而是其他某种东西。吾一每天都从围裙上得到这样的教训。

"五助，店里喊你呢！"

正在厨房里刷锅的女佣人大声叫他。

"唉。"

蹲在玄关沉思的吾一，慌忙揉了一下眼睛，迅速站起身来，向店里头跑去。

二

一次，店里让吾一去车站送小件包裹，吾一不大愿意干这种外出送货的活儿。虽说在店里受苦受累也不好受，但背着货物上街的话，就更加不好受了。一想到万一在路上遇到小伙伴，那该有多难堪啊。自己说过要上中学，却扎起了围裙，扛着货物在大街上走，自己这副样子被朋友看到的话，简直是丢人丢到家了。虽然作次和他一样，辍学去了别的镇子当学徒，但大部分同学还留在学校里。吾一尤其担心遇见已上了中学的同学，那比什么都没面子。

前几天，道雄在远处叫他"吾一同学"，但他没有理睬，悄悄跑掉了。

今天他一边向车站走，一边祈祷着："今天千万不要遇见同学呀。"

在卖票处旁边的行李托运处，他将油纸包的包裹递给人家，等着过秤时，突然有人在背后拍他的肩膀："喂，爱川。"他回头一看，原来是次野老师。

"这围裙越看越顺眼啦，怎么样，受得了吗？"

吾一低下头去，眼圈都红了。

见此情景，次野老师立刻说：

"难受也得忍耐下去呀，你妈妈就指望你啦！"

"是，是。老师是去东京吗？"

"嗯，去东京，打算上东京再学习学习。我也想让你继续上学的，可惜没办成，很遗憾。不过爱川，并不是只有学习才是最重要的事。人干什么都是可以的。最重要的，就是正直地活着。你明白吗？要好好干。另外，要保重身体噢！"

"是。"吾一发自内心感激老师的关心。"好好干"这句话和老板说的"好好干"，在字面上虽没有什么区别，可是老师这么说，却深深地打动了他的心。他以为见不到老师了，谁知在这里相遇，真是幸运呀。离开车只剩七八分钟了，吾一一定要把老师送进站里。

"不用，你不用特意送我了。学徒要以店为家，回去晚了会挨骂的，快回去吧！"次野老师催促他回去。

可是吾一想，挨骂又算得了什么呢？他打算站在检票口的栏杆外，目送老师走。但不仅是老师，连一起来送行的稻叶书店的叔叔也一再劝他回去，吾一只好服从了。

他一步三回头地走了。在途中，他听到火车开动的汽笛声。虽然看不见火车，但他还是转过身去，朝着车站的方向，恭恭敬敬地深鞠了一躬。

"怎么回来得这么晚！到哪儿转悠去了？"

尽管吾一在路上一点也没敢耽搁，但只要一钻进商店的门帘，总要受到这番呵斥。扎上了围裙的人，是严禁顶嘴的，他鞠个躬说了句："唉，对不起！"然后老老实实地坐到店铺的最里头去。

按照店里的规定，刚来的小伙计，一般先从里边的杂活或给人打下手做起。没事的时候，必须坐在店面里，学习掌柜的怎么做生意。光是记商品的名称就很不容易，商品种类繁多，而且名称相似的很多。刚开始的时候，哪个是哪个，他根本就记不住。如果像在学校里那样给讲解一下，就会很快记住的，但在这里，没有人会对着实物一一告诉你。因此，每当掌柜叫他去拿丝绸来，或叫他拿"风通"① 来，等等，他总是提心吊胆的，唯恐拿错了货。就像没有做好预习的学生，担心被老师提问一样，战战兢兢的。

"绉绸 nojian②——"

每当在店里接待顾客的掌柜们按顾客的要求喊出商品的名称时，等候在后边的小伙计，要一边抑扬顿挫地复述"唉，绉绸 nojian！"，一边进库房取出该商品来。有一次，后边没别人，吾一就必须去拿商品了。吾一好容易刚刚记住"绉绸"，但"nojian"是什么东西，他根本不明白。所以，虽说答应着站起来了，却踌躇着没动，掌柜又说了一遍："我说的是绉绸 nojian 啊！"虽然语气还算温和，但他的眼里却闪烁着吓人的光。

吾一没办法，只好硬着头皮进了库房，从上等绉绸的货架上随便取出十几匹，赶忙扛了出来。

"不是这些，我说的是 nojian！"

掌柜咂着嘴，只好亲自入库去拿。吾一见掌柜亲自去了一趟，心里很过意不去，也忐忑不安地跟随在后面进了库房。

"连 nojian 都不懂，怎么行啊！"

掌柜取出绉绸的便宜货时，一边这么说一边冷不防朝着

---

① 双面异色花纹布。
② 买卖人的隐语，一般用于残次品等。

吾一的腰部狠狠地踢了一脚。

一般人可能会觉得奇怪,穿着体面的绸缎庄的掌柜,竟然会做出如此野蛮的举动……不过,那个年代的绸缎庄的掌柜是两副嘴脸,人前人后差别太大了。在顾客面前,说话细声细气的——

"唉,是这样吗?您说得太对了。"

"哪里,这是我应该做的。您觉得这料子太花哨,不过,不把这些都试一试,怎么能找到适合小姐穿的衣料呀。"

就这样在顾客的面前,极尽阿谀逢迎之能事,但送走顾客之后,马上就换了一副嘴脸,吐着舌头讥笑说:"今天这个娘儿们好像很风骚呢。"由于掌柜每天接待的大部分是女顾客,巧言令色,看人说话自然养成了他们这种禀性。

吾一被踢得疼痛难忍,站立不稳,但也不敢怠慢,马上回答:"唉,我来拿。"

说完,他把掌柜从货架上拿下来的绸缎扛到了店里去。

三

"喂，让你回家看看妈妈去吧。"

在掌柜当中，也不都是心肠恶毒的人，也有让吾一去给妈妈送缝纫活儿的好心的掌柜。

近来，阿莲不做糊信封的活计了，又像以前一样，做起针线活来了。由于大掌柜忠助的周旋，伊势屋终于又给她派加工活做了。

吾一在库房被踢的当天傍晚，另外一个掌柜给他派了这个外出送货给妈妈的活儿。当学徒以来，这是第一次回家。将吾一同其他小伙计权衡了一下，掌柜特意选了吾一。其实他只要想回家，趁着送货的机会，随时可以回去的。但因为妈妈叮嘱过不要偷奸耍滑，所以吾一一次也没有回去过。

他走进了久违的稻叶书店的胡同。

妈妈正坐在火盆旁边，做着针线活。当吾一把带回来的布匹拿给她时，妈妈像对外人那样客气地说："让你受累了。"

然后，她大致核对了一下布料之后，对吾一慈祥而温和地说："怎么样？已经习惯了吧？"

"我、我不想回去了！"

吾一听到妈妈的柔声细语，不禁一阵伤心，一头扑倒在缝纫案上，大哭起来。

"你、你说什么……"

"我，讨厌伊势屋，再不回店里啦！"

"哦，怎么能说这种话呢！干了还不到一个月，就不回去了，人家会笑话的。"

"……"

"你这么没出息怎么行呢！到别人家，不能像在自己家一样呀！当学徒就是这样，会受一些磨难的，但要忍耐下去，慢慢就好起来了！现在这点苦都吃不了的话，不管做什么都不会有出息的。好啦，吾一，擦干眼泪，快点回店里去吧！"

阿莲抚慰着抱起儿子，但吾一却一直把头压在妈妈膝盖上，就是不抬头。

"哎呀，你是怎么啦？吾一，这么不听话……"

"我已不是吾一了！在店里人家叫我五助，我、我、实在……"

吾一心里难过得说不出话来。他并不是因为受到老板的责骂，或被掌柜的踢而受不了。虽然这些也不好受，但令他最不能忍受的是，必须一辈子叫"五助"这个名字。对于改名字这件事，他非常烦恼，特别是前几天跟次野老师在车站相遇时，老师说的那句"吾一，你不要忘记自己的名字啊"在他内心又掀起了波澜。就是比今天的境遇再苦也没关系，无论多苦都可以忍受，只要以出生时取的"吾一"这个名字生活下去，"吾一"就是要作为"吾一"活下去——这是他此时此刻的真实想法。

"孩子，名字这东西，叫什么都没关系呀。那个名字只是在店里当学徒时用的呀。你能自立以后，想叫什么都没问题嘛。而且，吾一，你今天如果不回店里去，妈妈的活计说不定还会被收回去。由于你爸爸曾经对那家店的老爷说了不敬的话，结果很长时间老爷都不给妈妈活做，这你是知道的吧。好在你到那里当了学徒，才又给了妈妈活计。你要是不听话，妈妈就得再糊纸信封呀！"

"……"

"当然了，为了你，妈妈什么事情都可以做……妈妈无论做什么都不觉得辛苦，不过，糊信封那阵子，由于太劳累，最近感觉身体不太好，总觉得不像以前那样有精神啦。针线活我做惯了，还不觉得困难，要是做别的活儿，就不那么容易了。所以说，没有了这些针线活，妈妈就不好办了呀！这些话本不想跟你说……可是吾一，我知道你也是很难受的，就忍耐一下吧，妈妈求你啦，还是回店里去吧。"

阿莲像是自己有什么过错似的求着吾一。吾一听了妈妈的话，也不好再固执了。他只好擦干了眼泪，慢吞吞地站了起来。

"实在是难为你啦！不过，受苦只是暂时的，再稍微习惯一段时间就好了，暂时忍耐一下吧，妈妈送你回去。"

"不用，不用，不用送我回去。"

吾一叠起包袱皮，出了家门，走出胡同。

阿莲目送着他渐渐远去的背影，忽然担心起孩子中途后悔，就悄悄地跟在吾一后面，送他回店。

傍晚的马路上，行人多起来了。白肚皮的小燕子穿梭在行人间飞来飞去。

路东的店家，像事先约好了似的，都从房檐上挂出了遮阳的大帘子,一直遮到了街道上。晚春的夕阳,将各个店家门帘上写的商号照得格外鲜明。阿莲一直站在路边的阴影里,目送着吾一,直到他的身影消失在染印圆圈里写有"い"①字的门帘里。

---

① 伊势屋的"伊"字的日语发音字母。

探亲假[1]

---

[1] 佣人每年有两天假,一般在正月和七月的十六日前后。

一

　　吾一仍然对做生意提不起兴趣来。虽然他的耳边经常响起妈妈的话"那点苦都吃不了，做别的事也不会有出息的"，但对店里的活计，怎么也投入不了。倔强的吾一，有时也用"精神一到"这样的格言鼓励自己，可是他的志趣，与做绸缎生意格格不入。因此，被吩咐做什么事情后，常常出差错，挨骂成了家常便饭。这样一来，他就越来越厌恶做生意了，常常躲到库房角落或铺盖屋里，偷偷地读从家里带来的书。

　　一天晚上，他正躲在铺盖屋里看书，突然，秋太郎跑来了。要是秋太郎把这事告到老板那里，可闯大祸了。吾一吓得脸都白了，慌忙把书塞进被褥里。

　　"你干什么呢？"

　　"没……没干什么！"吾一声音颤抖地回答。

　　"嗯——要是没干什么，你做做这个。这样的题你会做吗？"

　　秋太郎把算术题递给吾一看，意思是说：我现在正在做这么难做的功课，你在小学是优等生，可是中学的这些题，你就不会了吧！

　　吾一性格倔强，越是这种时候越是不服输。他心想：不就是算术题吗？若是算术的话，即使不上中学，自己也会做。他拿过算术题，认真地做起来。

这几道题，吾一准备考试时做过，只是变了变题形，所以不算太难。吾一很快就算出了答案，交给秋太郎。

"我做对了吧？"

秋太郎本打算用这道题难倒吾一，没想到反而被吾一将了一军，有点不好收场。他什么话也没说，灰溜溜地走了。

第二天晚上，秋太郎又拿来了三道算术题。

"怎么样？这些题你会吗？"

吾一一看，今天的题比昨天的稍难一些。吾一猜想，由于昨天自己很快算出了答案，他没有得逞，所以今天又拿来难题，让自己出丑。吾一气愤极了，暗暗骂道："这样的题，还能不会……"他接过题就演算起来，头两道还没有费什么劲，但第三道题却怎么也算不出来。

"怎么样？这道题难吧？"

"不，也不是算不出来。"

"你会吗？五助小伙计！"

"会！"

吾一算了擦，擦了又算，一遍遍地做着运算。

"怎么样啦？"

"等一等，稍微有些绕……"

"那么，我等到明天晚上，怎么样？"

"明天晚上的话，我一定做出来。"

当天晚上，吾一钻进被窝以后，一直绞尽脑汁地思考，可怎么也解不开。他对做生意虽然毫无兴趣，但为了解这种难题却宁可不睡觉。

第二天，他被派去染房送货，回来的路上，他左思右想，终于找到了解题的要点，犹如一道光芒射进来，脑子里豁然开朗。回到家一算，果然迎刃而解。等秋太郎放学回来，就立即交给了他。

"这样对了吧？"

可是秋太郎的回答却没有底气。

"怎么，少爷，还没做对吗？这个答案没问题，肯定没做错，你问问老师就知道了。"吾一充满自信地打了包票。

这时，有人喊"五助"，吾一赶紧跑到店里去了。

两三天以后，秋太郎又来找吾一。吾一便问："怎么样？那道题算得对吧？"秋太郎只"嗯"了一声，露出恳求的表情说：

"喂，五助，你再帮我做几道数学题吧。"

老板的儿子把一本胶版印刷的练习题册悄悄递给吾一。

"这不是学校的作业题吗？"吾一问。

秋太郎只是嘿嘿地笑。

这下子吾一明白了，心里骂道："耍人玩！"但嘴上还是客气地说："少爷，这么说，上次的也是作业题喽！"

"什么是不是的。这道题，你无论如何得给我做出来。现在做不出也没关系，后天之前给我就行。"

"可是，少爷……"

"少爷"这两个字，真难叫出口啊。吾一必须先吸口气，才能顺利地叫出来。

"可是，少爷，习题应该自己做……"

"话是那么说，可我不会做呀！"

"可是，你每天去上学，不应该不会吧？"

吾一并没想讽刺他,但没有比这话更讽刺的了。
"你怎么这么说呀?"
"可是……"
"我已经讨厌上学啦!"
"少爷,怎么能这么说呢……"
"头疼死了。下次,老师会叫我做题的……"
"……"
"喂,五助,求求你了,帮我做做吧!"
"……"
"老师说了,下次若是还做不出来,就不让我进教室了。"
"那么,我就帮你做吧。"
"真的?帮我做吗?啊,太好了!五助,你虽然没上中学,但是真不简单!"

吾一微笑着看了看秋太郎,秋太郎不好意思地低下了头。

吾一的心情舒畅极了,到店里当学徒以来,这样高兴还是第一次。自己一直不得不低人一头,今天终于扬眉吐气了。

二

这次的算数题比上两次的还要难。如果吾一每天去学校听课,这样的题做起来轻而易举,但是他每天不是打扫浴室,就是外出送货,解这样的难题,就不那么轻松了。

"怎么样?做出来没有?"

"只做了一半。"

"那怎么能行啊?明天不是来不及了吗?"

第二题,秋太郎跑来催问,就像债主讨债似的。

"可是,我还要干活,没空做呀!"

"活可以不做嘛!"

"那可不行,不做要挨骂的。"

"我说没事就没事——啊,我想起来了,你没有课本,所以不会算吧?我马上给你拿来,快给我算出来啊。"

秋太郎很快就把课本拿来了,并且一个劲地催促说:"快点,快点!"这样一来,吾一就不得不做了。他夹着课本,悄悄爬上二楼的铺盖房。吾一边上楼梯边想笑:"真不明白,这到底是谁上中学呢?"

铺盖房里没有桌子,吾一只好靠着铺盖包,伸出双腿。他轻松愉快地把书拿到眼前一看,封面上写着《中等算术课本》。

啊,这是他多么渴望得到的一本书啊。尽管没能穿上制服走进课堂，但是在铺盖房里阅读中学课本的喜悦心情，是那些一帆风顺上了中学的人永远无法理解的。

这铺盖房是仓库样式的，而且窗户都是旧式的小格子窗，屋里像傍晚一样昏暗。吾一借着从小窗射进来的微弱光线，认真研究有关习题的讲解以及例题。就在他开始演算时，忽然听到背后有动静，他猛一回头，只见老板站在身旁。

"你干什么呢？"

"哎……"

"我说怎么看不见你的影子呢，原来躲到这里来看书了，像你这样偷懒耍滑，能学会做买卖吗？"

"哎……"

"像你这样不好好干的懒虫，不如赶出去算了！"

"……"

赶出去也无所谓。要是自己说想回去，妈妈是不会同意的，可如果是被赶出来的，妈妈就不会说什么了吧。吾一这么一想，就没有辩解。可是……要是不给妈妈针线活做，那可就糟了……想到这些，他不由得哆嗦起来。

"还磨蹭什么？还不马上下去？去店里干活！"

"是！"

吾一低着头想：怎么没赶我走呀？嘴上说赶出去，以为真的会被赶出去呢，原来是吓唬人。

吾一又坐在店里面了，时而手忙脚乱地帮着去库里取货。

"题做完了吧？"在外边玩够了，回到家的秋太郎到了傍晚才笃悠悠地来找吾一。

吾一就把自己被老板发现、挨了顿臭骂的事告诉了他。

所以，后面的题还一点也没做呢。

秋太郎一听，脸都吓白了，慌忙跑进内宅去了，不一会儿，又匆忙跑了回来。

"喂，五助，跟我来。"

"什么事？"

"做算术题呀！"

"帮你做题我可不敢，不知道老板会怎么惩罚我呢。"

"没事，我跟妈妈说啦……"

"说了也不行呀，不做店里的活就要……"

"这回真的没事了，在我的房间里做题。"

秋太郎拉着吾一去了自己房间。

吾一坐在书桌前，开始做题。因为之前在铺盖房里看过题解和例题，头两道题很快就做出来了。但他毕竟没有上过中学，后边的三道题费了很大的劲也没有算出来。

晚饭后，他去了秋太郎房里，一门心思地算起来。好不容易算出了一道，但是剩下的两道，无论如何也找不到要领。吾一愁眉紧锁，不甘心地盯着算术题。

"怎么样啦？还没算完哪？"

秋太郎靠着桌子打瞌睡，时不时睁开眼睛，催问一句。

"这道题特别难，不知从哪儿入手好。"

"别说这些啦，快点算吧！明天老师要提问我呢。"

"唉，那没问题。就是不睡觉，我也给你做出来。"

但是，到了十点，又到了十一点，吾一还是没有算出来。秋太郎等得困极了，不知什么时候，钻进被窝里睡觉去了。

吾一坐在打呼噜的老板儿子旁边，一边舔着铅笔头，一边苦苦琢磨，然后开始演算。觉得不对，想一想，再重新演算，还是不对，就这样反反复复地算着。

计算题一直算不出来，加上白天劳累了一天，吾一疲惫极了，不知不觉地靠着桌子，打起瞌睡来。朦胧中，他突然感觉胳膊被烟头烫了一下似的疼起来，吃惊地睁开眼睛，挽起袖子一看，皮肤有些红肿了。他不由得骂了声"混蛋"，感到全身都刺痒起来。他站起来，脱掉外衣，重新扎紧了腰带。

这一折腾，睡意全消，脑袋也清醒了。他重新坐好，思考起算数题来。这回他改变了思路，换了种方法来进行演算，经过多次尝试，终于把最后这道难题也攻克了。

这时，已经是半夜两点了。但他怕算式太乱，秋太郎明天在学校里会为难，又清清楚楚地抄写了一遍。然后，才悄悄回到睡处，在大家的脚底下，铺开被褥躺下了。

下午，秋太郎得意扬扬地从学校回来了。今天老师让他在黑板上做题时，一道题也没有错，受到了老师的夸奖。

吾一听秋太郎这么一说，心里很高兴，就像自己算对了受到表扬一样。他想，这些题自己是熬了大半夜算出来的，但如果被人说："五助，你做错了。"他会很难过的。

从此以后，秋太郎一放学，吾一就被叫到内宅，陪少爷学习。秋太郎不仅算术不行，日语、汉语、历史、地理也都很差劲。不过，多亏少爷功课差劲，吾一才能一边做学徒，一边学习了中学的全部课程。此外，更有利的是，可以不用再打扫浴室，外出送货的次数也大大减少了。

吾一即使靠着秋太郎的桌子看书，老板也不说什么了。

老板常常要从吾一身旁走过去店铺，虽然没有说"你做得不错"，但也不动辄训斥了，只是像喝了什么苦药似的皱着眉头。身为小伙计，自然不能挺起腰杆，但由于上次被老板责骂过，吾一现在觉得特别解气。

陪同秋太郎一起学习的时候，女佣经常端来茶点，当然这茶点是给秋太郎送来的。但是秋太郎总是分给吾一吃，这对吾一来说是一种极大的享受。说句难听的，这种学徒生活，除了吃饭外，吾一再没有什么别的乐趣了。因此，他总是望眼欲穿地盼着这每日三餐。可是盼到了吃饭的时候，他必须等到最后，才可以上桌吃饭，此时饭桶里已经所剩无几了。而且在伙计中间，都以吃饭快作为一技之长，因为吃饭快、早收筷的人才是机灵人，所以吾一从来没有安安稳稳地吃过一顿饭。

自从陪秋太郎学习以来，不仅可以慢腾腾地吃饱三顿饭，还能吃到家里从未吃过的高级点心，所以吾一觉得，一天之中，吃点心这个时候，就像到了天堂一般快乐。

一天，吾一从秋太郎那里得到一种用蛋糕做的像包子一样的点心。他有生以来第一次见到这种点心，简直看呆了。

"这叫什么点心？"

"叫华夫饼。"

"嘿，华夫饼？是叫华夫饼吗？好难记的名字呀！少爷，这个点心，太好吃啦！以前吃的也都很好吃，可这个点心最好吃。是东京的点心吧？"

"嗯，是啊。是风月家的。"

"里边的像豆沙馅的是什么？"

"那是果酱。"

"叫果酱啊。真甜啊,舌头都快融化了。"

第一次尝到果酱的吾一,通过那酸甜可口的味道,朦朦胧胧地感受到了"东京"。东京大概就是这样的味道吧。他不禁对还未见过的大城市心驰神往起来。

"五助,你那么爱吃,就把剩下的都拿去吧。"

"那,少爷不就没有了吗?"

"没关系,我回头还可以要。"

秋太郎说着,把盘子里的华夫饼用纸包好,全给了他。吾一从来没有像现在这样觉得秋太郎可爱。只有在这个时刻,他觉得秋太郎特别可敬,仿佛在这个纨绔子弟的背后,射出了一道佛光。

他把得到的华夫饼放进铺盖房自己的铺盖包里。然后常常跑上二楼,躲在铺盖的阴影里,每次都把点心掰成一半,美美地享用。

一次他在阴暗的房间里,咂巴着果酱的滋味时,忽然心头发酸,心想:没出息。那种笨蛋给的东西,也值得这么激动吗……

这种想法突然从心底里涌了上来。可是,当一片蛋黄色的华夫饼的酥皮掉到席子上时,他急忙捡起来,放进嘴里。

三

妈妈孤单单,煮熟红小豆,盼儿把家还。

记得不是太准确,好像有人写过这样的诗歌。阿莲这天早晨起得特别早,把头天晚上买来的红小豆,放在锅里煮上了。

在家里做豆沙馅,对于像阿莲这样做派活的人来说,是一件非常麻烦的事。而且她的身体从那以后就一直不怎么好,干体力活很吃力。但一想到儿子今天要回来,就想做点儿子爱吃的东西。她几次放下手头的针线活,跑到厨房,打开锅盖看看小豆煮软了没有。等到小豆煮软了之后,就把它放进钵里,细细研磨,最后过滤出水分,攥出豆沙。

"也该回来了⋯⋯"

不论是做豆馅还是做针线活,她总觉得好像听到胡同里有木屐声,于是每次都挺直身子,向门外张望一眼。这位要强的妈妈往常都是要求儿子,除非给自己送活儿,不然千万不要回家,今天却焦急地盼着儿子早些回家。

她终于等不下去了,走到胡同口,向远处张望。只见不少穿着店里发的浆得笔挺的新衣服的人,兴冲冲地走在街上,他们头上的新草帽檐,反射着耀眼的阳光。这也是今天一道美好的风景。她站在胡同口,长时间地望着街上的景色。

虽说回家探亲的小伙计不少,但左等右等就是看不见吾一的影子。

"也许是刚去店里,今年没有给假吧。"

阿莲这样猜想着,无精打采地回了家。可是,人虽然坐在裁缝案前边,却根本没有心思做活。"莫非是生病了?"她胡思乱想起来。

快到中午的时候,随着一声"我回来了",吾一走进屋来。几天不见,儿子显得成熟了不少,阿莲激动得热泪盈眶。

"哎呀,你回来了!左等右等也没回来,妈妈还以为你今天没给假,不回来了呢。"

"今天不是星期天嘛,星期天要从早晨开始,陪着少爷做功课,所以出不来。妈妈,老板说,实际上像我这样刚去当学徒的,是没有假的。不过,由于陪伴少爷读书,今天才特别开恩让我回来的。"

"是吗,那太好了!妈妈多么盼着你回来呀……"

阿莲说着,突然心疼起儿子来了。刚才听吾一说出那样少年老成的话来,说明这种规矩只有去当学徒才能养成,在学校里是无论如何都学不到的。

"还有,这是老板赏的。"

吾一拿出一个纸袋,递给妈妈。

"哟,得赏钱啦!"

"唉,不过,我用不着零花钱,这个交给妈妈吧……"

"可是,这是你自己挣的嘛!留着买自己喜欢的东西吧……"

"不用,我现在不需要钱,请补贴家用吧。"

"哎呀,你小小年纪就这么懂事……还是去人家店里当学徒有长进呀!你这样说,我很高兴,但是,吾一,这钱是你辛辛苦苦赚到的呀……"

"嗯,是的。是我去当学徒第一次得到的钱。正因为是我第一次得到的钱,所以才一定要给妈妈。"

"是吗?那好吧,难得你有这份孝心,妈妈就收下啦。但是我决不能花它……"

妈妈拿起赏钱,走到神龛前面,把它恭恭敬敬地供奉在上面,嘴里嘀嘀咕咕地念叨着,拜了很长时间。

按那个时候的一般习惯,刚去的学徒一般来说是不给月钱的,而且头半年也不发衣服。即便以赏钱的名义给的钱,以吾一这样小小的年纪,也是很不易的。见儿子这么快就能得到赏钱,做母亲的心里百感交集,难以用语言来表达。

赏钱好像是一枚五十钱的银币。即便只有五十钱,也是儿子干活第一次挣来的,这么一想,它在阿莲眼里,就不再是一般的钱了,它已经不再是没有节操的任人使用的卑贱的东西了,而是吾一血汗结晶般高贵的东西。

"吾一,你肚子饿了吧?妈妈给你做了豆沙年糕,现在赶紧吃吧。"

"豆沙年糕!太好啦!"

一听有年糕,吾一才像个小孩子似的叫起来。

妈妈端了一盘堆得高高的年糕,放到儿子面前。

"这是妈妈特意给你做的呀,来,多吃点吧。"

"妈妈也一起吃吧。"

"好!妈妈也陪着你一起吃。"

妈妈也解下束衣袖的带子,坐在儿子对面。母子俩面对面地吃起来。

年糕是吾一最爱吃的了,他狼吞虎咽地吃了一大盘。正要吃第二盘时,不知为什么,他突然放下筷子,深深地低下了头。

"吾一,怎么啦?"

"……"

"是不是噎着了?"

"没有啊,没事。只是,是眼泪出来啦……"

"眼泪?"

"也没什么,这就是人们说的高兴的眼泪吧!妈妈,好久没一起吃饭啦!和妈妈这么面对面吃饭,不知怎么眼泪就是忍不住……"

"是呀,真是好几个月没在一起吃饭啦!"

"在家里的时候,根本不觉得什么……还是跟妈妈一起吃饭最香啊!"

"是啊,妈妈也是一样啊。一个人吃饭的时候,老是想……"

妈妈也不由自主地跟着这么说,但她突然意识到,这样说下去,勾起吾一恋家的情绪,就不好办了。其实吾一此时的心情,并不像妈妈所担心的那样。

"妈妈,前几天,我吃了那个,叫什么来着,那个点心……对了,对了,我吃了华夫饼了……"

"那是什么?"

"是西洋的点心。就是像蛋糕做的槲饼①那样的东西，里边的馅儿叫做果酱，好吃极了，舌头都快要融化了。不过，妈妈做的豆沙年糕，比那个点心不知要好吃多少倍呢！"

"呵呵，你也学会说奉承话啦。看这样子，你将来一定能成为好买卖人啊！"

"不是奉承，不是奉承。妈妈真坏，不是奉承话。"吾一很认真地反驳妈妈的话。

母子二人能这样开心地说话，半年的时间里，只能有这么一天的机会。

大街上卖金鱼的清亮的吆喝声，夹杂在一边说着"来了，来了"，一边急匆匆跑过去的脚步声中，一直传到胡同里来。

---

① 槲叶包的豆沙馅年糕。

物价飞涨

一

　　吾一探亲回来的第二天，对日本来说，是值得纪念的具有重大意义的日子。就在吾一还在怀念昨天妈妈特意为他做的豆沙年糕，心里充满了淡淡的恋家之情的这一天，日本与欧美列强签订了平等条约。

　　要求修改日本与列强签订的不平等条约的运动，早在明治四年就开始了，但是由于外国执意不肯让步，加上日本国内也有人反对，所以这个运动一直未能获得理想的结果。内阁因为修订条约之事，而多次重新组阁，甚至发生了某大臣被人投了炸弹、失去一条腿的事件。但是，经过错综复杂的斗争之后，今天，租界终于从日本国土上消失了，不平等的关税也终于得到了修改。这虽然是一件了不起的大事，但由于并非动刀动枪那样惊天动地，所以人们并没有太深的印象。因此，在乡村这样的地方，自然没有多少人去关心修改条约的事情。更何况像吾一那样的小伙计了。不过，昨天，当吾一狼吞虎咽地吃着妈妈亲手做的年糕的时候，日本已经抬起头来了。

　　虽然外务省的会客厅里，点着明晃晃的电灯，但大部分国民还使用着昏暗的油灯。尽管国家正在逐步完善体制，努力振奋国威，但吾一周围的人，仍然重复着无聊的纷争。

吾一依然每天陪伴着秋太郎读书,可是老板儿子的学业却一点也没有长进。这也难怪,作为伴读的吾一本来没有进过中学,再加上课程逐步加深,确实不能指望他来帮助秋太郎提高。而对汉语,吾一更是一窍不通了。因此,从第二个学期开始,秋太郎家正式雇用了一个家庭教师。于是吾一又打扫起浴室,当起打杂的来了。这一突然变动,并非完全因为吾一作为少爷的伴读不合适,更主要的原因,是他的爸爸庄吾给店里写来了一封措辞激烈的信。

信的内容很简单,就是要求辞退吾一。本来可以心平气和地说清楚,无奈庄吾这个人一向很狂傲,在信里说了一大堆自由、人权等等生硬的词句,并扬言,若不同意他的要求,他就要去告官。按照他的说法,吾一去当学徒,没有经过他的同意。父亲没有同意,随便雇用人家的孩子,就等于是拐骗。没有哪个商家被人这样威胁,会无动于衷的。尤其是伊势屋的老板,原本就刁钻刻薄,所以气得火冒三丈。要不是吾一妈妈一再恳求,怎么会答应收留这个不中用的孩子在店里吃闲饭?可是,他居然把雇用说成是拐骗,简直是血口喷人!像吾一那么不中用的小伙计,早就想轰出去了,既然对方家长说自己拐骗,非要让他干到合同到期不可,到期之前,说什么也不让他走。不但不让走,还要狠狠地使用他一下。

爸爸也给吾一写了信。信中说:"你还蒙在鼓里吧,你去当学徒就等于成了伊势屋的'人质'啊。你没有必要给他们卖命,赶快到东京来。"还叫他偷偷逃跑。

老板的责骂日甚一日,店里的活计也越来越重了,吾一的心情很不舒畅。所以爸爸信里提到"东京"二字，令他心里充满了喜悦。这两个字所包含的甜美，立刻吸引了他的心。

可是，吾一对自己的爸爸毕竟是了解一些的，一想到爸爸的禀性、爸爸的行为，心里又害怕起来，不想眼下就跑去东京找爸爸了。而且，他对爸爸说的"人质"也很不理解，不明白爸爸为什么这么说。他不知道该怎么办，便趁着出去送货的机会，去了稻叶书店。他想征求一下黑川叔叔的意见。谁知黑川叔叔偏偏生了病，转院去叶山疗养所了，只好失望而回。

他不敢去问妈妈，生怕又会遭到妈妈的训斥，所以就憋在心里。有一天回家送活儿的时候，吾一实在憋不住了，小心翼翼地问了问妈妈的意见。

"那么，你打算怎么办呢？"

阿莲没听儿子说完，就反问了一句。吾一原以为妈妈会生气的，没想到妈妈的态度与以前大不相同，结果吾一倒一时间答不上来了。其实，虽然没有向吾一提起过，但对于这个问题，阿莲早已烦恼多日了。

原来庄吾在给伊势屋写信之前，曾多次给阿莲写过同一内容的信。当初让吾一去做工时，丈夫并没有来信表示反对，可时至今日，突然来信让孩子回来，未免太随意了。不过，庄吾这个人一向是出尔反尔，说话没谱。曾经那么急着催促她把家搬到东京去，可过后，又像没这回事似的，只字不提了。且不管他是怎么样的人，现在为什么又突然急着让吾一去东京呢？阿莲百思不解。是为了吾一好，让孩子到东京去呢，还是庄吾一时的心血来潮呢？或者是拿吾一做诱饵，干什么坏事呢？像以往一样，由于庄吾的信里没有详细说明情况，阿莲根本无法判断他的用心。对庄吾说的快点把吾一要回来的事，又不好向伊势屋明说，阿莲真是左右为难。万般无奈之下，她想干脆让吾一自己来决定去留好了。

但是，吾一在回答妈妈的问题之前，问起了另外一件事。

"妈妈，爸爸在信里说我是'人质'，爸爸这么说到底是什么意思啊？"

"怎么，你爸爸连这个也对你说了？"

"嗯。"

"你不要问了，都是妈妈不好，全都是妈妈不好啊！"

"是店里做了什么狠毒的事吗？"

"不，说店里不好，不如说是妈妈……是妈妈太糊涂啊！"

阿莲说罢，失声痛哭起来。

二

看起来，阿莲是想尽量回避这个问题。这些事情她不想让孩子知道太多。所以，只是问吾一"你打算怎么办"。

不用问，吾一当然是想去东京的。到从未去过的日本第一大城市，和在伊势屋做工相比有着天壤之别。但是他没有马上说出"我想去东京"的话来。因为他很清楚，这么一说，妈妈会为难的。眼下妈妈已经够苦的了，要是自己走了，留下妈妈一个人怎么活下去啊？店里不但会收回活计，而且还不知会怎样刁难妈妈呢。妈妈虽然说，她自己怎么苦都没关系，但是吾一认为，比起自己来，妈妈更重要。再说，即使去了东京，也没有着落，前途渺茫，所以也很难下决心。虽然想去东京的念头一直挥之不去，但最终，把东京和妈妈放到抉择的天平上，还是感到，对自己来说，"妈妈"比"日本第一大城市"更重要。就这样，他只好让不安分的心，慢慢地安静下来。

那段时期，店里正处于冬季服装大卖的季节，忙得不可开交。仅婚礼服装，每天就要承接好几套。这么一来，小伙计的活儿自然也多起来了。吾一每天从早到晚被支使得团团转，根本没有时间去考虑自己的事。与此同时，物价也不停地上涨，过去售八百元以下的生丝，下半年就涨到了一千元，而且还在不断往上涨，恰恰在这供不应求的时候，美国又突然增加了订货。不仅生丝提价，棉纱的行情也特别好。生意如此兴隆，可以说今年的纺织业开创了历史的新纪元。随着生丝价格的提高，丝制品也水涨船高，跟着涨价。从东京、京都和足利等批发店发来的订货电报或信函，每天都如雪片般飞来。

"今天早点关门。"

老板反常地对伙计们笑嘻嘻地说。

"太好了，今天晚上可以早点睡觉了。"吾一暗自欢喜。谁知到了晚上，不但没有早睡，反而被命令改写商品标价，一直干到了夜里两点。

关上店门后，紧紧插好门闩，又挂了一幅细布做的大布帘，把门户遮得严严实实的，外边的人什么也看不见。然后伙计们从店里面的布匹开始，到两侧的库房、中库和内库的所有货物，全都改换了标价。

商人就是这样，行情下跌时，迟迟不愿降价；但行情一上涨，就毫不手软地改写标价。写价码的活儿，自然是老板和大掌柜带头，其他的掌柜也效仿着他们，手不停歇。小伙计们摘下旧标签，更换新标签，搬运货物，打扫整理。这些工作整整干了三个晚上。

连掌柜们都有些熬不住了。只要老板稍一离开，他们就一面打哈欠，一面伸胳膊，抽空休息一下。

"怎么样？你估摸这么一折腾，能进几箱啊？"

"再保守地估算，也得这个数……"

掌柜们拨动着算盘珠子。

吾一对掌柜们的这些话，听不大明白。他们刚才说什么

"几箱",也不知"箱"指的是什么。首先对物价上涨是怎么回事,他都搞不明白。为什么东西要一会儿涨一会儿落呢?不这样折腾不是更好吗?要是不用费那么多工夫换标签该有多好呀!他体会最深的是,不管怎么说,物价上涨,小伙计们是最吃不消的。虽然不知老板能发多少财,但小伙计们得到的只有困倦和疲劳。如果经常这样折腾的话,身体非累垮不可。吾一挪动着沉重的步子,一边将堆积如山的布匹绸缎一件件搬到内库去,一边暗自向看不见的神灵祷告着:"物价可别再上涨啦!"

事情发生在改完价码的这天晚上。那天收工较早,掌柜们都进内宅喝酒去了。小伙计们每人只给了一碗荞麦面条,算是犒劳。他们吃完面,就急忙钻进被窝里睡觉了。吾一困极了,睡得像个死人一样。正在睡梦中,突然有人使劲摇醒了他:

"喂,五助,五助,快醒一醒。"

"……"

"喂,五助!起来呀。"

"是……"

"是什么呀,有急事,你还不赶快起来呀。"

"……"

"真没办法,你妈都病啦,怎么还不起来……喂,你妈得重病啦!"一听到"妈妈"两个字,吾一腾地坐了起来。然后,坐在床铺上发呆。

"喂,你怎么啦?你妈都病啦,你怎么还坐在这里发呆啊?好了,快点收拾一下。刚才有人来送的信。你快回去吧!"

催促他的人就是刚来当学徒的时候,让他送活回家的那个掌柜。

吾一匆忙换了衣服,紧张得连腰带都好半天系不好。然后,顺着大家的脚底下走过去,从大门旁的小门悄悄地走了出去。明月高悬,照得四下明晃晃的,吾一感觉亮得刺眼,反而害怕起来。

他心里想,有人来店里叫他,这么说来妈妈是不是已经死了呢?他知道,妈妈开春以来,就一直无精打采的,身体特别虚弱。他决定不去东京的原因之一,也是放心不下妈妈的身体。半夜三更来人通知自己回家,可见情况不妙。

他跌跌撞撞地往家里跑。"啊,吾一回来啦!"刚一跨进门槛,在场的邻居们就迎了出来,把他领到了妈妈的枕边。一看见妈妈苍白的脸,他不由得大声喊道:"妈妈!"刚要扑到妈妈身上去,几个人拉住了他。

"吾一,不要大声喊。你妈妈心脏不好……"

隔壁的大婶劝道。并告诉他,医生走时说,要是能熬过今天晚上,或许还有救。妈妈像死人一般昏睡着,胸口上放着个大冰袋。

据邻居说,今天天刚黑,阿莲发出一声奇怪的叫声,大家跑进去一看,她痛苦地倒在活计上。于是,大家赶紧请来医生,医生诊断后,说是心脏某个部分破裂了。

"你妈妈病得这么重,就是因为太操心啦!要是庄吾在家,也不至于……"

邻居大婶擦着眼泪说。

"要说,伊势屋的老板也够狠毒的!"有人愤愤不平地插了一句。

三

"说得好,太对了,就是这么回事!"

一个腰间紧紧扎着窄腰带的男人,"啪"地拍了一下饭桌说道。

"我太高兴啦!来,老爷,为你这句话,我敬您一杯。"

那个人把酒杯伸向坐在柜台边上不紧不慢地喝酒的庄吾。可是庄吾没有伸手接他的酒,只是愁眉苦脸地继续喝自己的酒。

小酒馆里只有他们两个客人。

小酒馆是从屋檐接出来的,秋夜的冷风,从门帘底下吹到他们的膝盖上。

"老爷,请喝了我这杯酒吧,我太高兴啦!有您这样的人在,被拉走的阿平,也会被拉回来的。这里的老板,不明白这个,真叫人着急啊。喂,老板,怎么样啊?你还说阿平不是人吗?"

老板只是不以为然地嘿嘿笑着,抱着酒坛往酒壶里倒酒。

"真是没见过你这样的老板,怎么还是没明白啊!"

"可是,老婆都死了,他还在脑袋上扎起手巾,跟人家赌钱,这样的男人……"

"所以呀,所以我才说嘛,正是因为这样,才别有一种爱情啊。如果听说老婆死了,就急急忙忙往家跑的人,那不是和随处可以碰到的普通男人一样了吗?"

"我只想当那种普通的男人。老婆死了还不离开赌场的人，怎么能算个人哪？对吧，这位先生？"

老板转而问庄吾，庄吾什么也没有回答。

"真是愚昧呀，你这个人。说什么'那是因为他爱老婆'，这位老爷刚才不是说了吗，是吧？老爷，你刚才这么说的吧？"

庄吾没有理睬他，照样夹着盘子里的酒菜。

"哎哟，这么说可能有点那个，看来老爷也是个受累的人哪。不是受累的人怎么说得出刚才那样的话呀。老爷穿着带有家徽的和服，到这地方来喝酒，可见是个明白人啊！老爷，请不要生气，我，我最喜欢老爷你这种人了。我们应该再亲近一些啊。喝酒怎么能没有酒友呀……"

庄吾夹起一块炖菜，丢给趴在脚下的黑狗。

"老爷，我们一起喝酒吧，把那只野狗踹到那边去。"

"来啦，酒烫好啦。"

老板把烫好的酒壶放在庄吾面前，庄吾拿起酒壶倒酒，仍然一个人自斟自饮。

庄吾很讨厌旁边那个纠缠不休的客人，他今天不想和任何人说话，只想喝完了闷酒，抬脚走人。但是听了老板和那个男人的对话，也不知怎么走了嘴。真是多余，现在后悔也晚了。不过，当时的心情正郁闷，实在是想说一句什么。

两个人说的是一个叫阿平的男人的事。正在跟人家赌博的时候，被抓走了。在那之前，有人来告诉他说，他老婆死了。可是他根本无动于衷，嘴里还不住地骂着"畜生，畜生",一个劲儿地掷骰子。如果他听到报丧立刻回去,就不会被抓走了。可是他痴迷于赌博,还接着玩,所以才会被抓走的。街坊四邻和这家老板都骂他不是人,会遭报应的。可是庄吾听到这些议论,涌起了某种莫名其妙的感情。他认为,确实不错,得到老婆的死讯立即回家,就不会被抓走了。可是问题的关键,不在于是否被人抓走。被抓走也好,没被抓走也罢,既然赌了钱,就等于干了坏事。问题不在这里。关键是得到老婆死讯时,他是处于什么样的心情。他是真的迷恋赌钱不肯回去呢,还是因为太怜爱老婆而不能回去呢?这可不是随便下得了结论的。从他们描述的情况来看,那个人听到死讯以后,把毛巾扎在头上,嘴里骂着"畜生,畜生",疯狂地赌了起来。试问,这种样子是专心赌钱的样子吗?说不定他的赌资都是扒下老婆的衣服变卖了换来的呢?那个家伙肯定是这种人。一想到那个变卖了老婆的衣服去赌钱的男人疯狂赌钱的模样,庄吾就仿佛觉得有什么东西越来越逼近自己。

"那个家伙,是太喜欢他老婆了。"

庄吾不知不觉说了出来。说出来后,他又感觉不自在。他没有赌博过,也从来不同情那些嗜赌的人。尽管如此,自己怎么会替那个男人说话呢?

他很后悔说出那句话,可是,在后悔的同时,那个老婆死了也不能回去的男人的样子,清晰地浮现在了眼前。

——"喂,我赢钱了!"男人是想把口袋里的钱币拿出来,摆在席子上,看看老婆的笑脸,自己也一起高兴高兴的。对于那个男人来说,这是他最大的喜悦。可是老婆死了的话……老婆死了的话……

早知道会这样，就不应该扒光老婆的衣服啊！真傻，说什么傻话呢。说这种话的家伙，一辈子也不会明白那个男人的。

庄吾的衣袋里，装着家乡发来的电报，电报在腰间沙沙作响，搅得他心烦意乱。为了摆脱烦闷的心情，他夹起盘子里的东西，一块接一块朝着脚下的黑狗扔过去。

"喂，老爷，多可惜呀，你别那么扔啦，你看，老板都不乐意了。那可不是给狗做的下酒菜啊。"

旁边的男人因为庄吾不跟他喝酒，鼓着腮帮子，不满地说。

"哎呀，下雨啦！混蛋，到底下起来了！"

那个男人坐在酒桶上，把手伸到门帘外面，突然叫了起来。他慌忙同老板结了账，匆忙出了店门。

"再来一壶酒，再上点什么吃的东西来。"

"还打算喂狗吗？"老板的声音有些嘶哑。

"掌柜的，别那么生气嘛。"

"不，我不是这个意思。我看你也喝得差不多了。老爷刚才不是说过要赶火车吗？喝醉了怎么走得了呀。"

"是走不了了，火车早开走了。"

"今晚，再也没有车了吗？"

"这么晚了，谁知道呢？我说掌柜的，你没有老婆吧？"

"我当然有老婆了。她每天都在这里干活，今晚有事没来……"

"是吗？那就没法说了。"

"嘿嘿嘿，这位老爷也太古怪了。您说'羡慕那个家伙'，我还能理解，可是一听说我有老婆，为什么就没法跟我说了呢？嘿嘿嘿，的确是没法说呀！"

"……"

"老爷，您早点回去怎么样？下起雨来啦，再说，夫人也担心呀。"

"下雨怕什么？喂，拿酒来，拿酒来。"庄吾突然提高了声音，对老板呵斥道，但尾音有些颤抖。

"那么，老爷，这可是最后一壶啦。"

"哪有你这么做生意的！一壶就一壶吧，快点上。"

庄吾嘟嘟囔囔地说着，偶尔往桌下一看，刚才那条黑狗，还蹲在自己的脚底下。

"这个畜生，怎么还在这儿啊？真是个贪吃的馋鬼！什么也没有啦，你走吧！就是想给你吃，这里的掌柜也不让啦。"

黑狗呆头呆脑地盯着庄吾，突然张开嘴打了一个大哈欠。

"这个畜生，太欺负人，居然在人的面前打哈欠，喂，你要是嘴闲得慌，就'汪汪'地叫啊。汪汪，汪汪地叫啊。怎么回事？你连'汪汪'叫都不会吗？简直是笨蛋野狗！"

庄吾猛地踹了黑狗一脚，黑狗"汪"地叫了一声。

"汪汪！汪汪！"

庄吾像傻子似的，学起狗叫来。叫着，叫着，从他的眼里流出了两行热泪。

他喝干了最后一壶酒，拨开门帘，走了出去。

冰冷的雨点打在他的脸上。他真想放声痛哭一场。他一边用拳头擦泪，一边踉踉跄跄地往前走。

突然，脚下被什么东西绊了一下，他吃了一惊，站住脚，低头一看，原来是刚才那条黑狗。

"畜生，走路瞧着点。哪有狗撞人的道理？"

可是，只要他一说话，黑狗就在他脚边撒欢。

"混蛋！一边去，别老围着我。没什么东西给你吃啦，不许跟着我了。"

他挥起拳头，装作要打狗的样子。这样一来，黑狗垂下脑袋蹲了下来，好像投降的样子，可是当庄吾往前一迈步，它又尾随在他后边。

"混蛋！我不是说过别老跟着我吗？去，滚一边去！我，我可不是好人。我，我……"

他一停住脚步，黑狗就欢喜地绕着说着醉话的庄吾脚边，起劲地摇晃着尾巴。

"晃什么尾巴，混蛋！"

无论他怎么叫骂，黑狗都不在乎。

"喂，滚到那边去！快点滚到那边去，要不然，我用石头打你啦。你要是不想走，就冲我叫吧，过来咬我吧。我……巴不得你冲我叫……被你咬呢……"

可是，黑狗仍然摇晃着尾巴。

庄吾火了，拾起一块石头，瞄准了那条野狗，狠劲儿扔了过去。

东 京

一

阿莲不省人事地又挺了两天两夜。她一直翻着白眼瞪着天花板，吾一怎么呼唤，都没有一点反应，仿佛连儿子都认不得了似的。就这样，直到最后咽气，她也没说出一句话来。

给庄吾发过几次电报，他也没回来。他在东京时寄居的本乡的人家回了电报，说他早已离开了东京，可是直到阿莲咽气，也没有把他等回来。

丧事全是邻居们帮助操办的。吾一什么都不懂，一切按照大人们的吩咐做。由于爸爸不在家，吾一感到从妈妈病危到去世，以及料理丧事，某种沉重的东西压在自己的肩上。这沉重的压力，令他没有流出眼泪。

但是，葬礼之后，邻里们都走了，他才突然感到了悲伤。在妈妈咽气的时候，他都没有大声哭泣。即使在下葬的时候，他也是含着眼泪，伫立在墓穴旁边。但是，到了今天早晨，他再也控制不住了。只剩下自己一个人后，一直忍着的眼泪，顿时哗哗涌了出来。他孤零零地一个人坐在房间里，泪水像断了线的珠子一般流下来，怎么擦也止不住。

到昨天为止，探望妈妈的人络绎不绝，多得没有站脚的地方，而今天就像暴风雨过后似的，非常寂静。就连每天都坐在那里干活的妈妈，也不在了。妈妈的针线盒没有了，裁衣板也被人收起来了。

现在只剩下自己一个人了。所有的人都走了。

家里空荡荡的,更加深了吾一孤独无助的心情。

厨房里的破隔扇纸,被风刮得啪嗒啪嗒直响。吾一只是呆呆地望着它出神。忽然,透过朦胧的泪水,他看见一个四方的东西,那是妈妈以前糊信封用的木台。他情不自禁地朝厨房移动,用手掌抚摸着那个台子,眼前浮现出了妈妈糊信封的幻影。

"晚上好!"

突然一声喊,打破了吾一的幻觉。

"五助,刚才叫你半天啦,怎么不答应呢?"

从门口探进一个小脑袋。他也是店里的小伙计。

"忠助掌柜说,叫你办完丧事,就赶快回去。"

这小伙计连一句"节哀顺变"也没说,只是原封不动地传达了掌柜的话。

吾一听了很不高兴,所以只是抬起头看了他一眼,没说话。

"五助,不快点回去,要挨骂的,眼下店里可忙呢——"

小伙计丢下这句话以后,就回去了。

过了一会儿,来了两三个邻居。他们都很担心吾一今后的生活。他们说,阿莲去世了,吾一还太小,不能自立,不如早点把房子退还给房东的好。他们说得虽然有道理,但是妈妈已经没有了,难道连家也要没有了吗?这么一想,吾一就伤心得不得了。

"真是的,要是反过来,妈妈还活着就好了。"

看着吾一没有表情的脸,邻居叔叔安慰他说。

"可是，吾一，你有什么打算吗？爸爸也不回来，你以后的日子可不好过呀！"

吾一不知道以后怎么办好。

邻居们也很同情吾一，但是谁也拿不出什么好主意。他们都清楚伊势屋特别贪婪。表面上发善心给阿莲些零活做，实际上是为了从她的工钱里一点点扣回庄吾的借债。这样还嫌不够，又把孩子拉去当学徒，企图让孩子来给父亲抵债。对伊势屋的这些恶毒企图，大家都极为不满。尽管不清楚这是老板出的损招，还是忠助出于忠心而献的计策，但伊势屋采用这样阴险狡诈的手段剥削母子二人，大家很看不下去。尽管这么想，谁也没有能力收养吾一，照顾他的生活。再说，搞不好，回头还会受到庄吾的责备，好心得不到好报。因此，想来想去，他们也觉得最保险的办法，还是让吾一回到店里去。

既然邻里们的意见是这样，吾一也只好顺从大家。他在大家的帮助下，把家当变卖后，又无精打采地回到了伊势屋。

"听着，你爸爸跟店里借了很多债，到现在一个子儿也没还呢。你妈妈又干不了多少活儿，虽说从她的工钱里扣除了一点点，可那点钱连还利息都不够啊。所以，父债子还，这笔债就得由你来还了，明白吗？你得在这儿老老实实地干下去啊。"

忠助把算盘放在膝盖上，把胳膊肘支在算盘上，气势凌人地告诉吾一。

吾一刚一回店，就听到这番话，越发伤心了。可是在大掌柜面前，只能跪在地上听着。

他趴在地上，心里想：哼，这就是所谓的"人质"吧？可是，人怎么能当债务的抵押品呢？这种想法在他的心底翻腾着。

就在吾一怀着这样的心情度日如年的时候，一天，突然下起雨来，他去给练琴的阿娟送伞时，阿娟嫌他来晚了，把他臭骂了一顿。这件事对吾一的刺激很大。他想，一个小丫头，这么随意训斥自己，都是因为自己在这里做工的缘故。只要离开这个店，只要去了大城市东京……这种想法突然冒了出来。自从妈妈死后，他这种想法越来越强烈了。

萌生了这种念头之后，他就暗自寻找逃跑的机会。虽说没有多少行李，但逃跑时还是必须带走的。不过，能带着这点行李逃走而不被人察觉，还是要费一番心思。

机会终于来了。一天早晨，掌柜叫他把一百反[①]的白手巾布送到染房去。"太好了。"他在心中暗喜，只要把自己的行李混在这些布匹里一起扛出去，谁也不会发觉的。行李早已收拾好了，他就把行李巧妙地包进大包袱里，泰然自若地走出了店门。

送一百反白布，对吾一而言已经够重的了，再加上自己的行李，结果，压得他连步都迈不动。但是他想，自己决不能被这点东西压倒，便鼓足了力气，摇摇晃晃地向前走去。与其说是往前走，还不如说是背着沉重的东西往前爬行。虽然过去也背过相当重的货物，但这么重的东西，还是第一次

[①] 反，布匹单位，长2丈8尺，宽9寸。

背。黄绿色的大包袱压在背上,眼睛只能看着地面,一步一步向前走。

突然,他看见地上出现了一个细长的影子。这是有人扛着根木头走过来了。他想,这下可糟了。谁知那根木材突然停住了,有人叫了一声"吾一君"。

是京造的声音。虽然知道是京造,可是他抬不起头来,也看不清对方的脸。不过,京造也扛着一根沉重的木头,让吾一感到比较庆幸。

"你上哪儿去?送货吗?"

"嗯。"

"前些日子,你妈妈去世,真是不幸啊!"

"谢谢!京造也很能干啊。"

"这算什么能干呀!那好吧,我走了。再见!"

"木材"走起来了。

"京造君,京造君!"

"什么事?"

"我,也许要上东京去。"

吾一打算只把这个秘密告诉这个朋友。

"东京?"

"嗯!"

"真羡慕你啊。那么,吾一君,咱们暂时见不到喽。"

"京造君,多保重……"

"嗯,你也多保重……"

"大包裹"和"木头"一南一北分开了。

二

　　吾一把布匹送到染房之后，就马上奔向车站。在上行列车到来之前，要等一会儿车，幸运的是，既没有人前来追赶，也没有碰见熟人。尽管如此，在火车开动之前，他还是感到忐忑不安。直到自己坐上的火车开动之后，他才松了一口气，感到自己获得了自由。

　　由于吾一只坐过一两次火车，所以感到很新奇。他打开车窗，把头探了出去。

　　看着车站、常念寺的大房顶、消防瞭望楼都迅速往后闪去，变得越来越小，仿佛是自己乘坐的火车把他们一个个地踹到后边去了似的，吾一心里别提多愉快了。

　　等着瞧吧。

　　等我去了东京……

　　此时，他一心想的都是这些。

　　现在店里大概乱成一锅粥了吧？大掌柜会是什么脸色呢？老板肯定更横眉立目了。还有阿娟……秋太郎……

　　他志得意满地随着车身晃动着。

　　但是，随着家乡的风景渐渐远去，他突然从心底里感觉有些悲凉。他一心只想着伊势屋对自己的刻薄待遇，但是一想到要离开哺育自己成长的家乡，心里就有种说不清的酸楚。他坐直了身子，再次往回看了看家乡，已经什么也看不见了。

他忽然想起打过吊的大桥,可是,火车也不知什么时候从它上面开过去了。

他寂寞地缩回了头,坐在镶边的座位上。于是,他又接二连三地想起,尽管稻叶书店的叔叔不在,出走之前,也应该到那里去一趟。还应该和邻居的叔叔、大婶们告个别。他感到有些后悔,自己好像太急于逃出伊势屋了。但他马上否定了这个想法。不对,如果在那里待下去,自己永远是个人质。我是人,不是抵押品!整天关在那阴暗的仓库里,连脊背都要发霉了。我要见阳光。他抬起头,坐直了身子,对自己说。然后,他打开包袱,从里面拿出一本书来。就是那本写有"天不在人之上造人,天不在人之下造人"的书,认真地读了起来。

从座位下边,不断传来"哐当,哐当,哐当"的声音。随着车轮的滚动,仿佛有人用铁锤敲击着脚底下似的,但吾一依然埋头看书。他想到这样看着书就到了日本第一大城市,反而觉得那有节奏的"哐当哐当"声特别好听。

"你上哪儿去呀?"坐在旁边的一个老年人问吾一。

"去东京。"

"一个人吗?"

"嗯。"

"家在东京吗?"

"不是,爸爸在那儿……"

"是吗,上爸爸那儿去,真好啊!"

老人说罢,张开大嘴打了个哈欠。

"对不起,我想打听一下。本乡很大吗?"吾一问道。

"当然很大啦。因为叫本乡区嘛,已经是个区了。"

"根津在本乡区的什么地方啊?"

"这个嘛,我对东京也不太熟悉,我想多半是在有庙的地方吧。"

"离车站远吗?"

"是指上野吗?我真是不清楚。"老人抱歉地回答说。

吾一又打开书看了起来。心想,到了上野就会有办法的。

过了两站后,那位老人就下车了。

随着火车渐渐地接近东京,吾一的心情也莫名其妙地激动起来。也许是初次来到一个陌生的地方吧,他心里又高兴又害怕,虽然稳稳地坐在座位上,两个膝盖却止不住地打哆嗦。

过了一会儿,列车到达了上野车站。

一走出车站,他对东京的第一个印象就是响着铃声的铁道马车①。车夫发出当——当——的铃声,是吾一从来没有听见过的新鲜的声音。

他想,这就是东京吧!

东京在跃动,东京在舞蹈。

看得他有些晕眩了。

"喂,躲开,躲开!"

一辆飞快的马车从扛着行李站着发呆的吾一面前擦过。他吓得往后一退,差一点撞上身后扛着大箱子跑过来的搬运工。

---

① 明治时代,在轨道上行驶的双马马车。

三

去东京！去东京！

现在吾一来到了向往已久的城市，那么，到了憧憬的东京之后，他过得怎么样呢？

十四岁的少年梦想着只要到了东京，就会有美好的事情等着他。但是东京可不是那么和善亲切的地方，就连一粒欢迎他的灰尘都没有扬起。

吾一背着铺盖想往前走，却不知往哪里走。想跟路人打听一下，可是行人都在匆匆忙忙地赶路，即便问了，说话也非常快，乡下孩子，根本听不明白。结果打听了很长时间，才好不容易找到了根津町的那个门牌号。

在吾一看来，这是一座相当漂亮的二层小楼。院子有丝柏篱笆墙，上边挂着"招雇女佣"的木牌。

为了慎重起见，吾一从怀里取出爸爸的信，跟挂在熏黑的门框上的名牌对照了一下，门牌号没有错，"志田澄江"的名字也对，他这才在门外轻声叫道：

"请问，家里有人吗？"

一个看上去既像太太又像老板娘的胖女人走了出来，一看到吾一，很冷淡地说："今天不用啦！"说完转身就往回走。

"这里是志田的家吗？"

"嗯，是啊……"

"请问，爱川在这里吗……"

"哟，你也是来找爱川的？真是的，烦死人，爱川不在，已经回乡下去啦！"

"那个，我就是从家乡来的，我是……"

"什么？这么说，你是爱川的那个？呵呵呵呵，你背着行李，我还以为是卖东西的呢！孩子，你爸爸去哪儿了呀？你们没在一起吗？"

"唉，办丧事也没见他回去。"

"哎呀，真没见过这样的人，他没回去呀？那么他究竟上哪儿去了呢？真不像话呀！现在也有个人来找你爸爸。好吧，你就先进来吧。"

"是。"

吾一放下行李，走了进去。

在客厅里，有一位来找爱川的人，绷着脸坐在那里。

"您看，这个孩子是爱川的儿子。刚从家乡来的。连这个孩子都不知道爱川在哪儿，我就更不知道了。"胖女人对那个人说。

"这可不好办了！"

客人抱着胳膊，盯着吾一看。吾一不知道他是什么人，有些害怕。

"听您的意思，好像是说我把他藏起来了，这让我很生气。这回，您应该明白了吧。"

"不，我可没那么说。但是从我来说，现在必须他出庭作证才行，不然的话，据说就会按照刑事案件……"

"请等一等。您动不动就说这种话，可是您跟我说什么也没有用呀！我比您对他更有意见。您可不知道，我有多倒霉呢！莫非，您怀疑我跟他串通一气？"

"你这么说，我可不好办了，可不好办了……"客人说了一连串"可不好办了"。

"妈妈！"

随着一声娇滴滴的叫声，后边的拉门被拉开了一半，一个年轻女子拿着炭筐站在那里，像是胖女人的女儿。

"什么事呀？妈妈现在忙着哪！"

"那个，说是要木炭。"

"二楼的？"

"嗯。"

"木炭这点事，你送去好了！"

"可是……"

"可是什么呀！你就知道怕把手弄粗糙了，整天这么懒怎么得了……"

这时，胖女人澄江烦躁地拿出叼在嘴里的长烟袋，在长火盆边上使劲地一敲，突然朝吾一点了点头，说：

"喂，你别总在那里坐着，也干点活儿。到了别人家，就得帮着干活的。"

吾一虽然不知道胖女人和客人在说什么，但听得出来和爸爸有关系，所以正担着心呢，女人冷不丁冲着自己大声说话，吓了一大跳。

"你到厨房去，拿一些木炭来！"

吾一觉得不可思议。心想：我又不是这里的佣人，这样支使人未免有些过分。他吃惊地瞧着澄江，没有动弹。

"厨房在那儿，问问小姐，木炭在哪儿。"

她用金黄锃亮的烟袋锅，往厨房一指，长烟袋差点儿戳到吾一的脸上。

吾一不得不站起身来，然后照着烟袋锅指示的方向，不情愿地走过去。

她的女儿加代子站在厨房里。她很像她妈妈，也是个胖乎乎的女人。又不是过节，脸上涂了一层很厚的粉。

"木炭在这儿！"

加代子用脚尖轻轻点了点檐廊上的掀盖板。吾一想，这个女子也不是个善主，比她妈妈毫不逊色。吾一很生气，又无可奈何，只好掀开板盖，从里边取出木炭，装在炭筐里。

"顺便帮我把它拿到二楼去吧。"

真是厚颜无耻的女人，吾一感到十分惊讶。他懒得理她，按照她的吩咐把木炭送上了二楼。

"不要送错了，是最左边的那个房间哟！"

加代子在楼梯下边提醒。吾一打开拉门，把木炭筐放进房间里。屋里，一个书生正在桌前看书，令吾一非常羡慕。

他从楼上下来的时候，客人正要走。

好不容易来到东京寻找爸爸，却扑了个空，吾一也只好走了。等客人离开之后，他说了声"再见"，就要去玄关穿鞋。

"你有地方去吗？"澄江坐在长形火盆那边说。

"唉？"

"唉什么？我在问你，有没有地方可去？"

吾一回答不出，默默地低下了头。

"我有事问你,到这边来,坐下吧。你刚才说你爸爸没回家办丧事,是真的吗?"

"是真的。"

"那么,他到什么地方去了?你估计得出来吗?"

"不知道。"

"那么说,你以为他在这里,就来了?"

"是的。"

"你这孩子也真是的,我不是打过电报,说他早就不在这里了嘛。你还背着行李,从乡下跑到这里来,脑子有点不正常啊!呵呵,你有些地方也挺像你爸爸的呀!"

"……"

"你爸爸可真是个让人头疼的人哪。不知道给我们添了多少麻烦哪!就因为把房子租给他过,结果招来了刚才那个人,说了好多不中听的话……还不光是这些呢。你爸爸还特别会说好听的话蒙人,花言巧语说了一大堆,连我的东西也给卷走了。"

"……"

"先不说那些了。你打算怎么办啊?你说想找爸爸,可是上哪儿去找啊?"

"……"

"若是你有什么地方可去,我也不拦着。不过天已经黑了,你去哪儿啊?所以,我看你怪可怜的,如果你愿意,可以让你暂时住在这里。"

"……"

"过几天,说不定你爸爸会回来。既然爱川的孩子来了,我怎么能就这样让你回去呢？你怎么打算？"

吾一现在开始后悔从伊势屋逃到东京来了。可是没有地方可去，女主人又这么说了，虽然对这个地方没有好感，他还是答应在这个出租房子的人家住下来。

虽说住了下来，但吾一也知道自己决不会被当作客人对待，然而，他万万没想到，会受到如此苛刻的待遇，甚至连伊势屋的学徒都不如。只要看看初次登门时，屁股还没坐热，就被女主人支使去厨房搬木炭，便可以想象到了。从擦灯罩、擦地板，到伺候所有人吃饭、去鱼店，全都是他的事。而且开始吃饭和吃完饭的时候，都必须匍匐在地，恭敬地说"我吃啦"以及"谢谢，我吃饱了"。他虽然是怀着美好的梦想跑到东京来的，却没有想到，伊势屋那带着抹布痕迹的地板一直通到了这里。

门外丝柏篱笆上挂的"雇用女佣"的牌子，不知什么时候被拿掉了。晚秋的冷风从篱笆的缝隙间吹了过去。

吾一站在丝柏篱笆墙旁边，仰望高高的天空，揉着潮湿的眼睛。

不倒翁

一

吾一在这个家里，从来没有被人叫过名字。

住在二楼的书生们，只叫他"小伙计"。

"喂，小伙计，去买包香烟。"

"喂，小伙计，赶快去把这封信发了。"

在伊势屋的账房门口，突然把他的名字改为"五助"的时候，他曾难过了一阵子，可现在连那样卑下的"五助"也给取消了，换成了一个普通名词"小伙计"，这不就等于这个世上不存在吾一这个人了吗？

吾一很气愤，一次，他对一个说话最刻薄的医科大学学生抗议道：

"我有名有姓，请叫我的名字！"

"哈哈哈哈，叫名字？有名字好哇！就是因为你老说痴话，才叫你小伙计的。喂，小伙计，只要你能背出《伊吕波》①来，就叫你的名字。来，背个《伊吕波》。"

"《伊吕波》谁还不会呀？"

"呵呵呵呵，哈哈哈哈。就因为你喜欢顶嘴，才会惹人这么嘲笑的，真是个傻瓜。"

---

① "伊吕波"，也叫"伊吕波歌"，是用日本假名编成的习字歌。此处用来嘲笑吾一目不识丁。

加代子倚靠着大学生，跟着一起嘲笑他。

"现在你说一遍'众议院议员'来听听？嗨，小伙计，说来听听呀。""我，我现在不是小伙计。"

"那是什么呀？男佣吗？你端着盘子上二楼的姿势，多好看啊！哈哈哈……"

"呵呵呵呵。这个乡下佬，还特别自以为是哪！说他一句就顶嘴，可不得了哪！算了吧，小伙计，你怎么能和大学生顶嘴呀，不是自找没趣吗？"

近来，连加代子也叫他"小伙计"了。这个姑娘的坏心眼不是现在才开始有的。来这个家那天，从她用脚尖指点贮藏木炭的地方，就能看出她的人品了。

偶有闲时，吾一刚打开报纸看，加代子就会突然从背后走过来，一把抢走报纸。

"心眼不要那么坏，给我看看吧。"

"谁心眼坏呀？一个小伙计，还想看报纸，太不知好歹了！"

"看看报纸怎么了？让我看一下吧，我想看些东西……"

"我也想看些东西呀。连载的小说我还没看呢。"

加代子就是不把报纸还给他。吾一想，阿娟也好，加代子也好，这些打扮得很漂亮的姑娘，为什么对自己都这么冷酷呢？

吾一非常气愤。心里一遍遍地想：等着瞧，等我爸爸回来，我要告诉我爸爸，让他好好教训你一顿。

但是，不管他怎么翘首以待，也不见爸爸回来。

听女主人说，最近法庭好像要审理那个山林纠纷的案件。

这是爸爸最投入的事情，所以，他绝对不会不回来的。即使在妈妈的葬礼上没见到他，这回也不会见不到的。可是，应该不会忘记开庭日期的爸爸，不知什么缘故，既不见有信来，也不见他回来，所以这里的女主人非常焦虑不安。按说那个判决应该与她没有什么关系，可现在看来也许是有什么关联吧，女主人每天都在谈论这件事。

吾一越来越心灰意冷了。之所以留在这里，忍受着女佣般的苛刻待遇，就是为了等爸爸回来。但是既然怎么等爸爸都不回来，自己就必须重新考虑一下了。因为没有地方去，只好在这里忍气吞声地一天天熬着，可是在这种坏心眼儿的人家继续待下去的话，自己也会变坏的。

"啊，要是妈妈活着就好了！"

他没有比这个时候更加怀念妈妈的了。每次想起妈妈，他就一个人躲在厨房的角落里悄悄哭泣。

可是妈妈不能复生，不管怎么怀念，也无济于事。每当此时，浮现在他脑海中的是稻叶书店的叔叔，以及次野老师那和蔼可亲的面容。

一天晚上，他给稻叶书店的叔叔写了一封很长的信。信的大意是，他在妈妈的葬礼上没看到叔叔，估计是叔叔的病很重。可是，眼下自己无人可以依靠。他详细写了自己目前的情况，并就今后应该怎么办，征求了叔叔的意见。在信的最后，他还写了一句，很想见到次野老师，请尽快把次野老师在东京的地址告诉他。

二

加代子一边哭一边跑进妈妈所在的茶室。

"怎么啦?哭成这样。"

"因为……因为……太过分了!"

"什么'太过分了'?一大清早,真不像样子!"

"妈妈,把黑田赶走吧!我……我……"

"又没事找事,跟他吵架了?真拿你没办法。"

"没有跟他吵架呀!妈妈,你怎么老说我呀?我都被人嘲笑了,妈妈还满不在乎的!"

"什么'嘲笑'?"

"他说妈妈,还有我,都是二分五厘……"

说着,加代子"哇"地一声,趴在茶几上大哭起来。

"你说的什么,我怎么一点也听不懂啊。有什么好哭的?"

"可是……可是……我心里憋得慌!妈妈,你要是看了,也会生气的。太过分了,太过分了!"

吾一擦完二楼的地板,正在擦楼梯,听到小姐哭闹,心里偷着乐,一边想:哈哈哈,黑田老兄,又出什么歪点子啦?那种蛮不讲理的小姐,就得被人狠狠整一下。不知黑田这回给她画了一张什么漫画。

吾一想尽快看到黑田画的那张漫画,就敷衍了事地把扶梯擦完,然后去擦檐廊。他四肢着地,撅着屁股往前擦。擦到茶室门口时，从胯裆下瞅了一眼加代子的脸，又继续往前擦去。他想，倒着看加代子哭天抹泪的丑态，能不能算是一幅绝妙的漫画呢？

檐廊的尽头，就是黑田的房间。与其说是房间，不如说是储藏室般昏暗肮脏的地方。因为他拖欠住宿费，被主人从二楼赶下来住到这里的。当时，黑田一边说着"奉旨，被降一级——"的笑话，一边若无其事地搬进了小黑屋。

惹得加代子大哭大闹的那张漫画，就放在靠近檐廊的桌子上。吾一伸直腰，换了个方向，那画面自然映入了眼帘。他忍不住笑出了声，黑田也跟着笑起来。

他画的是母女俩。画得实在太像了，令人惊叹。简直是惟妙惟肖地抓住了母女俩容貌的特征。而且黑田还在画旁写了一句妙趣横生的话：

"一律二钱五厘。瞧瞧啦，看看啦。"

其实，吾一对这种词句里所隐含的讽刺，并不太明白。不过当他想起庙会上的小贩们那带有悲调的滑稽可笑的叫卖声——"瞧瞧啦，看看啦，不买没有啦。上野街卖二百零八文，前野这里一律一百文，全都一个价啦，快来买，快来买。"就忍不住想笑。

"你在这里干什么啊？快点擦完！"

突然响起了女主人刺耳的呵斥声。

"唉。"吾一又赶紧四肢着地，往前擦去。

女主人在茶室里故意高声骂起来："真差劲，连住宿费都交不起，还这么狂……"但黑田对这些指桑骂槐早已听惯了。他抚摸着下颏，在画册上胡乱地写了几行字：

小阳春啊好舒服，
除了三顿饭，
外加大姑娘，
住这房子太划算。

三

"怎么样,我给你画一张吧?"

当天午后,黑田揪住吾一说。

吾一慌忙把手捂在脑袋上,不乐意地问道:

"也给我画漫画吗?"

"怎么,不喜欢漫画吗?喂,喂,不要乱动,让我看看。"

黑田端详了一会儿吾一的脸,就用铅笔在纸上画起来。

吾一不知他画的是什么,不一会儿工夫,一个小不倒翁倒在地上的形象出现在纸上,这个不倒翁的脸,当然是吾一。

"怎么样?"黑田笑嘻嘻地把画拿给吾一看。

画漫画的人自然觉得很有趣,可被画的人就不觉得那么有趣了。

"送给你吧,可以把画拿走。"

对方好像把它作为什么贵重的礼品送给吾一,可吾一不知道要这漫画有什么用处。

"哈哈哈,看来你真是不明白呀,那就没办法了。我叫它说话吧。"

黑田立刻拿起笔,在画上边的空白处写了一些字:

不倒翁,

不倒翁,

> 迈开自己的腿,
> 走出自己的路。

"怎么样?这回明白点了吧?"

他虽然这样提示,吾一还是一点也不明白。

"不倒翁,不倒翁"不是什么新鲜词,"迈开自己的腿"也不是多么深奥的话。但是,吾一仍然不明白他为什么要写这几句像歌谣一样的话。

"怎么?还不明白啊!可惜,已经没地方往下写了,只好写这些了。好吧,这两三天,你就看看这个不倒翁吧。"

吾一见黑田如此看重不倒翁,就不好不收下了。虽然觉得自己被他愚弄了,还要表示感谢,有些不合算,也只好说了声"谢谢"。

"不过,黑田先生,你为什么总是画这种画,不画些真正的画呢?"吾一把给自己的漫画放在膝盖上,一本正经地问。

"真正的画吗?哈哈哈哈,真正的画可难为我了。"

"可是,一般画家不都是画富士山,或是画加藤清正[①]的画吗,那种画才……"

"哈哈哈哈,你是说能卖钱吗?看我交不起住宿费,连你都瞧不起我呀……"

"不是那个意思……"

"我告诉你,小伙计,这世上有能说话的画和不能说话

[①] 加藤清正(1562年—1611年),安土桃山时代的日本武将,出生于尾张国中村。由于与丰臣秀吉有血缘关系,故追随秀吉。

的画。一般把绘画说成是'无声的诗',认为它不会发出声音来,可是,你看看现在的画吧。只是涂了些颜色,一点诗意都没有,哪里是'无声的诗',是'无声的无'了。我对此很反感,所以想让画能够发出声音来。The very stones cry out(连石头都要说话了)!当今的社会,不正是逼得"连石头也在呐喊"的时代吗?绘画怎么能不发出声音呢?"

"……"

"现在的日本画家都患了感冒,没有一个发出声音的。他们认为不出声就是好画家,真是荒谬可笑!"

"……"

"'无声之诗'是很好,但是如果只是在'无声'上下功夫,诗这种东西,就会被人完全遗忘。诗是什么?不就是一种声音吗?但是,我觉得诗是不能发出温柔动听的声音的,所以我发出了沙哑难听的声音。因为我发不出那么优美动听的声音,才说怪话的,才嬉笑怒骂的。那种粗俗的声音,那种嘲讽,就是漫画。"

"……"

"哈哈哈哈,小伙计,这么吃惊,多可怜哪!不过,你听着,漫画是时代的呼声。不管别人说什么,漫画都是不会沉默的,不会像得了感冒的狗一样无声无息的,不像那些向有钱人和书画商摇尾乞怜的家伙那样没骨气。哪怕我交不起房租,也决不示弱,不管是女主人,还是什么上等人,我都敢咬他们。其实,跟女主人斗,不是我的目的,我是为了喊出时代的声音。我们不是看家狗,不是被人饲养的宠物狗。我们要做时代的主人,要大声呼喊!"

"要做时代的主人"这句话，深深地打动了吾一的心。虽然对他的话不完全理解，但是一年到头被人呼来喝去的吾一，突然间特别希望有朝一日当一次"主人"。

"看来，漫画挺有意思的呀！"吾一说。

"哈哈哈哈，你说挺有意思的吗？也行啊，这么说也可以吧——"

"我一直以为漫画只不过是胡乱一画呢。"

吾一再次拿起刚才黑田画的不倒翁看了看，感觉仿佛有根鱼刺一样的东西扎了肚子一下。

"这家伙跑到哪儿去了？真拿他没办法。小伙计，在哪儿呢？"

女主人在厨房里大声喊叫。

吾一没答应，盯着画着自己面孔的那张漫画出神。

"喂，叫你呢。不快点去，又该挨训了。"

"唉。"

出于习惯，吾一不自觉地答应了一声"唉"，但是，从今往后，他决心再也不发出"唉"这样低人一等的声音了。

吾一做完傍晚的零碎活后，像往常一样，把饭给二楼送上去。他费力地提着带腿的食案，登上咯吱作响的梯子。登到楼梯中间时，他突然停下了脚步。他奇怪地想：现在踩在梯子上的脚到底是谁的呢？登上了最后一级，他用力踩了地板一下，手里的食案一晃，菜汤洒出来了。

他也没理会，直接拿进了房间。

"喂，小伙计，怎么把菜汤给弄洒了呀！"

吾一一声不吭，顺着楼梯下去了。

四

"你说什么？你说你想念书？哎哟，你可真敢想啊，我都不知该说什么了。这可不行，不管是夜校还是什么，像你这样的人，念书也没什么用啊！"

"……"

"你是看到二楼的书生们在念书，才突然产生那种念头的吧？二楼的少爷们都有有钱的爸爸，给他们寄学费来，才能上学的。像你这种连住宿费都掏不起的人，怎么跟人家比呀！"

"……"

"真是的，稍微对你好点，就蹬鼻子上脸，简直受不了！像你这样连《伊吕波》都背不出来的人，去学校能学什么呀？念书的事先放一边，还是好好把灯罩给我擦得干净些吧！你连剪灯芯都不会，一点儿都不齐。"

"以、以后，我一定把灯罩擦得干干净净的，其他的话儿，我也都好好干，求求您，请让我去吧……"

实际上这些天，吾一一直盼着稻叶书店叔叔的回信。只要有了回信，就会有办法的。可是，昨天夜里，他经过认真的考虑，觉得不能再抱希望了。因为他突然想起爸爸曾经说过，"人是不能指望别人的"。他看着不倒翁的漫画，决心靠自己的奋斗去改变命运。现在这个栖身之处，虽然令人厌恶，可是自己举无目亲，无处可去，所以他就硬着头皮去找女主人，恳求她答应自己去夜校念书。因为他知道，每天这样端盘子、跑鱼店，永远也不会有出头之日。现在不努力学点东西，一生就完了。他想请女主人同意自己只是晚上到夜校去念书，白天干多少活都没关系。

"你说什么？干多少活都没关系，你到底会干什么？让你送饭菜，洒了汤；让你洗茶碗，磕破了边儿；还能干什么！趁早死了这条心吧！把你留下已经不错了，还想上夜校念书，不可能！"

"……"

"好了，赶快把你手里的活做完。我今天忙得很，没工夫跟你废话。加代子，怎么样啦？打扮好了没有？再不快点，就来不及了。"

"哎呀，我弄不好呀！妈妈，来帮我一下啊！"

一直裸露着上身坐在隔壁房间的梳妆台前涂脂抹粉的加代子撒娇地哭叫起来。

"怎么啦？真拿你没办法，妈妈现在也要换衣服，哪有空啊！"

"就帮一下嘛。帮我给后脖子上擦擦粉哪，自己够不着啊！"

"真是个烦人的娇小姐！"

女主人特别使劲地说了"烦人"两个字，狠狠地一跺脚，站了起来。

"哎哟哟，脖颈子上擦这么多粉多难看哪！我说，你真得好好学学化妆了，这样哪行啊，快把毛巾给我。"

就像母猫舔猫崽似的，妈妈无比爱怜地用毛巾轻轻地擦去

女儿后颈上的一层白粉,然后,正要拿起粉扑重新擦粉的时候,一眼看到吾一坐在那里,马上瞪起老鹰眼,狠狠地训斥道:

"你傻坐在那儿干什么,还不赶紧把你的活干完!"

吾一眼眶直发酸,慢慢站起来,朝着厨房走去。

过了一会儿,分头梳得油亮的医科大学学生,从二楼上走了下来。他一边吸烟,一边靠近长火盆,色眯眯地瞧着姑娘化妆。

等母女俩打扮完毕,他们一起分乘两辆车子,去市村剧场看戏去了。

又过了两三天。

女主人很稀罕地上午出了家门,到了晚上也不见她回来。吾一怀疑今天是开庭的日子,但是,女主人什么也没告诉他,所以他也不知道详情。

晚上十点过后,女主人终于回来了。吾一赶忙迎上去说:

"您回来啦。"

她没有回答。吾一也没在意,因为这是常有的事。

吾一想,今天不是去澡堂子洗澡的日子,这么晚了,自己还在这儿耗着,招人烦,就找了个比较合适的时间,说了声"请休息吧",转身要回去睡觉,却被女主人喝住了。

"现在还不到睡觉的时候呢。我有事问你,到这儿来一下。"

没办法,吾一只好跪行着去了茶室。

"我问你,你知道你爸爸住的地方吧?"

女主人用长烟袋锅子,恶狠狠地敲了一下长火盆,瞪着吾一。

吾一心里纳闷，怎么现在又突然问起这个问题呢？可是，不知道的事，也只能说不知道。

"你的脸皮也真够厚的。你说你不知道，怎么可能不知道啊？"

"我真的不知道啊！"

"哼！我看你是不见棺材不掉泪啊。这样也好，既然你这个态度，就别怪我们不客气啦！"

"我真的，真的不知道啊。要是知道，我早就上我爸爸那儿去啦……"

"别说得那么好听。你们爷儿俩是打算合起伙来，坑骗我们家吧。"

"哪有啊……"

"好吧，好吧，你不说就算了，不过，像你这种家伙，再不能留下去了。明天一大早，你滚出去吧！"

吾一不由得猛然抬起头来。虽说他不想待在这个地方，可一旦被赶出去，还真是没有地方可去。

"怎么着，干吗用那种眼光看着我啊。赶你走又怎么样，你还有什么可说的？这不是理所当然的吗？我可没有义务一直关照你这种货色。"

女主人又磕打了一下长烟袋锅子。

吾一不清楚女主人为什么这样大发雷霆。即便想问一问，估计也不会得到回答的，所以他什么也没问，一直沉默着。这时，只觉得从喉咙深处不断地往上冒苦水，他咽了下去，苦苦思索着原因。

艰难困苦,玉汝于成[①]

[①] 这是从北宋哲学家张载的话里提炼出来的。原句是:"富贵福祥,将厚吾之生也;贫贱忧戚,庸玉汝于成也。"

一

吾一呆呆地望着面前的池水。

火车鸣着长笛，穿过了上野的森林。但吾一依然茫然地凝视着水面。

残花败荷零零散散地浮在水面上，但荷叶已然看不到一片了。只剩下几根光秃秃的叶茎，孤零零地伫立在水中，宛如破雨伞倒插在水中一般。犹如破纸伞的碎片般肮脏的烂叶，慢慢地翻卷着沉没了下去。

大概是由于季节的缘故吧，池水周边看不到往日散步的游人，到处是一片凄凉景象。

看看太阳，大概快到中午了。天气虽然非常好，风却很大。位于池中央的弁天女神庙的岸边，不时地激起一层层白色浪花。

被根津的女主人赶出来后，吾一无处可去。他抱着小包袱，漫无目标地走着，不知不觉中，来到了上野的不忍池边。虽然到这里来了，但是他根本不知道来这里干什么。

之所以不知不觉地来到这里，也可能是他的潜意识想去上野车站坐火车吧。可是，他并不想去买票。尽管兜里不是没有回家乡去的车票钱，但是他觉得，自己是从伊势屋偷着跑出来的，现在怎么好厚着脸皮回去呢？而且，想到就连稻叶书店的叔叔都没有信来，就更不想回乡下去了。

那么，怎么办才好呢？说是想办法，其实，他是一点办法也没有。

他坐在公园的长凳上，把包袱当作枕头躺了下去。虽然闭上了眼睛，可是他根本就不可能睡着。

他有些懊悔，昨天晚上女主人要赶自己走的时候，为什么没有低头认个错呢？为什么没有服个软，求她让自己再住些时候呢？真是个傻瓜！怎么能这么想呢？就是饿死，也不能回到那个地方去。由于当时黑田不在，没有跟他道别就走了，让他有些遗憾。除此之外，对那个恶人的家，他根本没有一丝留恋。只要一想到那个人家，就恶心得想吐。

可话又说回来，根津那家再可恶，伊势屋再狠毒，但在那里毕竟还有个地方睡觉，每天还能吃上三顿饭。可是，现在……连个遮风避雨的地方都没有，只能露宿街头了。

他躺在长凳子上，茫然地看着水面。开阔的水面上，干枯的荷茎孤零零地立着，令人不忍去看，看着就像残留在水面上的沉船上的桅杆一样，给人失去了一切的感觉。就连那一段细茎，也用不了多久，就被水吞没了。

突然，他感觉一阵发冷，仿佛大浪压过头顶似的，他不由得缩成一团，手脚止不住地打起哆嗦来。

他无力地坐了起来，却两眼发直，面如土灰。

"对不起啊！"

一位五十岁上下、衣着整齐的老妇人，轻轻坐在了他的身旁。然后，从小纸包里拿出一个豆沙包，亲热地对吾一说：

"你吃一个吗？"

看着递到自己眼前的圆圆软软的豆沙包，吾一愣住了。

因为他万万没想到一个素不相识的人会给自己点心吃。但是那个圆圆软软的东西立刻缓解了吾一的紧张心情。紧张的精神一松弛，之前的那些愁思，也立刻烟消云散了。

从清早起就什么东西也没有吃的吾一，被那松软的豆沙包强烈吸引住了。但是无缘无故接受别人的东西，又感到难为情。他心里犹豫着，又想吃又不敢吃，表情古怪地直直地瞧着那个豆沙包。

"这豆沙包可好吃了，我也吃一个，你也吃吧。"

那老妇人很爽快，在吾一面前掰开豆沙包，香甜地吃起来。这么一来，吾一空荡荡的胃在衣服里面咕噜咕噜地叫了起来。他暗想：没有什么不好意思的，既然她说给我，就不客气地吃呗。

他实在忍耐不住了，伸手接过那个大豆沙包，立刻咬了一大口。当甜甜的豆沙馅在舌头上融化后，吞咽下去时的味道，简直好吃得无法形容。

"看样子，你很爱吃甜食啊。"

"唉，是的。"

"那么，跟我走吧。这样的东西，我有的是。"

吾一感到莫名其妙，难道说她是开点心铺的老太太吗？

"怎么样？跟我走吗？这么冷的天，你也不能老在这里待着呀。"老妇人一个劲劝说着他。

吾一隐约记得曾经听人说过这一带有人贩子出没，专门拐骗初来乍到的乡下人。这么一想，他对眼前这个陌生人产生了莫名的恐惧。但是对方是一位上了年纪的妇人，而且衣着整齐，怎么看都不像是那种骗子。而且即便是骗子，刚才自己绝望得都想要一死了之了,还有什么比死更可怕的呢?反正自己也无处安身,不如就……于是,吾一就跟着老妇人走了。

二

老妇人说吾一背着行李不方便,就帮他寄存在附近一家熟人家里了。然后,两个人朝着广小路走去。走到广小路的十字路口,她停住脚步站了片刻。吾一以为要坐铁道马车,可是一连来了几辆车,老妇人都没上车。

这时,从远处走过来一列很大排场的送殡队伍。老妇人跟在队伍后面走起来。吾一也跟着走。

队伍走过山口,进入了一座寺庙。

当正殿里念经祷告的时候,老妇人一直口中念念有词,手里捻着念珠。吾一困得眼睛都快睁不开了。他没想到自己竟被老妇人领到这样的地方来,不知道她和死者是什么关系。

"要恭恭敬敬地上香啊!"

到了参加葬礼的人上香的时候,老妇人对吾一说道。于是吾一学着别人,笨拙地举起线香,恭敬地低下头祈祷。

葬礼结束后,参加葬礼的人开始往外走。在出口处,每人都领取了一包点心。老妇人和吾一也各领了一包。

"我们还得去另一个寺庙,你跟我走吧。"

往回走的时候,老妇人对吾一说。

但吾一不想去,参加一次葬礼,已经够了。他明确地回答她说:"我不想去了。"

"哟,不要这么说呀!刚才听到你告诉我你的遭遇时,我都忍不住流眼泪了，还挺佩服你的呢。我很想帮帮你，所以你就放心地跟我走吧。跟着老年人，不会吃亏的。"

由于方才一路上老妇人一直东问西问打听吾一的情况，问吾一多大了、过去干过什么，等等，所以吾一把自己的情况都毫不隐瞒地告诉了她。老妇人一边听着吾一介绍，一边不时关切地插一句"哎呀，太可怜啦""真是受苦啦"。听她的口气，感觉不像是言不由衷的寒暄。

虽然吾一觉得又去寺庙很没意思，但又没有别的地方可去，只好不情愿地跟着老妇人去了。

第二次去的寺庙位于车坂那边。吾一心里想：虽说是一位老妇人，可是一天去两次寺庙，可真是个喜欢拜佛的人哪。

在那里也和刚才一样，上过香以后，出门的时候，每个人又领到一个装有购物券的小盒子。走出寺庙以后，老妇人对吾一说：

"为了你今后的生活，我想来想去，你大概也很发愁身上没有钱吧，要不到我那里去干活，好不好啊？"

吾一扬起脸，问道："干活？干什么活儿？"

"嗨，也不算什么累活，只要能给我找到主顾就行啦。"

"主顾"这个词，吾一听着很新鲜。

"呵呵呵呵，我说主顾，你不懂什么意思吧？不但你不懂，一般的人都不懂啊。因为我干的事，是无论多么新的《买卖交易》里都没有的工作。"

老妇人露出一口白牙，凄凉地笑了。这个老婆子专靠送殡赚钱，同行都管她叫"送葬阿清"。

怎么靠送殡赚钱呢？具体说来，就是装作送葬的人，跟在送葬队伍后边，葬礼结束后，出门的时候，领取一盒礼品点心。运气好的话，一天能参加三四次葬礼（用他们的行话，这样的日子叫做"过年"或"满客"），所以，女人做这种生意是很轻松划算的。不用说，骗来的点心和购物券，会再折价卖给相互勾结的店家，来获取现金。

这样的买卖，看似是个女人都能做，但实际上不是谁都干得了的。因为要想干这种事，首先她必须忘记世上还有"羞耻"二字。而且，一般穷得吃不上饭的人，哪里顾得上穿着？可是要干这种事，穿得太寒酸的话是绝对不行的。冬天要有冬天的行头，没有一套像样的衣着，就不能混在送殡的人群里，走上大殿去上香。总之，干这个买卖，也是需要一定的成本的。

不过，这个老妇人曾经干过风俗业，所以有几套穿得出来的好衣服。这就是她优越的地方。可是由于年纪大了，没有男人愿意跟她搭帮过日子，她又没有什么正经工作，于是便堕落到做这种生意吃饭的地步。

一个上了年纪的女人做这种生意，肯定是比较适合的，只是有一点比较麻烦，就是寻找主顾。

这行所说的主顾，指的就是丧事。有关谁家在什么时候在哪个寺院办丧事，最后有没有点心盒子等等情况，必须事先打听得一清二楚才行，否则这个买卖就不成立。尤其礼品是最重要的。如果跟着队伍走到很远的寺院，最后只是鞠个躬，说一句"今天多谢各位光临"的话，他们不就该挨饿了吗？所以，为了找到好的主顾，需要雇用个小孩子。因为小孩子不惹人注目，便于多方打听，调查来的情况更可靠。

另外，领着小孩子参加葬礼，还可以多得到一份礼品，这一点很重要。因为，只要跟着一块儿烧完香，就可获得一盒礼品，所以要做出殡的生意，小孩子是必不可少的。

"怎么样？就像我刚才说的，只需要你每天找到办丧事的人家，你愿意干吗？你若是愿意干，我会付给你很多钱。当然啦，也要看找到的是什么主顾，不管怎么说，每个月至少给你一元钱，生意好的话，还会给两三元的。"

吾一没有马上回答。在乡下时，虽然听人说东京是个雁过拔毛的地方，但没有想到竟然有干这种缺德生意的人。

"呵呵，看你好像有些吃惊，这也难怪呀，在这个艰难的世道，适合女人和孩子做的正当工作，实在找不到啊。"

"……"

"我决不勉强你。可是恐怕你今天晚上都没有地方睡觉吧。再说，即使你想去做工，没有保人的孩子，也没有地方敢用啊。"

"即使能找到地方做工，像你这样的小孩子，也没有人会给你工钱的。"

"……"

这倒是真的，无论在根津做工，还是在伊势屋里打杂，连一文钱工钱也没有得到。只是在年底拿到了五十钱或一元的赏钱。相比之下，每月能拿到一两元的话，确实是不少钱啊。

吾一考虑了一会儿，有点胆怯地问：

"那，看书可以吗？"

"看书，怎么看都可以啊。噢，你喜欢书吗？"

"是的。"

"有空时，我也经常拿出书来看。你到我家，可以看很多旧的《文艺俱乐部》呢。"

那种杂志没多大意思，但既然有书看，而且还能拿到很多钱，吾一心里盘算着，不如暂且去干干看吧。

老妇人立刻看出吾一动心了。结果，吾一终于跟着阿清老妇人走了。

吾一跟着老妇人取出先前寄存的行李，一起到她家去了。她借住在别人家的二楼，那里是寺院集中的里町，从她生意的角度考虑，这个地方选得再合适不过了，吾一心里想。第二天一早，吾一就立刻跑出去寻找主顾。出门的时候，他还担心自己是否能找到，可是去寺院一转悠，就能从那里的气氛看出是否有人家办丧事。此外，发现店头或住家门口挂着的"居丧"的门帘，也不是一件难事。

做这种生意从来不会失业的。不管是星期天，还是节假日，也不管是刮风还是下雨，都有人死，所以，办丧事的主顾源源不断。除了"友引诸事不宜"日不宜出殡外，几乎每天平均都有两三家。因此，对于他们这些干这个行业的人来说，生意还是挺兴隆的。

老妇人非常高兴，付给了吾一超出承诺的工钱。还说天气寒冷，给他买了一条法兰绒围巾。虽然这生意不地道，但是比起做大买卖的大老板，比起根津能说会道的女主人，这个老妇人要和蔼可亲得多。

三

　　吾一每天过着跟在出殡队伍后面去寺院的日子，一晃就迎来了新年。仰望着新的一年的阳光，他对于每天寻找主顾的生活也开始感到难以忍受了。

　　有一天夜里，他做了一个梦，梦见在一个动物的尸体上聚集着很多大蛆。大概是白天看到的扔到墓碑旁的死猫引发了这个噩梦。蛆的模样都是老妇人和吾一的脸，吾一恶心得简直快要窒息了。

　　自己来东京，不是为了给不相干的人送殡的。吾一打算无论如何也得找个正经的工作。于是，每天在为老妇人寻找主顾的过程中，他也没有忘记顺便为自己寻找主顾。虽然挂有"雇用小伙计"的木牌随处可见，但是那种生活他实在过够了。虽说当小伙计不一定是最卑贱的工作，难道就不能找个比小伙计更有意思一点的工作吗？他瞪大眼睛，东张西望，四处寻找。

　　一天下午，他陪完葬礼，把点心盒子交给老妇人之后，又像往常一样，去寻找别的主顾去了。那天，他很顺利地又找到了一个主顾，而且是个很有钱的主顾。办葬礼的寺院就是浅草的本愿寺。

　　他想，今天可以早点回家，有时间看看书了，于是他加快了步子。往回走时，他突然被路旁的黑板吸引住了。那上面贴着一张白纸，写着两行字：

> 招收文选见习工（十四五岁者）
> 大明堂印刷所

"文选"两个字吸引了吾一的注意力。至于文选具体是什么工作，他一点也不清楚。他猜想，可能是挑选文章吧？如果是那样，可太有意思了。

他立刻走进了那个印刷所，请求人家雇用自己当见习工。

他被人从机器嘎哒嘎哒作响的车间领到了隔壁的房间里，有个人问了他的年龄、出生地和父母的情况。

"既然这样，我们可以用你。不过，你在东京有保人吗？"

一听要保人，吾一叹了一口气说：

"那可不好办了，我在东京没有亲戚……"

"那么，可以请你现在住的人家作保呀。"

"可是，那家的主人是女的呀……"

"女人没关系，只要是可靠的人就可以。"

对方说得很轻松，可是一说要可靠的人作保，吾一不知该怎么回答。他心里想，阿清那样的人也可以吗？要是她那样的不能作保，又该怎么办呢？不过听对方的意思，似乎是只要有个人陪着自己来，就会被录用，要不回去求求那个老妇人吧。那个老妇人一定会想办法帮这个忙的。

不管怎样，我也得到这个工厂来做工……在运转着的机器的轰鸣声中，他暗暗发了誓。

嘎啦，嘎啦，嘎噔——！

嘎啦，嘎啦，嘎噔——！

印刷机的响声震耳欲聋，连说话都听不清楚，但吾一觉得这轰鸣声中蕴藏着某种令人鼓舞的力量，甚至令他对这响声倍感亲切。在他听来，这轰鸣的机器声，就是赋予他无穷力量的无所畏惧的声音，是为向往文字的人奏响的轻快动听的音乐。

那些机器是活生生的，飞快地发出轰鸣声旋转着。在这里不是像蛆那样慵懒地生活，不是附着于尸体的，而是浑身脏兮兮地干活。只要能在这里干活，即便汗流浃背，也是有价值的工作。一个十五岁的少年，怀着振奋的心情，走出了印刷所的大门。

幸亏找到了明天在本愿寺的那个丧主，老妇人一定会很高兴的。一定要趁她高兴的时候，向她拜托一下保人的事。吾一满怀希望地回到老妇人家。

可是事与愿违，晚上吾一刚提起印刷厂的事，老妇人就打断他的话，表示坚决反对。

"可是，你到那种地方去，能干什么呢？他们说，给你多少钱哪？"

一说到给多少钱，吾一还没有问。

"哎呀，真是个傻孩子！干那个，怎么可能住在东京市中心，每天吃点心呢？那种地方，多半是打算狠狠地使唤你罢了。啊，肯定是那样的！"

老妇人皱起眉头，"噗"地一声把橘子核吐了出来。

"真讨厌，还说是什么温州的橘子呢，尽是核。喂，不要再提这件事了，吃点橘子吧。"

吾一现在哪里有心思吃橘子。忘了问工钱就回来了，的确是疏忽了，但是，他也不认同老妇人说的，钱有多么重要。无论去哪里干活，开始的时候都不会给多少工钱。因此，只要对自己的发展有利，一开始也可以吃点苦。吾一如实对老妇人说了自己的想法。

看到吾一的态度这么认真，老妇人把剥了一半皮的橘子扔到一边，立刻端坐起来，涨红着脸数落开了：

"那么，你打算扔下我抬脚走人吗？我这样关照你，你说走就走，这不是忘恩负义吗？"

要是在今天，人们会觉得，我是得到了你的照顾，但不能说白白受了照顾。因为我也给你干活了，我也让你赚到钱了。可是那时候的人，就像狗一样，吃了人家的饭，就别想抬起头来。不管多么差劲的饭食，一日三顿饭就把人分成了主人和仆人。

吾一被骂得无言以对，没想到阿清老妇人会发这么大的火。尽管吾一预料到她会说点什么，但老妇人是个通情达理的人，也许会痛快地说"那好吧，我就帮你干上那份工作吧"。看来，自己想得太简单了。

可是，伊势屋的老板也好，根津的女主人也好，就连自己的亲爸爸，不是都对自己不管不顾吗？一个非亲非故的老妇人，又怎么可能对自己那么体贴呢？这样的话，好不容易找到的印刷厂的工作，也只好放弃了。不仅去不成那个印刷厂，无论什么地方也去不成了。

啊啊，能为我作保的人，偌大的东京也找不到一个。今后我该怎么办呢？难道只能一辈子围着死人打转吗？像我这样的人，今后永远不会有出头之日了吗？这天晚上，吾一一夜没有合眼，在被窝里哭到天亮。

虽然对于送葬的生意吾一从心里感到厌恶，但第二天还是不得不去。在昨天找到的本愿寺的葬礼上，他和以往一样，跟着老妇人一起混进了送葬的人里。

送葬的队伍非常豪华，鲜花、绢花、放生鸟等等一个接一个，队伍排得老长。有的人死了，还能够享受如此豪华的葬礼……想到这里，吾一不禁泪如泉涌。

葬礼之后，送给参加葬礼的人的礼品也是很可观的，每个人都得到了一元钱的购物券。像这样出手大方的丧主，是轻易碰不到的。老妇人在出口处领了购物券礼盒后，用包袱皮把它包住，然后，又一转身回寺院里去了。不用说，她是想再领取一份。只要遇上好主顾，她经常采取这种手段。

老妇人让吾一也跟着她，没办法，他只好也跟着她回了寺院。

她若无其事地走过去，向站在桌前发放礼品的人恭恭敬敬地行了个礼。这时，一个从事殡葬业的穿着短外褂的男人大步走过来，毫不客气地说：

"喂，你想领几回呀！"

"没有，那个，我……"

"你别装蒜啦，你手里拿的是什么？"

那个男人一把抓住老妇人的手腕。

"混蛋，不要脸的臭婆娘！刚才没理你，放你过去了，你还想领第二份，这回决不饶你！你给我到这边来！"

"哎呦，你这是干什么呀？"

"什么干什么？不干什么！你发死人财，比盗贼还不如的缺德的臭婆娘！"男人高声叫道，"大家来看哪，这个家伙是发死人财的。"

吾一眼看着老妇人被人抓住，吓得慌了神。他起初还想上前解救一下，但又一想，既然已经暴露了，自己也救不了她。要是再待下去，连自己也得被抓住。于是他想混进人群，悄悄溜掉。

"喂！"

就在这个时候，背后有人抓住了他的衣袖，吾一惊恐地回头一看，心里更害怕了。"这个家伙，可打不过。"他猛地一甩袖子，正要逃跑。

"喂，喂，你往哪儿跑啊！是我啊。你跑什么呀？真是个傻小子！"

四

  吾一没敢抬头。他觉得东京应该没有一个熟人，也不可能遇见家乡的人。由于自己干的是这种靠葬礼骗钱的勾当，所以他做梦也没想到，会在这种地方遇到黑田君。
  "真巧啊，居然在这种地方见到你了！得知你走了，我可是很担心你呢！"
  "……"
  "今天的葬礼，我本来不太想来的，看来还是来对了。可是，你怎么到这里来了？"
  "……"
  "你也认识死者吗？喂，我问你哪，喂，怎么回事？为什么总不吱声呢？"
  "……"
  "后来，你到底是怎么过的呀？你说什么，听不见，再大点声说。不好意思？傻小子，在我面前有什么可害羞的啊！"
  "……"
  "咱们不能老站在这个地方说话呀，走吧！"
  黑田抬腿就往前走了，吾一也不得不跟着他走。
  一路上吾一都在惦记着老妇人。她被人抓住了，后来怎么样了？挨打了没有？是不是被送交警察了？如果交给了警察的话……自己会不会受牵连呢？吾一越想越害怕，心里扑通扑通直跳。

走了一会儿，他们来到宽阔的大街上。黑田看到一家牛奶铺，就迈着大步走了进去。现在好像不是喝牛奶时候，没有别的顾客。

"先喝杯牛奶吧。不赶快喝，该凉了。"黑田对吾一说道。

板着脸的老板送来了牛奶，可是吾一把头埋在桌上，无声地哭泣着。在他的小光头旁边，放着一杯牛奶，冒着白色的热气。

"不要哭了，不是你的错，不是你的错。"

一路上，黑田大致了解了吾一的情况，他一边抚摸着吾一的脊背，一边宽慰着。

"说起来，那个老太婆也挺可怜的！要说这个世上，什么最难，当然没有比吃饭更难的了。人到了没有饭吃的地步，就什么事都干得出来呀！没什么可羞耻的。应该说，你增长了见识啊。"

"……"

"你确实是增长了不少见识啊。一个人，只有用人生这块磨刀石使劲地打磨才行，不打磨是不会亮的。"

"……"

"俗话说：'艰难困苦，玉汝于成。'萎靡不振可不行！也不要愁眉苦脸的。当然了，这块磨石太粗糙了，开始的时候，可以用粗糙的磨石，但是一直用粗糙的磨石就不行啦，连好的地方都给磨坏啦。对你来说，那种粗磨石已经足够了，不能再用啦。"

"……"

"哎呀,今天能见到你太好啦!说实话,你被那个女人赶走的那天早上,我回去一看,你不在了,很奇怪。一打听,才知道你被那个坏女人给赶走了。真是太可恶了,可是,说什么都晚了。实际上,那个女人之所以收留你,是为了拿你当诱饵。"

"……"

"她打的算盘是,把你留下,你爸爸一定会回来找你,所以才收留你的。可是怎么等也不见你爸爸回来,才原形毕露,把你赶走了。不知道那个老板娘为什么想等你爸爸回来,这里边一定有什么利欲熏心的瓜葛,活的东西嘛,都是一个样。但是,你真的不知道你爸爸住的地方吗?"

"是的。"

"哼!真是个不像话的老子啊!把儿子丢下不管,自己跑到哪里去了呢?这样下去,你只好一直受着粗糙磨石的打磨喽。今后,你究竟打算怎么办呢?"

吾一抬起头,喝了一口牛奶,然后用匙子在杯子里搅和了一会儿,这才断断续续地把想去印刷厂做工的事对黑田说了,还说由于没有保人,工厂不要他。

"是吗?那太好啦!做自己愿意做的事,再好不过了。保人的事你不必担心,我可以给你当保人。"

黑田一字一顿地说着每一句话,鼓励吾一努力去奋斗。

不要争辩

一

"但是……"黑田停顿一下,又继续说道,"你找到了新的工作,我该送你点什么东西好呢?"

"不用,我什么都不要。你能给我作保,已经够了……"

"如今这世道,我应该送你点什么的,可是现在我是什么也送不了啦!这杯牛奶算是为你饯行吧,再怎么说也太寒酸了!"

"不,不,别这么说……"

"对了,你等等,这样吧,给你说说我的失败经验吧,反正现在也没有别的事可干。虽说都是些无聊的事,但也许对你有借鉴作用。给你讲这些,就算是给你的临别赠言吧。"

黑田拿出一支香烟,点了火,慢悠悠地说了起来。

"我刚才说,受些磨砺是好事。像你这么大的年纪,吃点苦的确是一件好事啊。婴儿不是也要吃打蛔虫的药吗?其实人生也是一样的。年轻的时候,没喝过点苦水的人,是长不好的。我把'辛苦'当作我的'老师'。人要是不经过'辛苦'的磨炼,很容易自以为是。"

"……"

"画漫画也是这样,我总是喜欢拿我擅长的画画打比方。如果不被人踩踏,不被人欺负,我就不能从内心发出真实的声音来。只有被人摁在地上、背上被人压上沉重的东西时,我才会骂一句'哼，你这个畜生！'，爆发出反抗的力量，而这反抗的力量，就是我的漫画。'时代的主人'，只有从这样痛苦的摔打中，才能诞生。然而像我这种性格懦弱的人，很容易得意忘形，一遇到挫折，便灰心丧气。所以没办法，到了现在，还得吃打蛔虫的药。"

"……"

"说起来，我从小就喜欢画画。虽然从我嘴里说出这话有点可笑，村里的人，曾经说我是神童呢！所以，我就抱着当一名好画家的愿望来到了东京。不用说，是半工半读啦。我送过报纸，卖过纳豆。这才终于上了那所美术学校。头一两年，我还真是刻苦地学习，可后来渐渐感到没意思了。上课让人昏昏欲睡，而且学校里没有那种能够在画布上画出有生气的画作来的老师，我觉得进教室特别愚蠢，所以每天赖在家里，看其他的书。结果，到了考试的时候，交不出像样的答卷来。没办法，我就在每张考卷上给各科老师画了一张漫画。现在想起来，还觉得很可笑。其中有一个答案是这样的。我把那个总是在监督学生的班主任画成了一只大兔子，特别画了一对长长的大耳朵，兔子的脸当然是那个班主任了。另外，还给常常兼职的英语教师的裤子上加上了黑色的绑腿。"

"哈哈哈！可是，这样会闯祸的吧。"

"哪能不闯祸啊？可是惹出大祸了。以'兔子'为首的老师们何止是生气那么简单。学校立刻把我给开除了。"

"……"

"可是，可是吧，过了几天，我画的打绑腿的那个英语老师给我来了一封信，说有事找我，让我去他家一趟。我想，既然已经被开除了，还有什么好谈的，所以没理他。过了两三天后，心想，反正闲着也没事干，就抱着从他家找个漫画素材的心理，遛遛跶跶地去了。哎呀，真是吓死我了——只见大大小小的活物，满屋子蠕动着。你猜怎么着，这些活物全都是小孩子呀！难怪了，有这么多孩子，老师不兼三四处的课，怎么养活他们呀？我感觉像吃了什么药似的，不敢往里迈腿了。最后还是硬着头皮，鼓起勇气说了声：'在家吗？'老师马上迎出来说：'啊，你可来啦。我正在等你呢，快进来吧。'我进去一看，房间里不怎么干净。虽然自己是抱着画出一幅漫画的打算来的，可是当我跟老师面对面坐下来时，倒感到拘束起来了。我提心吊胆地猜想老师会说什么的时候，老师说：'有一个工作不错，你愿意干吗？'从他说话的口气来看，对我画的绑腿漫画似乎一点也没放在心上。我又吃了一惊。我做梦也没有想到，我画漫画讽刺的老师，竟然会给我找工作。"

"……"

"'可是老师，我是被开除的，哪有地方愿意用我啊……'我很认真地说道，绝对没有揶揄的意思。老师说：'没关系，这些你不说我也很清楚。你的做法，虽然我不能完全赞同，但我觉得你很有前途。因此，虽然我在教师会上为你做了许多辩解，但是学校说什么也通不过。可是，让你这样无所事事下去，也实在太可惜了，所以我去找某个杂志社谈了你的情况。那个杂志社的社长说，那样的学生，倒很有意思，就叫他来试试吧。怎么样？如果你没有意见，我可以陪你去一趟。'喂，你听听，老师说的是'你若是没有意见，我可以陪你去一趟'。我感动得眼泪都流出来了。在老师面前，竟然泣不成声了。我原来觉得他只顾兼课，很讨厌，可是，现在看见他有那么多的孩子，照顾自己的孩子已经不容易了，还热心地为我这个给他画讽刺画的被开除的差劲学生寻找这么好的出路。我嘲弄老师打着绑腿，拼命兼课，但是这位老师却裹着这副绑腿，到处奔波，为我寻找工作。我觉得自己仿佛就是为了让老师给我找工作，而画这幅打着绑腿的漫画的——真是羞愧呀，遇到这样经历过艰苦的人，我简直无地自容啊。我画的绑腿简直是破烂不堪。于是，我跟着老师到杂志社去了。而且当天，我就被正式录用了。我得意极了。那些还在学校埋头学习的学生，都在担忧毕业后的出路，而被开除的我，却捷足先登，走入社会了。发薪的那天，我坐上双人洋车，故意炫耀地从学校门前路过。真是痛快淋漓啊！那个时候，就连在那个根津的女人家里，她都不敢小看我，对我好着呢。我也像个妇产科大夫似的，享受起她们母女的恭维来。所以，虽然后来我没钱了，女主人成天嘟嘟囔囔的，但还能住在那里，就是因为曾经那么风光过的缘故。算了，这些就不提它了。可是自从拿了薪水，不知怎么搞的，我渐渐画不出像样的画来了。在学校的时候，我看不起老师的画，也不尊敬大师的画。满脑子想的是，我要是出了名的话，我的画要是出了名的话……可是我的画一旦出了名，却完全不对劲了。尽管嘴里唱着高调，但我的画里再也发不出任何呼声来了。有一天早晨，我忽然想，这可不行。这样的话，不但对不起杂志社，自己也非毁了不可。这么一想，我马上辞了工作。虽然社长和老师都说没有必要辞职，但我想，画那种发不出呼声的画，是不应该拿钱的。"

"……"

"据说古时候，在希腊的军队里，有一个瘦得像麻秆似的体弱多病的士兵。就是这么个瘦弱不堪的士兵，到了战场上却意想不到的勇敢，打仗非常拼命。将领就想，他这样瘦弱的身体都能勇猛地作战，要是体格强壮的话，一定会战功赫赫的。于是将军给予他很多特殊的照顾。由于增加了营养和休息，这个士兵的身体眼看着强壮起来了。体重增加了，胳膊也变粗了。既然他体格变得如此强壮，在下次战斗中，想必会立大功。从将领到士兵都拭目以待。但是没想到，在下次打仗的时候，他一味后退，根本就不往前冲。的确，我想这样的故事，大概是出自于普卢塔克①写的英雄传记。其实，我也和这个士兵是一样的。在半工半读的艰苦环境中，还能画出绿芥末味的讽刺画，可是拿到薪水以后，那股绿芥末味，都不知跑到哪里去了。"

"……"

"哈哈哈哈！啰啰嗦嗦地说了不少啊。这就是我送给你的临别赠言！"

两个人走出牛奶铺，去了老妇人的家。老妇人不在家，听邻居说，她刚刚回来过一次，现在又出去了。

吾一一直为老妇人担着心，不知道她怎么样了。现在知道她回来过，想必没有什么大不了的事。现在她准是又去参

---

① 普卢塔克，罗马帝国时期的传记作家和伦理学家。

加下一个葬礼了。

黑田对楼下的女房东说自己是吾一的亲戚,不能让他继续留在老妇人身边,一定要把他领回家。并请女房东在老妇人回来后告诉她一声。然后在女房东面前,收拾了吾一的小包袱。

然后,两个人立刻来到了大明堂印刷厂。由于有黑田作保人,吾一如愿以偿地当上了印刷所的拣字徒工。

当时的日本,未成年的孩子当小伙计的很多,而想当拣字徒工的却少得可怜,所以即使是黑田那样的年轻人作保,也没有问题。

学徒期间,不住宿的话,日薪八分;住宿的话,只有工作服和零用钱。吾一无处可去,只有要求住宿。工厂旁边的一处简陋的小土房,就是徒工睡觉的地方。住在那里的有和吾一同龄的,或比他大两三岁的孩子,一共有十几个人住在一起。吾一读过《百家文选》《明治文选》等读物,原以为"文选见习工"的"文选"二字是挑选文章的意思呢。进了工厂后才知道,不是这么回事。在印刷厂里,"文选"不是挑选文章,是拣字——铅字的工种。按原稿从铅字架上把铅字拣出来,根本不等于看书,让吾一感到有些失望。尽管这样,只要能接触到文字,就比起背着包袱四处游荡,或者跟在出殡队伍后头走路,要好多了。

但是,在学徒期间,拣字的活计也不会轻易让学徒接触的。最多是把掉在地上的铅字拣起来,插回原来的盒子里,或者在拣字师傅偶尔叫他"拿个'上'来"的时候,马上找到"上"字送到师傅手里。其他的活计,完全和小伙计干的一样，端茶倒水、买烟、擦灯罩。所以，在印刷厂里，像吾一那样刚进厂的少年，工人们都不叫徒工，而叫"小打杂"。

在这些杂活中，擦灯罩的活儿是最费力的。尽管吾一过去也没少擦过灯罩，但是一次擦那么多灯罩还没有过。工厂里的拣字车间、铸字车间所点的灯，一次要擦二十来盏，所以差不多大半天都在擦灯罩。徒工们到工厂里来，好像是专门来擦灯罩似的。

不用说，虽然灯罩数量多，却不能有一点马虎。由于当时是在油灯下拣小小的铅字，如果灯罩稍微模糊一些，或者灯芯稍有不正，拣字师傅立刻会唤徒工过来。其态度之恶劣，与伊势屋的掌柜比起来，真是有过之而无不及。

也许由于铅字是反的缘故吧，当时的印刷工人，虽然接触的是最有文化的东西，但做出的事却完全相反，粗暴得很。

吾一不知因此哭过多少次，每当难过的时候就想起了妈妈。若是妈妈活着，就不会……

一想到妈妈，自然会联想到爸爸。爸爸到底去了哪里呢？爸爸竟然没有回去参加妈妈的葬礼，而且对自己不闻不问……一想到这些，吾一就对爸爸满怀怨恨。

由于学徒工生活太难熬了，吾一起过逃离工厂的念头。可是又一想，就算逃离工厂，又能跑到哪里去呢？无论是跑到哪里去，不都是跟伊势屋的地板一样吗？

"艰难困苦，玉汝于成。"他常常想起黑田说过的这句话，无论这里的地板多么粗糙，既然是自己选择的地方，就只能在这里忍耐下去。这样一想，他便放弃了逃跑的打算。

二

工厂后面凸出的地方,是个肮脏的伙房。工人们都在那里吃便当、洗手。

伙房里有一口大铁锅,锅里的水总是开着。烧水的是个驼背的老头,像只猫似的蹲在灶前。

每当吾一提着水壶去打开水时,老人就会眨巴着昏花的老眼安慰吾一说:

"要忍着点。再苦也一定要坚持下去啊。"

吾一每次都看到老头在干活。他虽然年纪大了,却是个很勤快的人,一天到晚不闲着。据说,由于他干得多,所以积攒下几个钱。可是,两三年前经济萧条的时候,银行倒闭了,他存的钱都没有了。贪玩的工人们都很瞧不起他,讥笑他那样玩命干活存钱,结果怎么样呢?真是个傻老头,可是老头不管别人说什么,还是像以前那样,拼命地干活。老头常说:"干活,就是为了让其他人过得更舒服呀!"

要是别人这么说,吾一会以为是说笑话,但是从这个驼背老头镶着假牙的嘴里说出来,却让人感觉很有道理。

"可不就是这么回事嘛。多干活,让别人过得舒服的话,自己也就过得舒服了,自然而然就攒了钱。你也要从现在开始努力攒钱才行啊。在今天的社会里,没有钱的话,什么事也做不了啊!"

这个道理就是老头不说，吾一也深有体会。自己没能上中学，不就是因为没有钱吗？被迫去当小伙计，不也是因为没有钱吗？还有，就连妈妈病死，说到底，也还是因为没有钱啊。自己厚着脸皮跟在出殡队伍后面，以及在这里受这份折磨，不都是因为没有钱吗！

"你还年轻，要努力多干活，好好干活，攒好多钱啊！年轻的时候，不要怕吃苦。你要想出人头地，就得比别人早出工，比别人晚收工。别人都洗完了手，你再收工。这就是出人头地的秘诀，是发家致富的奥秘啊！怎么样，你明白了吧？不懂这个理儿，什么时候也是出息不了的。"

吾一一直梦想着出人头地，成为有钱人。他常常暗地里下决心，一定要成为了不起的人，让那些殴打自己、遗弃自己、嘲笑自己的人们看看。

但是，他并没有想过要向蹲在肮脏的灶前干活的老头请教什么成功的秘诀。因为他觉得连自己存在银行里的钱都拿不回来的人，还能有什么好主意呢？可是这个老头的一番话就像他烧的开水一样，虽然不能使人陶醉，却在不知不觉中流进了吾一的身体里。

过了半年左右，吾一对这里的工作逐渐习惯了，但还是没干上拣字的活儿。要当上一名熟练的拣字工人，需要三四年的工夫才能出徒。一方面是因为拣字工的技术要求相当高，另一方面是工厂主不轻易让徒工出徒，因为早出徒，就要多付工钱。

可是，整天擦灯罩、端茶、买烟，怎么能学到手艺呢？

于是，吾一自己找机会练习拣字。在工人们吃午饭或者抽烟的空闲时间，他就悄悄站在拣字台前，看着文稿，拣上十分钟或二十分钟的字。不过，即便他这样主动干活，也没有一个人夸奖他"这个孩子真用功""干得不错"，反而常常遭到一顿臭骂："这个浑小子，净多事……"

趁着师傅休息的工夫，替师傅拣字，往往得到的就是这样的"奖赏"。一旦拣错了字，甚至还会挨打。

可是，吾一反而很感谢这样的打骂。无论怎样挨打挨骂，只要一有机会，他就拼命练习拣字。

有一天，从午后开始，下起淅淅沥沥的小雨。本来就昏暗的拣字车间，显得更加阴暗了。吾一干完自己的活，就悄悄登上空着的拣字台，拣起字来。突然，从旁边飞来一拳。挨打本是常事，所以吾一以为是师傅跟他开玩笑呢，就朝着打他的工人，讨好似的笑了笑。

"混蛋，你还敢笑。"

那个工人火冒三丈，又照着他的脑袋打了一拳。

吾一被打得头昏眼花，可他一点也不明白，那个工人为什么发这么大的火。

"我，我什么地方做错了……"

那工人也不说话，把吾一拽到他的工作台前，猛地揪着他的脖子，让他去看铅字盒上边吊着的油灯。

不知什么原因，那盏灯好像得了哮喘病似的，呼哧呼哧地闪着。

"什么地方做错了，还不明白吗？现在还不明白吗？"

吾一被那工人揪着脖子，一遍又一遍按到灯前，让他看那盏灯。

"你睁开眼好好看看，这样的灯能干活吗？傲慢的家伙，就知道耍滑头！你小子也太不知好歹了。一个新来的，老是厚着脸皮黏在拣字盘这儿，就是因为你不好好擦灯，才变成这样的。连灯罩都擦不亮，还想拣字，做梦吧！"

"真受不了呀！哈哈哈，我的灯都灭了。"

旁边的一个工人装着哭腔，吓唬他说。这时，有人起哄似的大声唱了起来：

"天色已黑……"

"嘿嘿，你又唱起来啦。下边是——月亮不露头，当家的哟——"

由于光线暗了下来，工人们互相瞎逗乐。当然并非房间里所有的灯都灭了，只是附近的三四盏灯灭了。可是这几盏灯为什么会灭，吾一怎么也搞不明白。他今天是擦得比平日都仔细的。

"喂，灭灯的原因在这儿。你们看，下边不是变了颜色吗？"

旁边拣字机的工人瞅着灯座底下，仿佛有重大发现似的大声叫道。

"真的，这是水呀，气死人了，这个浑小子嫌麻烦，把水当油给倒进去了。"

"我没有啊，怎么会……

吾一惊恐万状，哭着分辩。谁把水当灯油倒进去了呢？

吾一结结巴巴地辩解，自己是擦灯罩的，怎么会把水当灯油倒进去呢。自己每次添灯油的时候都特别小心的。如果倒错了，当时也会发现的。既然当时没有发现问题，那么一定是有人后来把水倒进去的。

"你说什么？是别人干的？你少胡说八道啦！在这么忙的时候，谁没事干，故意给你找麻烦啊？你这个小畜生，脸皮也太厚啦！居然把自己干的坏事都算到别人头上。"

那个工人更来气了，抡起巴掌扇了起来。

虽说也有人劝阻，但大多数人都袖手旁观看热闹。

在伙房干活的老头听到拣字车间有打骂声，赶紧跑了过来。一看到吾一挨打，他就踉踉跄跄地挡在那个工人和吾一之间，替吾一向打人的工人鞠躬陪礼，然后对趴在地上的吾一说：

"不要哭了，不要再哭了，还不快换油去！好了，擦擦眼泪，擦擦眼泪，我帮你去擦。"

老头取下掺水的灯，拉着吾一走下了楼，到擦灯的地方去了。

吾一感到无比的委屈。本来不是自己干的，却硬说是自己干的，而且还挨了一顿毒打。所以，他哪有心思换油啊。可是听了老头的话，他只好忍着悲伤，打开油桶添油。由于泪水模糊了眼睛，连煤油的颜色都看不清了。

"你要忍耐呀，一定要咬牙忍耐下去啊！"

老头边擦着玻璃灯罩，边像往常那样亲切地劝说他。

"我知道你没有往灯里倒水，肯定是有人使坏。不过，不管是谁干的，想也没有用。这不是咱们该做的事，咱们只要干活就行啦。师傅再怎么不对，也不能顶嘴。无论怎么辩解，都没有一点用处，灯还是不会亮呀。咱们的活儿就是擦灯罩。

只要灯擦得亮，就行啦。不要哭了，不要再哭了。知道吗，不管碰到什么伤心事，都得忍耐，要埋头好好干活啊……"

敲打在铁皮房顶上的雨点声越来越响，老人的声音断断续续。

次野老师

一

"像花儿一样的点心,各式各样的……你猜,这回是什么?"

一个工人边念文稿边拣字时,用大拇指和食指夹着一个铅字,将没有铅字的一头伸给背靠背干活的工人看,让他猜笔画是单还是双。

"好啊,这回是个单!"

"不对,是双。"

当时的工人,不爱干活,更爱赌博,即使站在拣字台前拣字,也不忘赌两下。工厂里当然是不能掷骰子的,其实没有骰子也难不住工人们,他们就用手边的铅字作骰子,来猜是单是双。

"对不起,是个'日'字。"拿铅字的工人把铅字那头递给对方看。

"日"字是四画,自然是双数了,由于整天接触字,所以不用计算,就知道是几画了。

"他妈的,又让你赢了!"

"夕阳照得稻穗上的露珠晶莹闪亮,啊,从美丽的云彩中……怎么样?再猜一回?"

与刚才一样,他又把铅字的后头伸给他。

"是单。"

"又是单呀，肯定吗？你怎么老是选单啊！"

"好啦，我说单，就是单。"

"真是一条道走到黑。真是多谢啦。你看看吧，是'寺'啊。"

"爱是什么是什么，我不玩了。"

输了的工人把正在拣字的杂志社文稿往铅字盘上一扔，猛地站起来，走到窗台旁边的火盆旁边，点上一支烟，望着天花板，抽起烟来了。

吾一一看是个机会，立刻跑到那个工人面前恳求说：

"对不起，你抽烟的时候，让我拣几个字吧。"

自从上次那个工人说他傲慢、打了他一顿以后，吾一很长时间没敢靠近拣字机了。可是他干完自己的活儿，一闲下来，手就发痒。他一心想学技术，所以又开始接近拣字台了。

"不行！"

工人的声音很粗暴，似乎因为输了钱，憋了一肚子的火。

"我一定不会拣错……让我干吧！"

"这小子真烦人，拣错了我可饶不了你。"

"错不了。"

吾一高兴极了，转身向"马"上跑去。印刷所都管铅字台叫"马"，大概是因为其形状像马一样吧。

他踮起脚尖，把放在铅字台上的文稿拿了下来，然后像往常一样，正想照着文稿拣字，却不由被原稿上的字迹吸引住了。

他第一个念头就是，这字体太熟悉了，好像在什么地方见过。他急忙翻看作者的姓名，文稿上的署名是"次野孤松"。

会不会是次野老师呢？

这是吾一的直觉。虽然不知道老师在乡下时有没有用过"孤松"这个名字，不过，看文稿上的字体，同老师批改作文时的字体是一模一样的。

吾一想，姓"次野"的人并不多，再说老师是搞文学的，给杂志社写稿子也是完全可能的。啊，要是次野老师的稿件就太好了！

自从跟次野老师在家乡的车站分手以后，已经整整一年没有见面了。

虽然吾一给稻叶书店的叔叔写信打听过老师的地址，可是叔叔始终没有回信。他是多么盼望见到老师啊，很想知道老师现在过得怎么样。

"喂，怎么样啦？你拣到哪儿啦？"

没想到那个师傅很快就回到了工作台，吾一以为他还在抽烟呢，就慌忙回答：

"那个，我还一个字也没拣呢……"

"混账东西，说要帮我拣字，可一个字都没拣。赶快靠边，靠边！"

"这个稿子，可以让我拣吗？我觉得写稿的人很像是我的老师……"

吾一想，如果是次野老师的稿子，他很希望能够由自己一字不错地给老师拣字，而且很想看看文章里写了些什么。

"不行！今天太忙啦！"

那个抽烟的工人夺过文稿，飞快地拣起字来。

"这位次野先生的名字叫什么?"

"这不是写着叫'孤松'吗?"

"不,我问的是真名。"

"那谁知道啊。"

"他已经是一位有名的人了吧?"

吾一知道,像自己这样的人,即使突然前去拜访,恐怕老师也不会见自己的吧,他不无担心地问那个工人。

"哪有什么名啊,不过是个三流作家罢了。"

听到他这样贬低教过自己的老师,吾一心里很气愤。那个人自顾自地继续说:

"这个地方应该另起一行的,写出这种不会分段的文章,怎么可能是像样的作家呀。"

他这么一说,吾一更气了,真想为老师辩解两句。可是,他刚要张口,那工人就申斥说:

"真烦人,你哪来这么多话!人家马上要来校对稿子了,我得赶活。"

虽然挨了训,可是一听说要来人校对,吾一心里顿时亮堂起来。如果有人来校对的话,说不定不光是杂志社的人,老师也会亲自来校对呢。他预感一定会见到老师。于是,每当有活儿去楼下时,他就悄悄跑到办公室那边瞅一眼。

那个时候很少有人到工厂来校对,所以没有专用的校对房间,如果是杂志社的人来校对,就在办公室旁边临时立个屏风,在屏风后边校对。

吾一朝立着屏风的地方张望了好几次,也不见老师的影子。也许老师不会来了吧。可是,当外面的路灯点亮的时候,他又一次下楼去办公室查看。

真是幸运啊！来了，来了。老师真的来了。老师正和另外一个不认识的人伏在桌上，拿着红笔，专注地校对着校样。

"老师！"

吾一站在屏风旁边，忍不住叫了一声。

正忙着校对的两个人，一起抬起头来，望着吾一。

可是，次野老师只是看了他一眼，就马上低下头去，继续校对了。

"有事吗？"另外那个人冷淡地问吾一。

"那个，我找次野老师……"

"次野先生，他说找您。"

次野老师再次抬起头来看看他，还是什么话也没有说。

"老师，我是爱川呐！"

"噢！"

老师只是微微点了点头。吾一觉得老师的脸色变红了。吾一以为是像自己这样的小徒工跟老师打招呼，让老师难堪了。

"你怎么到这儿来了？"

"我在这儿干活啊！"

"在这儿干活？"

"是的，我来这儿已经有半年多了。一直很想见到您，可是不知道您在哪儿……"

"噢，是吗？"

老师的语气依然是那样冷淡。吾一以为曾经那样关心自己的老师，好不容易久别重逢，会热情地对自己说些什么，可是老师似乎连话都不想跟自己说。吾一感到非常失望,连舌头都变得僵硬了。

"那就……再见吧……"

吾一说不下去了,他默默地鞠了个躬,就转身上二楼干活去了。

"就连老师那么好的人,都会变得那样无情啊!"

吾一迈着沉重的步子,无精打采地登上黑暗的楼梯,禁不住流下了两行热泪。

二

"天气太冷啦,你喝一杯吧——什么,还没有成人?——也对,不学喝酒也好啊……那你就多吃点,我喝我的。那么,来点什么菜呢?来个生鱼片、煎鸡蛋、炖鱼……"

"老师,吃不了那么多呀!"

"没关系,好久没见面了嘛。今天晚上你一定要敞开了吃。我嘛,有个凉拌青菜和醋拌小菜就够了。"

女招待点头答应着,转身走下楼去。

吾一呆呆地坐在小饭馆的二楼,恍如梦境,回想刚才的一幕,他搞不明白自己怎么会到这里来的。

下班时,吾一正在收拾东西的时候,工长叫他马上到办公室去一趟。他解下围裙,急忙跑下楼,到了办公室一看,大吃一惊,原来次野老师正在那里等着他呢。然后老师就把他领到了这个小饭馆。刚见面时,老师那样冷淡,话都不愿意多说一句,而现在又这般热情,简直判若两人,吾一感到莫名其妙,如同坠入云里雾中。

"老师,刚才您没认出我来吧?"

"怎么会,一眼就认出来了。"

"那,怎么不愿意理我呀……"

"哈哈哈……可别那么说啊,我还到根津的那户人家找过你呢。"

"什么？老师去过根津？真的吗？我怎么一点也不知道啊。我还给稻叶书店的叔叔写过信哪……"

次野说："嗯，我知道。你的情况，我从安吉先生那里都听说了，这才马上到那里去找你的，可是你已经走了，我也不知去哪儿找你了。"

"可是，叔叔为什么没给我回信呢？"

"那时候，安吉先生身体很不好，一直住院治疗，后来又转到叶山疗养去了。所以看到你的来信时，已经过了很长时间了。不过，他也给你写过一封很长的信，你也一直没有回信。所以，他十分挂念你呢！我去看望他的时候，他托我去东京找你，所以我就到根津去了。"

"是这样啊，原来是这么回事啊。那么，叔叔的病，后来怎么样了？"

"怎么，你还不知道吗？"

"是呀，我没见过一个家乡的人啊！"

"安吉先生……在今年正月已经病逝啦！"

"啊？叔叔已经不在了吗？"

"真不想让他走啊！可是他一直体弱多病，虽然多方医治，最终没能留住他……我一想到他，就特别难过。喂，你喝一杯吧！啊，对了，你不喝酒的……"

次野老师，一口喝干了杯中的酒，久久地凝视着空了的酒杯。

一股风从楼梯口吹来，穿堂而过。

"人都是不可靠的啊！"

次野老师突然大声说出这么一句话来，然后揉了一会儿湿润的眼眶，又倒了一杯酒，闷着头喝了起来。

"是啊，我做梦也没想到稻叶书店的叔叔会离开我啊。"

"怎么？你说的是那件事吗？"

"老师，您刚才想说什么？"

"啊，我在想别的事呢。我是说，无论多么可信的人，都是靠不住的。"

"说的是啊。"

"说的是啊。这回答跟不回答差不多呀。所谓'人生多忧苦'，我说，爱川，你可得靠自己的努力，去奋斗啊！"

"唉，我一定好好努力。"

"嗯，好好干吧！喂，你怎么不吃呀？多吃点，还想吃什么吗？"

"老师，我已经吃不下啦。"

"客气什么呀，男子汉大丈夫，必须胆子大、胃口大才行噢。"

"我还是第一次吃这么多好吃的呢！"

"不许跟我这么见外，我请你吃多少好吃的都是应该的——喂，小姐，小姐！"

次野对再次送酒来的女招待说：

"来一份什么呢，对了，你爱吃甜食吧？来一份金团①吧。"

"对不起，我们店里不做金团……"

"怎么搞的，金团总该有的呀。那就来点其他的吧……"

---

① 金团，一种用白薯泥和栗子或豆子做成的甜食。

"老师，菜太多了，吃不了太可惜了。"

"哈哈哈，你也学会说客气话啦，真是长大啦。噢，对了，上学的事怎么样啦？"

"我没有钱去学校呀。"

"夜校也没有去吗？"

"嗯。我是想去的，可是现在是个小徒工，还拿不到工钱。"

"是这样啊。"

"是啊，即便拿到了工钱，也不一定够交学费的。说不定盼到白了头，也上不成呢。"

近来，吾一对上学越来越不抱希望了，他沮丧地低下了头。

次野老师也一下子沉默下来，自斟自饮了几杯以后，忽然眼睛里闪出异样的光，把手里的酒杯"啪"地往桌上一放，问吾一：

"我说，商科夜校的话，你也愿意去吗？"

"啊！"吾一吓了一跳，猛然抬起头，看着次野老师的面孔。

"你要是愿意去我教书的那个夜校的话，我倒是可以帮帮你。"

"老师来东京以后，也在学校教书啊？"

"嗯，为了吃饭，在商业学校里教教课。"

"要是能在老师的学校里念书，那是我的福气啊。"

"学校很简陋噢。"

"啊，没关系，只要能念书就行。"

吾一拿起筷子去炖鱼盘子里夹鱼肉，可是由于太激动，筷子一个劲地颤抖，半天也夹不起鱼肉来。

吾一自己也觉得可笑，吃吃地笑出声来。

"怎么啦？"

"怎么也夹不上肉来。"

"哈哈哈……"

"哈哈哈……"

"你这么高兴啊？"

"是啊，我已经能……上学了嘛……"

"是吗？能上学就那么高兴吗？快吃呀，多吃点，今天晚上……"

"听了您刚才说的话，我高兴极了……"

"那就叫肚子也一起高兴高兴吧。"

"唉，肚子早就吃饱了……哎呀，老师，您怎么哭啦？"

"瞎说，我怎么会哭啊，哪有喝酒还哭的……"

次野老师虽然嘴上这么说，但红红的眼圈里却闪烁着晶莹的泪光。

"老师，今天晚上，我可想哭了。"

"想哭就痛痛快快地哭吧！我也很悲伤，这就叫'索居尤寂寞，相见更添愁'吧……"

次野老师手握酒杯，眼泪像断了线的珠子一般扑簌簌流下来。

"今天，我真没想到会遇到你。因为要修改稿子，才临时到印刷厂来的……真是巧遇啊！"

"我也没想到会碰到老师。而且，老师还帮我去上学……"

"爱川,那点小事,不用那么在意。"

"可我实在太高兴了。"

"你这么说的话,就让我难为情啦。喂,你多少吃点什么吧,什么也不吃的话,我……"

"老师,我已经吃了不少了。"

"是吗,不过'老师'这个称呼,就不要再叫了,我不配做老师。"

"老师,您怎么这么说……"

"我不是老师,是个小偷!今天是小偷请你吃饭呢!"

说完,老师一连喝了两三杯酒。

"哈哈哈,老师,您喝醉了吧?"

"不,今天醉不了。就是想喝醉,一看到你,也不会醉的。刚才你来办公室的时候,我没怎么跟你说话,你一定感到奇怪吧?其实,我不是不想说话,而是说不出话呀!我一看到你,就感到窒息。"

"……"

"'索居尤寂寞,相见更添愁'啊!"

次野老师一直坐得笔直,闭着眼睛,伤心地哭泣着。

"在课堂上,我不知对学生说过多少次,要做一个诚实的人。可是,我却干出不诚实的事情来。你知道吗?我把本应属于你的一大笔钱偷偷地花掉了。"

"可是,老师,我哪有一大笔钱哪……"

"是啊,那是一笔你不知道的钱。本来我不想跟你说的。但是,看到你因为能上夜校高兴成这样子,就觉得不能瞒着你了。是这么回事，在我这里替你存着一笔数目可观的学费。是安吉先生临去世之前交给我的一百元钱，他让我找到你，把钱交给你——可见安吉先生是多么关心你呀！每次见到安吉先生，他都会提到你，所以才会把一百元巨款留给你的。可是，可是，我却辜负了他的信任……"

"……"

"你听了我说的这些，也很吃惊吧？万万没有想到我这个当老师的，也会做出这种事来吧……"

"……"

"我既对不起你，也对不起安吉先生。不过，我并不是有意要动用它的，因为这是别人寄存的钱啊！这是非常重要的一笔钱，所以我一直原封不动地把它放到衣柜的底层保存着，打算什么时候见到你，就把它交给你。后来我一直到处找你，还去过根津，可听说你已经离开那里了……即便想去找你，却连一点线索也没有啊。我甚至求神佛保佑我找到你，都没有一点你的消息。俗话说的好，福无双至，祸不单行，就在那个时候，老婆又病倒了。"

"……"

"年轻时，我曾说过，不成就一番事业就不娶老婆。可是人往往不一定都能够说到做到。由于各种原因，我还是在去年年底娶了老婆。正如我刚才所说，老婆结婚没多久就病倒了。有钱的人老婆病了，不算什么事，可是对于我们这些捉襟见肘的人来说，就成了大问题啦。万般无奈之下，明知是不应该，还是动用你的钱来救急了。"

"……"

279

"当然，你的钱也不是全用在治病上啦，差不多用去了一半左右。但是爱川你不要生气，听我说下去，钱这东西一旦动用，就会很快花掉的。像我这样本来就拮据的家庭，即便再怎么省吃俭用，摊上个病人，也是入不敷出啊！"

"……"

"每当在学校看到学生的时候，或者夜里突然从梦中醒来的时候，我总是会想到你。你现在在哪里呢？已经上了哪个学校了吧？如果你手里有这笔钱的话，生活也会松快些吧？每当这个时候，我都想，无论你在哪儿，这笔钱我都必须原封不动地为你保存着。可是，虽然我有这份心，却……"

"老师……"

"你听我说完，世道人心就是这样啊。就连教你的老师都能干出这种事来。我实在是没脸见你啊！不过，爱川你暂时忍耐一下，我一定要把那笔钱一分不少地还给你。"

"老师，那件事您不要再提啦。"

吾一一声不响地倾听了老师的讲述后，出于年轻人的单纯，爽快地表了态。

吾一在听老师说话的时候，眼前也曾浮现出几张画有猪图案①的钞票。

"啊，我要是有了钱……"他不知这样梦想过多少回。然而由于没有亲手摸过那笔钱，并不觉得多么可惜。不，比起觉得可惜来，应该说在老师面前明确表示不要他还钱，更让他感觉爽快。

---

① 十日元旧钞背面印有猪的图案。

"怎么能不提呢，我一定……一定要还……"

"老师，请不要再说那些啦。其实，我从来就没想过叔叔会给我那么多钱，更没有指望过。我真的无所谓。老师能为我交上夜校的学费，我已经很知足了……"

"那怎么行，不管怎样，我都要还的……"

次野老师仍然坚持要还钱。吾一越来越感到老师是一个诚实的人！换作别人，是不会说出实情的。

次野老师一边念叨着，一边拿起空酒杯往嘴边送，吾一见了立刻拿起酒壶，对老师说：

"老师，我给您斟酒吧。"

"什么？你给我斟……斟酒吗？你真的不记恨我吗？"

"哪有学生记恨老师的啊……"

"是啊，可我做了那种事，你还能信任我吗？"

"当然信任您啦！无论什么时候……也不管发生什么事情，我都信任您。"

"那好，爱川，给我斟酒吧！你虽然年轻，可是很了不起呀！我用了你的钱，你还给我斟酒，实在让人钦佩呀！你不愧是我教出来的学生啊！你将来，将来一定会有出息的。"

次野老师深深陶醉于自己说的话，泪水横流。

"老师，酒洒了。"

"没事，不会洒的。"

他嘴里说"不会洒"，可是拿酒杯的手不停地颤抖，有一大半酒洒在了膝盖上。

"喂，再给我斟一杯。你年纪轻轻，却很了不起啊！将来，将来一定会有出息的。啊呀，我也好久没有这样高兴啦！我能见到你，能把憋在心里的话都说出来……爱川，你不要笑话我，近来不知为什么，喝酒总是爱流泪……"

他不断用手背擦着眼泪，突然，他拿起酒杯伸到吾一面前说：

"你一定会有出息的，来，为你的前途，干一杯！"

"谢谢老师啦！"

吾一正要接过酒杯，次野老师又缩回了手，对他说：

"不行，不能让你学喝酒。那样，我更对不起安吉先生啦！你可不能像我这样喝酒啊。这酒杯存放在我这里吧。你是有前途的人，要好好干。"

"是，我一定好好干。"

"嗯，好好干吧，就像我对你说过的那样，要无愧于吾一这个名字，要活出个样子来！"

"我一定好好干，一定好好干！"

日本在哪里？

一

"这是哪里?"地理老师拿着教鞭,指着挂在黑板前面的世界地图,环视了一下整个教室,意味深长地问道。

"是日本!"学生齐声回答。

"对啦,是日本。这是日本,任何一个日本人都知道。不知道这一点的日本人一个也没有。但是,虽然说日本人都知道,可全世界的人不一定都知道这一点。可以说,世界上不知道日本的人还很多。同学们,请你们首先注意,世界上还有很多人是不知道日本的。"

老师越说语调越激昂起来。

"作为日本人,值得庆幸的是,不仅自己知道自己,而且世界上的人也都知道日本,这才是令我们感到骄傲的。但是,竟有这样一件令人气愤的事情。最近从美国回来的一位日本外交官告诉我,他在美国碰到这么一件事,一个国家的外交官问他:'喂,你们日本在哪儿?我在地图上怎么找不到呢?日本究竟是在地球上,还是在地球之外呢?'我们的外交官听了很生气,指着地图对那人说:'不是就在这里吗?阁下难道是睁眼瞎吗?'那个恶作剧的美国佬,明知故问:'在哪儿呢?在哪儿呢?'还故意拿出一个放大镜,对着地图边找边说:'啊,不错,不错,找到了,找到了,日本果然也在地球上啊。'——同学们!你们知道吗?世界上竟有人这样嘲讽我们的祖国！毫无疑问，他们是在讥讽我们的国土狭小，然而大家想一想，从白种人嘴里说出那种嘲讽的话，究竟意味着什么呢？大家在地图上都知道日本的位置，东经多少度，北纬多少度，都清清楚楚地写在课本上。但是，仅仅知道这些，还不能说是学过日本的地理位置。因为对于日本在国际上的地位不了解，就不能算真正学过日本的地理。今天我要讲的，可能会扯得远一点……"

学生们听老师说到这儿，都高兴得笑出声来。

只上过农村小学的吾一，对这样的上课方式感到很诧异，难道这就是学校吗？

"大家安静，安静！总之，像刚才我说的那样，在世界上，还有说'日本在地球之外'的人。我听了以后非常气愤，一晚上都没睡好觉。

"我们应该认真思考一个问题，就是不能仅仅从版图的大小来衡量一个国家和民众的力量。此外，我还要给你们讲一件事。是一个曾经在元朝任过职的意大利人的故事。那个意大利人回国后，对别人讲述东亚的情况时，曾提到过 Japan 这个名字，这就是日本国的名字传到欧美的开始。从那以后，日本就逐渐在欧美国家的地图上出现了。但是那个时候的日本，还不是他们亲眼所见的日本，而是传说中的日本。因此，在欧美地图上出现的日本很长时间都没有固定的形状和位置。时而是半岛，时而是四角形，时而靠近美国，时而又挨着中国。他们不尊重自古以来就存在的客观事实，绘制出来的日本地图像浮萍一样被随意搬来搬去。日本的标准版图在他们的地图上出现是很久以后的事情啦。即便能够画出准确的日本地图，真正了解日本的人也非常少。甚至在当今的时代，还被人说成'日本是不是在地球以外'呢。这就是过去日本在世界地图上的位置，也就是白种人眼里的日本。"

讲到这里，地理老师就像演剧时亮相似的，微微耸起肩膀，扫视了教室一圈后，又接着讲了下去。

"同学们虽然还很年轻，但你们是振兴未来日本的人，一定要好好努力才行啊。"

老师的话音刚落，很多同学就鼓起掌来。

吾一呆呆地望着这一场景，他完全没有想到，在教室里还可以给老师鼓掌。

不过，老师讲得确实生动活泼，很有意思。说有意思，也许对老师不够尊重，吾一原来认为，学校这个地方是非常古板的，可是这位老师却讲得生动有趣，深深地打动了他的心。虽然没有一句课本上的内容，却远比学习课本上的内容更有收获。老师的每一句话，都像子弹一样嗖嗖地飞过来，因此，学生也精神高度集中地听讲。吾一深深地感到，教师可以这样脱离课本讲课，自由发挥，或许就是私立学校的优越性吧。学校真是太好了！

在次野老师的帮助下，秋季开学时，吾一进入了这所商业夜校。开学的第一堂课就是这堂地理课，吾一上完课，兴奋极了。上学深造的夙愿，终于实现了，而且第一天就听到了这样精彩的一堂课，他只觉得心里变得敞亮了。仅仅这一堂课，他就感到自己向上迈了一个台阶。

第二堂算术课和第三堂英语课，都没有地理老师讲得那么生动了，而是循规蹈矩。时间长了，吾一渐渐地明白了，像地理老师那样的人，别说在公立学校不多见，就是在私立学校里，也是属于特立独行的老师。不过，吾一出于强烈的求知欲，对那些古板的课，也有着浓厚的兴趣。

每天晚上一下班，吾一就兴冲冲地去学校上课。

二

那段时期，日本的经济非常不景气。虽然签订日英同盟条约以后，天空稍露光明，但没过多久，日本又陷入了乌云压顶的困境。在这四五年间，日本人民一直生活在重压之下，生活极为艰难。

吾一知道次野老师经济上也不富裕，所以不想再让老师为他支付学费。虽然老师坦率地告诉他"因为我花掉了你的钱"，但是吾一打算尽量自己想办法负担学费，不再给老师添麻烦。

他已经十九岁了，已经能够独当一面了，所以他盼望工厂主能把他转为正式的拣字工。印刷厂里的人也都知道他的技术过硬，但也许是考虑到和其他师兄弟之间的平衡吧，便借口工厂年年亏损，一直没有给他转正。只要能拿到拣字工的工钱，学费还是不成问题的。可是眼下他拿的还是小徒工那点可怜的工钱，怎么也不够交学费的。吾一想，怎么也得想法子赚个学费，于是，他不断地给有奖征文的杂志社投稿。稿件虽然总是石沉大海，但他仍然坚持不懈地一篇接一篇地投。因为他不仅是为了赚几个钱，更是把投稿当作练习写作的好机会。

他的努力终于有了回报。他给《少年文坛》投的稿件中，有一篇获得了三等奖。即使是名列第三，他也非常高兴。不久杂志社给他寄来了一张奖金两元的小汇票。吾一收到挂号信，得到汇票，还是有生以来第一次。

吾一得奖的这篇稿件的题目是《论处世之道》。这个题目是杂志社指定的。那篇文章的开头是这样的：

"世上，处世之道，往往遵循三个带"n"（音）之字。所谓三'n'者，'运''钝''根'三字也。闻古河市兵卫翁因①将此三字奉若神灵，而致今日之功也。'运'者，非人力所能及，姑且不论，然'钝'与'根'则无可置疑。依笔者之愚见，昔日束发之时，尚未可知，而束发至今的遗老古河翁之处世法亦是如此。方今文明之世，仅以'钝''根'二字，即可占得先机……"

文章就是这样从三个带"n"的字展开论述的。但是，依照吾一的观点，那三个"n"字的处世观已经落伍了。因此，他主张必须以五个带"n"字的词去处世才行。这五个"n"字是"发愤""学问""勤奋""决断"以及"天运"。之所以将"发愤"置于首位，是因为内心之火如果不燃烧起来，就不可能向前奔驰。火车能够在轨道上不停地驰骋，是因为制造蒸气的水箱一直在沸腾的缘故。也就是说，人生在世，要想安身立命，首先要具有内在的力量。排在第二位的是"学问"，虽然没有进入过去的三"n"字处世说中，但对于他而言，"学问"是必不可少的。在今后的世界中，没有学问是不行的。"学问"好比是煤炭，没有煤炭做动力，火车就会停止

---

① 古河市兵卫（1832—1903），京都人，实业家，得名矿山大王。

不前。不过，这里所说的学问，必须是有用的学问，这一论点与福泽谕吉《劝学篇》如出一辙。三是"勤勉"，尽管无须多加解释了，但他把原来的"钝"和"根"两个字也加了进去，构成了新的"勤勉"。而且，他主张在工作中，不要牢骚满腹，也不应斤斤计较，要专心致志地干好自己分内的工作。应该像火车司机那样，汗流浃背地干活。这些似乎是他从自己那次擦灯罩事件中得到的切身体验。不过，即便做到了"发愤""学问""勤勉"，倘若遇事缺乏决断的勇气，还是不可能获得成功，因而得出了第四条"决断"。上述四点，都是人力所能做到的，我们必须尽力做到。尽人力之后，只需静静地等待第五个"天运"的到来了。以上就是吾一的大致观点。

在文章的下边，有几句杂志社写的评语：

"论述虽平庸，无新意，但对立世之道，不无参考价值。故推荐为三等。"

吾一对这个评语，很不以为然。他觉得既然选中了自己这篇，多少也应该夸赞几句。但不管怎么说，得到两元钱的奖金，对他来说，还是值得高兴的。

谁知，因为这点奖金，竟引起了一场风波。

这天吾一同往常一样，一干完活就急忙跑到伙房去吃饭，住在厂里的工友们都在那里吃晚饭。

"你怎么来得这么晚，干什么啦？"

这些人中间，一个年龄最大的工友讨好地问吾一。他还系着用纺织品做的红色束带，正狼吞虎咽地吃着饭盒里的饭。

"一直没找到合适的地方停下来……"

吾一说着,打开了最后一个饭盒,吃了起来。饭盒都是附近的小饭馆送来的,所以老是那些一成不变的菜。

"你今晚,还加班吗?"

吾一放下饭盒问道。

"怎么了?你怎么还系着束带呢?"

"哈哈哈,这个呀,太麻烦啦,所以还没摘下来。等你也喜欢这条红色束带的时候,就可以教教你喽。"

吾一本来不是这个意思,却被对方趁机取笑,不由得涨红了脸。

当时在印刷厂里,还没有一个人穿工作服。工人都穿着宽袖和服,一般都是拿排版用的白带子当束带使用。可是嗜好嫖赌的工人,喜欢用不知从哪儿搞来的或者偷来的女人用的束带,以此来显摆自己多么有女人缘。他们把这种毛纺束带视为勋章一般炫耀。

"喂,把这个给你吧!"

"我不要那个玩意儿。"

"你说什么哪?其实心里喜欢吧?"

"我穿的是筒袖,用不着束带。"

"哈哈哈,因为是我的,你才不喜欢的吧。你是想直接跟姑娘要啊。"

吾一被人捉弄,很生气,不再答理他,拿着饭盒大口大口地吃饭。

"喂,今天晚上,跟我一起去一趟,怎么样?"

"我不上那种地方去。"

"喂，去看看嘛。你要是去，保证受欢迎啊！"

"……"

"喂，偶尔也陪陪我嘛！"

吾一把吃光的饭盒往前一推，生气地站了起来。

"喂，你上哪儿去？"

"上夜校去。"

"上夜校？那多没意思呀！"

那小子突然厉声说：

"我说要你陪陪我，你为什么就是不愿意呢？只有你一个人敢不陪我。"

"可是……"

"这么说，你死活都不肯陪我去了？"

对方蓦地站起来，叉开腿拦住吾一的去路。

"你小子也太狂啦！居然还给杂志社投什么稿。有那个工夫，就得陪陪我们！"

"我没有那个闲钱。"

"怎么可能没有啊？别装蒜啦！喂，给个痛快话，你到底去还是不去？"

吾一怕跟他纠缠耽误上学，就一声不响地往外走。

"你这个家伙，真是不开窍啊。混蛋！"

随着骂声，突然一个黑乎乎的东西向吾一飞来。

吾一吓了一跳，向后一闪身，同时本能地伸出左臂挡住了飞来的黑东西。结果黑东西没有打在他脸上，手腕却被砸出了血。原来那个人砸过来的黑东西是排字用的铁夹子。

伙房的老头刚才就一直在替吾一担心，一看到这种情况，急忙跑过来,抱住了那小子。这时,吾一也被身边的人保护着拉到外边去了。

"怎么样啊,受伤了吗?"老头关心地问吾一。

"没什么大不了的,"吾一一边摁住手腕上的鲜血,一边说,"那个小子真是个蛮不讲理的家伙!"

"要是被那家伙瞄上了,你可斗不过的。遇到那种情况,你还是顺着点,陪他去算了。"

"可是,我不愿去嫖赌……"

"所以说嘛,你不愿去那种地方的话,就不跟他们一起去好了,给他们几个钱就行了。"

"为什么我要给他们钱?"

"什么'为什么'?你这次不是得奖金了吗?得到这种意外之财的时候,就得请客,没办法的。"

"意外之财?只不过才两块钱哪!"

"两块钱可不算少啦,是吧,兄弟。"

"可不是,可不是。"

"不过,我也不是靠他们帮忙才得的奖啊,我为什么要出钱呢……"

"按道理是不应该的,可是在这里不是要应酬吗?"

"对不起,我可没工夫去跟那种人应酬。"吾一断然回绝。

在工人中间有这样一种习惯,无论是谁,一有什么外财,大家就马上要他掏腰包请客。如果不请客的话,就会被大家视为最吝啬的人。

还不光是有意外之财的时候,他们甚至还随意把别人的衣服、帽子什么的,拿到当铺去当掉,然后去嫖去赌。在他们看来,自己的东西和大家的东西可以随便乱用。他们认为这样不分彼此是一种美德。

"你这样可不行,到什么时候都吃不开。"

"我就是讨厌他们这样动不动就打人、跟别人要钱。"

他们还派来中间人,找吾一要奖金。吾一心想,自己好不容易得来的钱,怎么能白白给他们去吃喝嫖赌呢?他没有搭理说合的人,气冲冲地上夜校去了。

"号外!号外!"

吾一来到大街上,听到了响亮的摇铃声和卖报人的喊声。

只见家家户户的门前都挂出了国旗,还有许多商店挂上了灯笼。

"终于打起来啦!"

吾一看着张贴在电杆上的号外,兴奋得大腿肌肉都颤抖起来。

日俄开战了。乌云终于掀起了风暴。

"啊,终于打起来啦!"

一直受压迫、受欺辱的吾一,对日本敢于和沙皇俄国叫板的壮举,感到无比振奋。弱小者,被压迫的人,敢于挺身反抗骑在他们头上的大家伙,令他感到痛快极了。

"我要是再大一些就好了!"

只要到了征兵年龄,他也想奔赴战场,乒乒乓乓地打一通枪。与其在工厂里跟工友打架,还不如到战场上打大鼻子来得痛快。

日俄宣战以后,印刷厂里开始进行募捐,一般的工人捐的都是一角钱或是两角钱,可是吾一却拿出一元的票子,放在大家的面前。

"这是一元的,你等等,我给你找钱。"募捐的工长边拿起钞票边说。

"不用找啦。"

"一元,都捐献吗?"

"当然!"

"你捐的可真不少啊。"

"为了国家嘛!"

吾一大声回答。他这样做当然是为了国家,也是故意做给那些系红束带的人看的。

学校骚乱

一

"前几天，我去曲艺场，听过一段单口相声，简直不堪入耳，胡说什么作为老师，最重要的是活着。"

次野老师和吾一热烈地聊了一阵开战的事，然后打了个哈欠，这样说道。柔和的早春阳光，照射在两个人的膝盖上。

"老师，您这么一说，学生不都成了凑合活着的了吗？"

"哈哈哈哈，很有可能啊，现在的学生。"

"我去学校听课时，觉得很奇怪，很多学生常常打瞌睡。"

"打瞌睡的，那还算是好的呢。"

"是吗？"

"那些人毕竟还是到学校里来了，还算是好的了。对那些根本不来上学的学生，能有什么办法？"

"哈哈哈哈，那样的学生，可真是凑合活着了。"

"打仗没有关系，但是物价这样上涨，我们大家能'活着'就不容易了。"

"不过，老师，您住在这里，可以健康长寿啊！——郊外确实是春光明媚啊。"

吾一把目光转向庭院，感慨道。

吾一很久没到老师家来了，今天工厂放假，才有空来看望老师。从印刷厂里黑色堤坝似的一排排铅字架中出来，来到老师家里，仿佛进入了另一个天地。他感觉这里的一切，都是那么明亮、清爽、生气勃勃。就连老师家的院子里都是一幅难以形容的美景。虽然满院子晾晒着尿布，然而在晾着尿布的竹竿上边，梅树伸展出的纤细枝桠上，开出了两三朵小白花，宛如婴儿天真的小眼睛，在望着自己。

而且坐在房间里，也可以看到蓝天，令好不容易走出车间的吾一觉得非常稀罕。他出神地眺望着蓝天上浮动的白云。

不远处还传来画眉婉转的叫声。

"老师，您看过《少年文坛》没有？"

吾一提心吊胆地问道，他想知道老师是否看过他上一期发表的文章。

"我不看那种杂志，"老师冷淡地回答之后，反问吾一，"你经常看那种杂志吗？"

"唉，也说不上经常看……"

吾一一听老师冷淡的口吻，赶忙含糊其辞地回答。

"那种杂志很无聊，是靠悬赏的办法吸引乡下来的年轻人的。看这种杂志或者给它写稿，人就会变得越来越油滑。"

吾一初次入选，原本感到很自豪，没想到被老师劈头盖脸地贬斥了一通，一下子泄了气。

画眉的啼叫声越来越近了，好像是飞到邻家院里的树枝上来了。

"家里有人吗？"

传来一个女人的叫门声。

"老师，好像有客人来啦。"

次野老师没有回答，向吾一递了一个不要说话的眼色。

"有人在家吗？"

女人又在格子门外叫了一声。

老师小声嘱咐吾一说:"你就说我不在家,问什么都回答说不知道,把她打发走。"

吾一点点头,站了起来。他仿佛窥视到了老师家的厨房里似的,不禁心里一阵凄凉。

吾一来到门前,从格子门对面的八角金盘的缝隙中,看到了一条紫色的裤裙。

就在紫色裙子映入眼帘的同时,他心里闪过一道亮光。他的猜测果然没有错,来者是阿娟。

"请问,老师在家吗?"

阿娟站在八角金盘后面,恭敬地施礼问道。为什么仅从裙子的颜色,就能判定是阿娟呢?吾一自己也说不清楚,只能说是一种直觉。可是阿娟好像没有认出吾一。

吾一心里有些犯难了,虽然老师告诉自己就说他不在家、把来人打发走了事,但是好不容易见到了阿娟,就马上把她打发走,未免太可惜了。从那年分手到现在,记不清已经过了多少年,现在她比过去更漂亮了。

"请稍等。"

他急忙跑回屋里,对老师说:"老师,是阿娟来了,也说老师不在家吗?"

"是伊势屋的阿娟吧?"

"是的。"

"是啊……可我还有……阿娟的话,没关系,让她进来吧。"

吾一飞快地跑到门口,从里边拉开了格子门。

"哟！是你呀。"

阿娟这才认出是吾一，目不转睛地盯着他的脸。

"好久没见啦！"吾一先问候道。

"啊，你在这边住吗？"

"不，我也是来玩的。"

吾一不由自主地说出个"我"字来。自从上了夜校以后，他常用"我"这个词了。

他是多么希望能够用"我"来称呼自己啊！从某种意义上说，迄今为止，他不是一直为了能够使用"我"这个代名词而奋斗过来的吗？过去，对于这个一直被人叫做"小子"的少年来说，对于只能使用那个谦卑的"我"的少年来说，"我"这个名词实在是无法比拟的尊贵。不管这个词的原义如何，说这个词时的声音，这个词散发出的高贵香气都令他无比向往。

他再也不是"五助"了。尽管现在不过是印刷厂的一个工人，但再也不是伊势屋的小学徒了。在阿娟的面前，能够说出一个"我"字来，他已经觉得非常满足了。

阿娟今天来访，是为了让老师帮她看看准备在毕业典礼上代表毕业生致答辞的发言稿。吾一曾经听老师提起过，阿娟在东京的一个女子学校读书。她能在毕业式上致答辞，想必仍然和过去一样，学习成绩名列前茅。

吾一坐在角落里，看着请老师看发言稿的阿娟。相比之下，自己太没出息了。虽说在老师的帮助下，进了夜校学习，但是自己还是没有获得能够致答辞那样好的成绩。尽管自己和阿娟的情况无法相比，不能像阿娟那样不用工作、专心学习，自己下班晚了，就得迟到，赶上夜班，就不得不缺席。虽说如此，他还是感到很羞愧。

"嗯，文章写得不错，很好！"

老师看后只修改了几处句子，然后连声夸赞着把稿子还给了阿娟。

阿娟接过文稿，表示了感谢之后，就起身准备回去。

"不想再坐一会儿聊聊吗？难得爱川今天也在这儿。"

"可是，我们学校有门禁的，所以……"

"也是，住在集体宿舍里，还是不要晚回的好。"

"老师，我也告辞了。"吾一也起身向老师施礼告退。

"你再坐会儿嘛。"

"我已经打扰很久了。"

"那好吧，爱川，你送送阿娟吧。"

"唉！"

"过去主人的小姐，不好好送送可不行啊！"

"哎哟，老师，您可别这么说……"

"不，不是开玩笑。这一带很不安全。"

吾一跟在阿娟的后边，走出了老师的家门。

从老师的家到大马路这段路，是一片杂草丛生的空地。虽然长出了草，但似乎还没有充分吸收到春天的阳光，还是浅褐色的。然而，已经有绿油油的嫩草，星星点点地冒出头来了。

吾一想和阿娟说些什么，又不知从哪里说起，一时找不到合适的话题。

"哟，这是紫花地丁吧，已经开花啦！"

吾一在枯萎的草丛中，发现了淡紫色的小花，自言自语地说出声来。但是阿娟没有接他的话茬儿。她紧闭着嘴，迈动着紫色的裤裙，飞快地走着。

"我最近上夜校啦。"

过了一会儿，吾一又说了一句。他很想把自己上夜校的事告诉她。

然而，阿娟只是冷淡地回答了一句"是吗"，没有再问什么。

吾一本想和她一起坐在草坪上说说话，可是阿娟没有给他这个机会。

"道雄君现在怎么样啊？"

"听说是考上一高了。啊，我今天还有急事……"

到了马路上，她看到停在十字路口的人力车，就立刻跳了上去。

车夫提起车把，跑起来了。

吾一目瞪口呆地目送着车夫远去的背影，只觉得车夫跑动时，脚上穿的足袋底子不停地上下翻动，白得晃眼。

吾一站在路旁，毫无缘由地用木屐后齿使劲踩着土地，就像画圆规似的，转了三百六十度。

转了一圈抬头一看，见阿娟坐的车子还在前方奔跑，于是他又转了一圈。

卧在米店门口的小狗，看到他转圈，立刻冲着他叫唤起来。

吾一吹着俄国情歌的口哨，慢腾腾地迈开了脚步。

二

"俄国之所以有今天，不是靠外交官的本事，而是靠武力。远东问题也不能指望外交官的两片嘴，必须凭借枪杆子来解决问题。"

俄国的一位大臣，曾经在内阁会议上这样主张。根据这一主张，他们准备通过洋枪大炮来征服日本。其结果如何，已无需赘述了吧。

由于实行专制统治以及接连打败仗，俄国国内发生了数不清的罢工。人们高喊着"打倒独裁政府""停止战争"等口号，走上街头，游行示威，口号声响彻圣彼得堡、莫斯科，以及全国各地。由于停电、断煤气，很多城市陷入一片黑暗。商店关门，学生罢课，雇工也不服从老板了。

关于战争引起罢工这一点，还有一段趣闻。战争结束的第二年，英国的康诺特公爵①来日本访问，一天光临横须贺的镇守府。在欢迎宴会上，陪同公爵的武官不知怎么高兴了，"嘭"地敲了一下饭桌，公爵看到武官这一举动，就责备他怎么这么失礼。但听武官解释之后，公爵自己也"嘭"地敲打起饭桌来了。

---

① 康诺特公爵，英国皇族，乔治五世的叔父。明治三十九年、大正七年两次访日，向天皇授予英国最高的嘉德勋章。

贵为公爵，如此失态实在是出人意料，于是镇守府的长官便询问其缘由。先敲桌子的那位武官回答："是这样的，刚才我问接待的人：'同俄国人打仗的时候，在日本国内，为什么没有发生罢工呢？'日本的海军军官说，他不知道这个名词，所以我很震惊，就不由自主地拍了一下桌子。按那位军官的说法，日本没有罢工这一说。国难当头时，日本人总是团结起来一致对外的，这已成习俗。我们从这一回答中，第一次认识了日本，也真正明白了日本之所以取胜的原因。

回顾近代欧洲的历史，罢工总是与战争如影随形。公爵的武官认为，国难当头的时候，不发生罢工的国家几乎是没有的。但是，就在康诺特公爵回国不久，日本也渐渐掀起了罢工风潮。

实际上，日本并非像日本军官回答的那样从来没有发生过罢工。不过，罢工的确是很罕见的，所以，他的回答也差不了多少。不过，从明治三十九年到四十年，许多地方的罢工开始公开化了，其中如足尾铜矿①、别子铜矿②的暴动规模还是相当大的，当局派出了军队，进行了残酷的镇压。

战争胜利后，日本获得了割地和赔款，与此同时，各种战利品也源源不断地运到日本来。

---

① 位于栃木县上都贺郡附近。明治三十年，足尾铜矿因大量有毒废液流入河中而使灌溉农田遭到污染，以田中正造为领袖的受害农民掀起反抗运动，坚持了十年之久，最后被军警镇压下去。这是日本第一起因公害问题而引发的社会运动。
② 位于爱媛县宇摩郡别子山一带。别子铜矿自江户时代开始采矿，随着明治以后矿山的近代化，燃料用木材的采伐也逐渐增加，在铜的冶炼过程中产生的亚硫酸气体导致烟害发生。

国民都陶醉在胜利之中。当然也有人宣称对和约不满，掀起罢工。但是总的说来，日本国民是欢欣鼓舞的。因此，日本酒和啤酒的消费量急剧增长，和服的花色品种也明显增多，越来越花哨了。三越和服店设计制作的高档元禄图案和服，就是从这个时期流行开来的。

战前，外资的进口额，官方和民间的加起来，只有不足两亿元。到了明治四十年，竟然达到了十四亿元。产业热不断高涨，股票无止境地暴涨。由于只要买进就看涨，股市非常景气，所以很多外行人都买起了股票。例如深川地区的一个店铺的领班，仅以二十元的储蓄债券为本钱，购进"钟纺"的股票，就一下子赚得两万元。据说有个酒吧的老板娘，因购买了"东株"股票，竟赚了多达十万元。这些传闻越来越煽起了人们的投机心理。

然而，水银不可能一直往上涨。明治四十年初袭来的大萧条，使水银突然冷却了。上涨到近八百元的"东株"股票，竟然跌至不到一百元，股票市场出现了前所未有的暴跌，异常惨烈。

据说暴发户的代表人物——铃久一举破产，就是在这个时期。倒霉的不仅是经营股票的商家，因卷进这场突如其来的风暴而倾家荡产者不计其数。就连资金雄厚的银行也未能幸免，全国有将近四十家银行破了产。足尾铜矿的工人举行的大罢工，就发生在股票行情暴跌的半个月之后。

不过，像吾一这样的人，既不知道"罢工"这个名词，也没有在银行里存款，所以对社会上发生的这些事件并不关心。因为无论股票是涨是落，哪里发生什么罢工，跟他的生活都没有关系。虽说在学校里学习簿记和其他商业科目，但是，对于每天在工厂里摆弄小小的铅字排版的吾一来说，社会上发生的那些事，就如同隔岸观火一般。

虽然去年吾一从商业学校毕业了，但由于没有找到合适的工作，所以仍在印刷厂里做工。不过，现在他已是一名正式拣字工了，日薪可拿到四十钱。

吾一有了工资以后，又进了商科夜校旁边的一所私立大学的商科夜校学习。那些爱说闲话的工人嘲笑他："真傻，工人念书有什么用？就算是那个学校毕了业，也找不到什么好工作。"吾一毫不理会那些无聊的人。

那一天，他像往常一样一下班，就急忙去夜校了。当他走到原来读书的商业学校附近时，看见校门口围着一大群学生。有一个学生正站在啤酒箱子上，慷慨激昂地讲演。吾一觉得奇怪，不由自主地停下了脚步。

"……同学们，大家怎么能继续沉默下去？大家以为任凭学校的摆布，就是学生的本分吗？"

"No——No——！"

"学校里的当权派说是为了改善学校，可是，你们知道吗？他们以改善为名，说得天花乱坠，可是到现在为止，学校究竟改善了什么呢？"

"你胡说，当然改善啦！"

人群里有人大声嚷道。

"你说什么？叛徒！"

"把那个混蛋揪出来！"

"不是增盖厕所了吗？"

话音刚落，大家哄笑起来。

"不错，那是事实。那就是唯一的改善。可是同学们想一想，增建厕所说明了什么呢？这只能有力地证明学生的数量增加了。学生增加说明了什么呢？说明学费的收入增多了。学费收入增加了，现在却突然提高了学费，更能说明他们的做法是毫无道理的。"

"卑鄙！卑鄙！"

"现在，经济萧条到了顶点。破产之风席卷了整个日本。就拿我家来说吧，已经完全破产了，今后我不得不半工半读去上学了。偏偏在这个时候，学校还要增加学费，这实际上就等于是在逼迫我退学。我坚决反对学校这种霸道的作法。"

"不要哭诉了，不要哭诉了，学校现在也不景气呀！"

"不，我没哭诉，我说的是事实。传闻校长做股票生意赔了本。这是否属实，我不大清楚。如果坊间的传说属实的话，校长的做法就太不可理喻了！即便是商业学校的校长，也不能公私不分，拿学校的钱去买股票啊。我还听说，前些时候，校长还赚了一大笔钱呢。可是校长赚钱的时候，何曾拿出过一分钱给我们呀？赚钱的时候只管自己赚钱，赔钱的时候，就假借改善学校的美名来提高学费，真是岂有此理！我们可不是为了给校长赔本擦屁股才来上学的。"

"说得好，说得好！"

"接着往下说！"

群众发出支持的喊声。

因为是有关母校的事，吾一不由得站住，听了一会儿。讲演的人说校长做股票生意，他感到十分意外。吾一感到吃惊的是，那个人虽然是个普通的学生，却能够把内情全给揭露出来。

他想，如果这些都是事实的话，自己作为一名校友，是不能袖手旁观的。于是，他打算今晚不去上课，确认一下事情的真相。他先跑到教员室去，想找次野老师问一问。但是学校里就像着了火似的，到处乱糟糟的，根本找不到次野老师。

他立刻赶到次野老师的家。今天没有课，次野老师在家里写小说呢。听了吾一说的情况之后，说："是吗？到底还是发生了那种事啊！社会变得越来越邪恶了啊！看来社会上动荡不安，学校也不得安宁啊！"

次野老师叼着长烟袋，脸上的表情很沉重。

"老师，校长真的做股票生意吗？"

"这个嘛，不好说啊……"

"学校也很困难吧？"

"是啊，像那样的穷学校，一向是捉襟见肘的。就拿我们的工资来说吧，经常晚发一个月。"

"那么，校长买股票发财是无中生有喽！"

"校长买股票的事，我不知道啊！"

"连您都不知道的事，学生怎么会知道的呢？"

"哈哈哈，你这种说法可有些天真啊！那些演讲用的材料，都是有人提供的。"

"啊？是从哪儿来的呢？"

"这个嘛，可以说那不是学生在演讲，而是老师在演讲。站在啤酒箱子上的学生，只不过是个木偶罢了。学校里闹事，其实不是学生在闹,而是教师在闹,学生不过是被人操纵的工具罢了。"

"老师里也有那种人吗?"

"世道险恶呀!虽然在一个学校里工作,人们却在明争暗斗。不能说所有的学校都是这样,但是在大部分学校里都有派系,不断寻找对方的毛病,相互倾轧。"

"就好像内阁中的争斗一样啊!"

"是的。这次发生的骚乱就是内阁里的争夺,但并不限于内阁的争夺,还有学科主任的争夺战、学科的争夺战,这些争斗是家常便饭。更有甚者,就连一小时的英语课、一小时的语文课也是你争我夺的,为了区区一个小时的授课时数,何至于如此计较啊,简直无聊透顶!"

"你怎么……"

在对面房间里哄孩子睡觉的夫人责备地瞪了次野一眼,示意他不要瞎说。

"没关系的,是爱川同学,不是别人。"

次野老师使劲磕了一下烟袋,继续说:

"老师也是人,是人就得吃饭啊。因为老师连'活着'都已经很难了,才会为了'我要活着'而进行斗争,于是,学校里也出现了这样的纠纷。"

"我说,你回头再谈论这些也不迟,要紧的是刚才来的电报里说的事情,你真的不管了吗?"

老师的妻子好像很担心,走进房间里来。

"啊,那个不用去管。"

"可是,事情已经发展到那种地步了,你怎么漠不关心呢……"

"正因为是那样，才漠不关心的呀。实际上我一直在考虑怎么办才好，内部争斗既然已经公开化了，不去参加会议反而比较好。"

"……"

"要是贸然去参加的话，弄不好，人家会说那个家伙是非干部派什么的，不是要遭人恨吗？所以，在这种时候，我想还是待在家里读自己的书比较好。"

"可是，发生了那样的事，你还……"

"去还是不去，说这个没什么意义。我没有能力去平息这场骚乱。这样一去，就得参加某一派，可是我哪派都不想参加。"

"你这个人真够固执的。你这样事不关己，只顾写小说，若是被人知道了，会被开除的。"

"瞎说！在学校里有人闹事的时候，出去跟着他们瞎起哄，是好老师吗？老师就要以身作则，为学生做表率。像我这样努力教学的老师，难得见到吧？是不是，爱川？我是个负责任的老师吧？"

"唉，老师的课特别好。一到老师的课上，大家就有精神了。"

"你看看，怎么样？"

"爱川同学说的，我可不相信。"

"不，师母，都是事实啊。"

"那他是不是把课本扔到一边，老是爱讲文学方面的事吧？"

"嗯，有时候是那样的。"

"啊，果然如此啊。那样讲课不是更不应该吗？"

"虽说是那样，师母，我的意思是说，老师是真正言传身教的。老师讲课的时候，总是充满激情，所以我们都深受感染。能够把课讲得这样精彩的，我们学校里只有次野老师和地理老师。"

"这可不行啊，爱川同学，你这么一夸，他就更得意忘形了。"

"哈哈哈，受到爱川的夸奖，怎么会得意忘形啊。放心吧，我也不是傻瓜，不会干出被革职的事来的。总之，在这个时候，还是'君子不近险地'为上。"

次野老师说完这番话，"噗"地吐出一股长长的白烟。

"爱川，你也是校友，所以可能也会有人给你写信的，你可不要卷入旋涡里去啊。一般来说，学校里发生的骚乱，动机大多是不纯的。"

骚乱之后

一

不出老师所料，吾一也收到了传单，无论是革新派的，还是校长派的，都向他宣传自己一方的主张。由于次野老师事先提醒过他，所以吾一没有卷入这场匪夷所思的骚乱中去。

近来，血气方刚的吾一每次去夜校和放学回来时，总是看见那个壮士模样的人在母校门前逞威风，心里很不舒服。过了些日子，骚乱好像渐渐平息下来了，一天，他想看看骚乱平息后的情况，就走进了学校。

看样子学校还没有复课，没有什么人。可是，当他看到揭示板上张贴的一张布告时，脸色顿时变得苍白了。布告上写着：

"为改善教务，下列教职员予以解聘。"

布告高高地贴在墙壁上，左下角已经掀起，被风吹得哗啦哗啦地响着。

被解雇的将近二十人，主要人物有教师代表、干部、会计主任、教务主任等人。在教员的名单中，地理老师和次野立夫的名字赫然并列。次野老师的名字在左下角，被风一刮，忽隐忽现的。

对别人的情况吾一不了解，不好妄加评判，可是次野老师到底做错了什么呢？据他所知，老师根本没有做错过什么。如果说参与了这次闹事或者平时教课有问题另当别论，可老师是个热爱教育事业的人哪！在这次事件中，老师一直是老老实实地坐在家里的，哪一派也没有参加呀，凭什么要辞退老师呢？简直是莫名其妙。

吾一怒不可遏，跳起来，想撕掉这张布告。但是掀开一个角的布告贴得很高，他怎么也够不着。那随风飘动的一角，仿佛在嘲笑他似的。

忽然，不知从哪里传来沙哑的吟诗声：

　　高楼倾尽三杯酒……

吾一马上改变主意，朝办公室跑去。吟诗的声音就是从那里发出来的。

　　天下英雄在眼中……

学校里似乎还残留着骚动风潮的余波，办公室里人很多。吾一来到办公室小窗口前，询问道：
"劳驾，我想打听一下……"
"什么事？"
小窗口打开了，露出了一张喝得红红的脸。
"问什么时候上课的话，从下星期一开始。有关的详细情况，今天学校会发出通知的。"
"我不是打听上课的事。校长不在吗？"
"校长已经走了。"
"哟，这可怎么办，那么教师代表在吗？"

"不在。你找校长和教师代表有什么事吗?"

"想打听一下,关于次野老师的事。"

"次野老师的事不是公布了吗?"

"唉,所以我才想了解一下详细情况。"

"还有什么可了解的。就像公布的那样啊。"

"既然说是为了改善教务,那么为什么要解聘那么好的老师呢?"

"这个我可解释不了啊。"

"什么,什么,你跑来胡说什么?"另一个坐在桌上喝啤酒的男人突然来到窗口,呵斥道,"什么,你问次野老师吗?次野老师在课堂上净胡说八道,所以辞退他的。"

"老师根本没有胡说八道,老师是一个……"

"真是个多嘴多舌的家伙,你是什么人?"

"我是校友!"

"是校友的话,就该同意学校的处理意见。"

"可是我们有我们的意见……"

"正是按照学生和校友的意见,才做出这个决定的呀。你算老几啊,还跑来提什么意见。"

那个人满嘴酒气,"啪嗒"一声把小窗户关上了,然后又大声吟起诗来:

一尺丹心三尺剑,
挥臂试斩佞人头。

"嗨哟!"

只听有人助威似的大喊一声，用手杖之类的什么棍子，使足了劲儿敲打了桌子一下，震得玻璃哐当哐当直响。

吾一非常气愤，又去了学生会客室，想找一个熟人，一起去跟那些人讲理。可是一个熟人也没有找到。在会客室的人，几乎都是参与闹事的积极分子。

曾经站在啤酒箱子上揭露校长做股票生意的那个学生，一边仰头看着墙上新贴出来的《告同学书》，一边用手抚摸着下巴咧着嘴笑。

吾一本想上前质问他："你这样攻击校长，到底想干什么？"但是转念一想，即便这样质问他，也不会有什么结果，就忍住了。

既然近二十名教职员都被免职的话，那么倒卖股票的校长等人，不是应该首先被罢免吗？奇怪的是，校长仍然好端端地继续当他的校长，而且学生们强烈反对的提高学费的提案也被通过了。如此看来，这次大骚动究竟是为了什么呢？吾一怎么也想不通。

这时，玉冈老师立起大衣领子，从教师办公室里走了出来。他和次野老师一样，都是语文老师。

"老师。"

吾一跑到玉冈老师跟前，叫了一声。玉冈老师快步往校门口走去，吾一跟在他后边。

"老师，我想向您打听一下，有关次野老师的情况……"

玉冈似乎很感慨地打断了吾一的话，对他说："啊，次野老师，实在令人同情啊！"

"不能想办法挽回吗？"

"难哪，事到如今。"

"但是，那么好的老师……"

"是啊，的确是个很好的老师。"

"为什么学校要解聘那样的好老师呢？"

"由于学生们掀起了甲级晋升制运动，这样一来，学校就必须进行改革了。尽管令人十分同情，但次野老师由于没有教师资格证，所以被解聘了。"

"这个学校里，不是很多老师都没有资格证吗？"

"是啊，所以这些老师这次都被解雇了。"

"可是，所谓教师资格证难道就那么重要吗？有资格的老师，未必就是好老师，没有资格的老师，未必就不是好老师。对我们学生来说，老师有没有资格证都不重要，只要教得好，有热情，就是好老师……"

"对于你们来说，也许是那样的。不过，文部省是这么规定的……"

"可是，老师，您在这次骚动中……"

"好了，好了，我还有事。你有意见的话，找文部省去吧。文部省不管教学多好、多么有热情，只要没有资格证就不予以承认。作为教师的条件首先是资格，是教师资格证，而不是人品、教法或热情。"

玉冈说完，就快步走出了校门。

夜晚的冷风吹过会客室里满是补丁的地板。

二

"老师。"

吾一只叫了一声,就说不下去了。

"你到学校去了?"

正在自斟自饮的次野,透过酒杯,眼神迷离地瞟着吾一。

"是的。"

"像我这样的人,学校已经不需要喽!"

"……"

"据说学校就是教书本知识的地方,不照着书本讲课的话,就不能当老师啊!"

"……"

"大家认为,给学生灌输课本知识的地方,才是学校。其实,那种死知识,不管灌输了多少,学生一考完试,或者一出校门,就会忘得一干二净。所以说,学校就是教那些容易忘掉的知识的地方吧!灌输会忘掉的知识,跟做买卖的商人有什么两样?"

"……"

"虽说当今的社会里,也需要那些容易忘掉的学问。不过,讲讲不忘掉的知识,为什么不可以呢?教科书这东西,一看就懂。只是解释词句的话,有参考书就够了。如果说只是为了讲授那些东西,又何必到学校里去呢?买本讲义,进行函授就行了。学校之所以称为学校，不是体现在灌输死知识这一点上。所谓学校，是人与人互相接触的地方，是老师的内心和学生的内心互相交流的场所。只有通过这样的接触，学生才能领会一些道理，掌握一生难忘的知识。否则，学校就不是学校，而是人类的垃圾堆。"

"是啊，老师说得太对了。关于您说的这个问题，我也有些想法……"

"你有什么想法啊？哈哈哈，你小子，思考的不都是些无聊的东西吗？算了吧，算了吧！不管谁怎么说，我也不想回到那种地方去了。现在的学生只知道学习那些容易忘掉的知识——早晚都要被忘掉的知识，他们还在拼命死记硬背。而且，他们还胡说什么我是不按课本讲授的懒汉教师。谁还愿意回到那个地方去啊，请我去都不要去！"

"竟然有学生说那种话吗？"

"有五六个人，自称是学生或是校友吧，跑到我家来发难啦。"

"那，那么，您是因为这个原因辞职的吗？"

"学校说，担心学生闹事，要我自己辞职。可是我拒绝了，我对他们说，我没有什么过错。于是他们就突然公布了那个解雇的决定。"

"是这样啊，原来是这么回事啊，我还以为……"

"你听说了什么吧？"

"倒也没有听说什么，只是碰见了玉冈老师……"

"玉冈——"

次野老师在说"玉冈"时，"呸"地吐了一口唾沫。

"玉冈说什么啦?"次野放下酒杯,厉声吼道,"喂,他到底说了什么?你尽管说嘛。玉冈说了些什么?"

"玉冈老师说他非常同情您。"

"什么?同情我!哼!除此之外,一定还说了别的吧?"

"……"

"说呀,不要瞒着,我也应该知道。"

"他说到老师的资格问题……"

"资格?那家伙居然还有脸说什么教师的资格问题?哈哈哈哈,真是笑死人了!没想到那个家伙也会说这种话,哈哈哈哈……"

次野拿起酒壶就倒,酒溢出来了也不管,只是前仰后合地哈哈大笑。

"真不愧是玉冈老师啊!除了玉冈先生之外,没有人有这等本事啊!我要为无资格者玉冈先生的健康干一杯。玉冈先生万岁!哈哈哈哈……"

"……"

"顺便也为无资格者次野先生干一杯……哎哟,没酒啦。对了,我是不配喊'万岁'的。喂,再拿一壶酒来!"

次野老师拿着酒壶,一边敲着桌面一边喊。

"喂,你怎么不出来啊!再拿一壶来,还有下酒菜,过来陪我痛痛快快地喝酒聊天呀。"

"你已经喝了不少啦,别再喝啦。"

老师的妻子在厨房里答应道。她的声音显得很阴郁。

"今天晚上是我教师生涯的告别宴会,别那么小气,再来一壶。混蛋,灯怎么这么暗哪,喂,给我拨一下灯芯。"

吾一马上跪蹭到灯前，捻亮了灯芯。

"真没想到，玉冈老师没有资格……"

"没什么可吃惊的，那家伙就是那种小人。"

"可是，他还对我说了文部省的坏话呢。"

"他当然会说文部省的坏话了，因为他考了好几次，都没有通过呀。"

"可是，他却把其他老师赶走了，自己假装好人……"

"不一定都是玉冈一个人干的。"

"可是老师，我怎么也搞不明白，批判了一通校长，可是校长的地位一点也没有动摇；反对提高学费，学费照样提高了。既然这样，这次学潮的意义究竟在哪里呢？"

"你不懂，那些混蛋早就算计好了。学费什么的，又不用他们掏腰包，是学生交的呀！"

"可是，干吗要在那种破学校里当校长……"

"哈哈哈。老鹰盘旋，地上必有猎物；用钱之处，必有利益可图——喂，酒热了没有，快拿酒来呀！"

次野老师又喊了起来。

三

又到了樱花散落，新绿挂上枝头的时节了。

吾一由于工作繁忙，好久没去看望次野了。今天难得工厂休息，他就去了老师家，就连去有名的上野博览会看热闹都放弃了。

刚到门口，就听到次野老师正在跟夫人拌嘴的声音，吾一觉得自己来的很不是时候，就站在门外没有进去。

"你怎么就是不明白呢？"

"不明白的不正是你自己吗？现在这样，无论你干什么活儿，日子能过下去吗……"

"刚才我不是一直在说嘛，让你相信我呀。"

"你说这个有什么用啊，我的意思是……"

"哎呀，真是讲不通！我说了这么半天，你还不明白，那就随你的便吧。"

"哗啦"一声，隔扇被拉开，次野老师疾步走了出来。吾一想赶紧躲到放窗户套板的角落，却被眼尖的次野老师发现了。

"这不是爱川吗？怎么站在这里呢？"

吾一回答不出来，低头搔着头皮。

"爱川，一起去散散步吧，今天天气不错。"

"好啊。"

"在家里待着憋得慌，不如出去散散心好。"

次野老师连帽子也没戴，边说边往前走。

吾一大概猜得出老师为什么不想待在家里，前一段时间被解雇的事恐怕是主要原因。

"举世皆浊我独清，众人皆醉我独醒。"

次野老师一边走着，一边吟诵屈原的《渔父》中的一句诗。

"老师。"

"嗯。"

"现在，紫藤花已经开了吧？"

"嗯，正是盛开的时候吧。"

"那咱们到龟户①去看看吧？到天神庙去。"

"看紫藤花？不错是不错，就是远了点。"

"远点有什么关系，老师，有在这附近转悠的工夫，不如干脆去看那边的紫藤花，好不好？"

吾一想尽量宽慰一下老师，因为他知道老师被解聘以后，精神上受到很大的打击，心情一直不太好。好在自己刚发薪，口袋里还有几个钱，所以就热情地劝说老师到龟户去散散心。

次野虽说不是特别想去，但是回家去面对妻子，更令他不堪，所以勉强地接受了吾一的邀请。

"老师要不要回家拿帽子啊？"

---

① 龟户的天神庙，位于东京都江东区的神社（天满宫）。是祭祀学问之祖菅原道真的庙宇。尤其是一二月份，学生为祈祷考试合格，多来参拜。亦称龟户天满宫。

327

"不用啦，就这样吧，就这样吧。"

次野用手拢了一下头发。

于是，两个人就去龟户的天神庙了。他们坐电车到了天神庙附近，又走了一段路，就到了。

一走进天神庙的大门，一个比人还高的罗锅桥挡在他们前面。

"这个桥真陡啊，老师能过去吗？"

"哪有过不去的桥啊。"

两个人扶着栏杆，走过了罗锅桥。

过了两座罗锅桥①，才进了门楼②，来到供人参拜的大殿。殿前的赛钱箱③上雕刻的梅花纹饰闪闪发光。

他们参拜过天神，看过白牛石④和盐原多助奉献的灯笼等之后，就来到池边的一家茶棚。凡是有茶棚的地方，店家的紫藤架上都盛开着绚烂的紫藤花，美不胜收。

紫藤架大多伸到水池中间，藤干伸展到岸边的也不少。在紫藤架下设有缘台⑤，两个人就找个空座坐了下来。

紫藤花长长地垂挂着，一站起身，都会碰到脸。花枝最长的估摸足有四五尺，由于满眼都是盛开的紫藤，人们通常把这美景形容为"犹如紫色云霞从天降"，然而吾一却没有

---

① 将池水和桥看作人的一生，依据三世一念之理，把第一座叫做"男桥"，喻意前世，第二座叫做"女桥"，喻意未来。
② 两层建筑的门楼，即寺庙的山门，下层没有屋檐。
③ 善男信女们捐献香资的箱子。
④ 据说当年菅原道真被流放太宰府时，白牛曾经帮他避过危难。现在龟户天满宫中的神牛座像，是三百年纪念日时，众人奉献的。
⑤ 放在室外的长方形台子。

这样的感觉。当美丽的紫藤花抚弄着他的脸颊时，令他想起了在伊势屋当小伙计时的情景。那时候，为了招徕顾客，店门外也垂挂着五颜六色的绸布条，每当出入店门时，他的头或脸颊都会触碰到这些绸子条。也许那种感觉跟紫藤花很像，让他联想到一起了吧。不过，他还是觉得，之所以会这么联想，是因为那些绸子条的凉爽感觉和紫藤花特别相近的缘故。

吾一当然是请次野老师喝酒。他自己不喝酒，大口地吃着此处的特产葛粉糕。

次野老师虽然小口小口地喝着酒，却没有了往日的神采。

"老师，我给您斟酒吧。"

"嗯,嗯！"

"没有下酒菜怎么行呢？要个杂煮吧。"

"不用下酒菜，有酒就行。"

次野老师默默地喝着闷酒。

"今天，老师心情不好吗？"

"没有啊，只不过刚才和老婆拌了几句嘴，心里不痛快。"

"老师，那不能怪师母，都是学校不好。就因为学校干出那么卑鄙的事……"

"不要再提学校啦！"

"可是我实在咽不下这口气。老师，学校那样下去能行吗？"

"有什么行不行的呢？这就是社会啊。爱川，你要好好记住这件事，不要认为与己无关。这就是社会，世道就是如此。决不能糊里糊涂的！不要依赖别人，能够依靠的只有自己啊！明白吗？人是孤独的。归根结底，是孤独一人。"

"可是，老师不是有妻子和孩子吗？"

"这样考虑问题的人，就是依赖别人的人——当然老婆是想着我的，孩子长大也会这样。不过，无论他们怎样为我想，毕竟他们不是我。爱川，你可以想一下人出生的时候。人出生的时候，或者死的时候，不都是一个人吗？所以说，总是孤独一人啊。"

"老师的话，我还是不大明白。"

"是啊，或许这种事还是不明白的好啊。不过，我认为，一个人只有经受得了孤独，才能够成为强者，才能够认识到人应该像个人一样，堂堂正正地活着。"

"……"

"你说学校里的那帮家伙很卑鄙，也许是很卑鄙吧。但是，他们对我来说，不值一提。在谈论他们是不是卑鄙之徒之前，我就彻底做错了。我从一开始就做错了，因为我放弃了我应该做的工作。我要从头做起，今后我要坚决地走自己的道路。"

"……"

"不能沿着自己相信的道路向前奔跑的人，就是不懂得人生意义的人。但是我这么说，老婆总是加以反驳。她根本就不了解我。从结婚到现在，我一直为了养活老婆和孩子，才违心地去当自己不想当的教师的。这种与自己的意愿相悖的生活，彻底扼杀了我的精神。尽管我放弃初衷，为了老婆孩子而拼命地工作，可是到头来给家庭带来了多少幸福呢？不就是得到了一张'为改进教务，予以解聘'的薄纸吗？即便如此，我也不怨恨学校。这样也挺好，这张纸片使我清醒过来了。现在让我头疼的，只是老婆不能理解我。当我专心从事文学创作时，我就会充满活力，而老婆和孩子也就有了活力，可她就是不能明白这一点。然而，无论老婆怎么说，我也不会让步的。不管这条路多么崎岖，我都要走自己的路。"

次野老师越说越激动，又恢复了以往那意气风发的劲头，侃侃而谈起来。话题逐渐转到了文学方面，进而又转到了文学批评上来，次野老师对当代有名的作家一个接一个地进行了不留情面的点评。

"老爷的兴致好高啊！"

茶店的老板娘送来了新烫好的酒壶。

"可不是嘛，一边欣赏池中倒映的紫藤花，一边畅饮，的确心情不错啊！"

"您这样一说，连我这样上年纪的人，都高兴起来了呢。"

"还有啊，老板娘，今天，这个小伙子非要请我吃饭。这个小伙子前不久还只是个小伙计，就是个这么高的小伙计啊！他是我过去在小学教过的学生。你知道吗？他可爱极了，今天，他竟然说要请我吃饭啊。他说要在这紫藤花下请我喝酒，我能不高兴吗？当然会喝醉了呀。对了，老人家，现在的生意怎么样？"

"您不是都看见了吗？"

"紫藤花开得这么漂亮，怎么没有客人来呢？"

"大概人们都去参观博览会了吧？如今没有比那种活动更吸引人的啦。喜欢观赏紫藤花的人越来越少了。以前，这里还时常举办连歌会①什么的,可是现在……"

"是吗,还有连歌呀?"

"是啊,而且,连歌会休息的那点时间,还有不少风雅之士给我们写'俳句'或画'俳画'呢!可是现在,你看,他们连画帖什么的都不拿出来了,都是些随手乱写的书法……"

"是吗,真是没想到啊。那么,老板娘,一定有好画帖吧?"

"是啊,有一些名人给我们画的。"

"能不能让我们欣赏一下啊——要不,我们也给你画上一笔吧?"

"您说什么?"

"好了,请拿来看看吧。"

"呵呵呵呵,谢谢您了!"

老板娘像变魔术似的,将手里拿着的漆盘,在膝盖前面翻来覆去地摆弄着,一边上下打量着次野老师的穿着,然后又"呵呵呵呵"地讪笑了两声,便一掀门帘,走进后厨去了。

大概是从紫藤上掉下来的一只毛毛虫,在酷评了一通当代文人的次野老师的膝盖前面,慢慢地蠕动着。

吾一不知此时此刻该说些什么才能宽慰老师,只好呆呆地坐着。

---

① 连歌是一种独特的诗歌体,第一个特征是集体创作,即每一句都必须与别人的上一句相衔接,第二个特征是即兴创作。因而吟咏连歌,需要具有随机应变的机智,使得连歌从凝滞的倾向中摆脱出来。

五十钱银币

一

"喂,小家伙,我不要这种图案的,给我看看美人明信片呀。"

"那个,没有那种……"

"真是的,连万龙和照叶的明信片都没有吗?"

"请买这套东京名胜十二景的吧。"

"这不是耍老子嘛,老子又不是乡巴佬,买东京名胜的明信片干什么?"

"那就算了吧,全都是这种的话……"

印刷厂的工人们逗弄了半天来厂里卖明信片的小孩,一个个都离开了伙房。

吾一像往常一样,很晚才下楼吃饭,所以只剩下他一个人坐在伙房的角落里吃饭。

"请您买点儿明信片吧!"

卖明信片的小孩来到吾一跟前,把明信片伸到他眼前说道。

"我不要。"

"请不要这么说,买几张吧,我今天还一张也没有卖出去呢!"

吾一没有理睬他,继续吃饭。

"喂,不要强卖啊!要是这样纠缠的话,以后不让你进来啦！今天就这样吧，你该回去了。"

伙房里的老大爷阻止那个孩子。可是小孩还是磨蹭着，站在那儿不肯走。从格子窗里射进来的阳光照在卖明信片少年瘦弱的脸上，那黑色的格子形成的道道阴影更增添了孩子满脸的忧愁。

孩子那悲哀的样子，令吾一不禁联想起自己小时候的苦日子，就问他：

"你没上学吗？"

"嗯，现在不上学了。"

"是吗？那太可怜啦。你拿来的都是明信片吗？"

"还有笔记本和铅笔。"

"那么，我就买个笔记本吧，拿出来给我看看。"

少年飞快地把挎在肩上的旧帆布书包转到胸前，从里边拿出三四本笔记本。

吾一拿过来看了看，都不中意，但还是指着其中一本问道：

"这本多少钱？"

"十五钱。"

"十五钱？真够贵的！"

这个价钱差不多等于一般笔记本的两倍了，吾一不想买了，但是觉得孩子怪可怜的，就很勉强地从口袋里拿出小钱包。打开一看，不巧里面没有零钱。

"哎呀，不行呀，今天没有零钱。明天你再来一趟吧，我明天再买。"

"请不要那么说，买了吧！我今天什么都没卖呢，求求你了……"

"你有零钱吗？这是五十钱。"

"没有零钱……"

"那就没办法啦。"

少年脸上显出为难的样子，突然他把小手伸过来，说：

"请把钱给我，我到外面去换成零钱。"

"哈哈哈哈……真是想做买卖啊。那好，给你五十钱吧。"

"唉，你放心吧。"

少年像燕子似的飞了出去。

"现在的小孩，都很机灵啊。"

"已经学会做生意了。"

吾一一边等小孩找回零钱来，一边和老大爷唠嗑。

可是左等右等，也不见那个少年回来。

老大爷抬头看了看挂钟，快到下午上班的时候了，便说：

"他也应该回来啦。"

"真是的，他跑哪儿去换钱啦？要是去对面烟铺的话，应该很快的……"

"才五十钱，到哪儿都能换得开啊……哎呀，都已经半点啦。"

老大爷又抬头看了看挂钟，然后拿起大手铃，当啷当啷地摇晃起来。

吾一起身说："这样吧，大爷，他要是送来零钱，您替我先收着吧。"

"好的。不过到现在还没回来，有点悬哪！"

"不会的，还是个孩子嘛，不至于干出那种事吧！"

337

吾一说完，就上二楼的车间干活去了。

虽然他知道不应该怀疑别人，但是心里也和老大爷一样感到不安。

他虽然在干活，心里却老是挂念着那件事，心情不太好。他想，钱没了不说，主要是被一个孩子给骗了，觉得很窝火。

"不，这样想的话，那个孩子就太可怜了。说不定我刚回来干活，他就把钱送回来交给老大爷了呢？"吾一尽量往好处想。

收工铃一响，吾一就下楼去了伙房。

"大爷，还没送来吗？"

"唉，一直也没送来呀！"

"是吗，这小家伙够坏的呀！"

"真是的，一点都不能粗心大意！"

"他是哪里的孩子？"

"这回可麻烦了，早知道会这样，问他一下就好啦，可是，一时粗心……"

"大爷！"吾一有些着急了，"那小子去换钱的时候，有没有把自己带来的东西放下？"

"是啊，我也以为放下啦，可是刚才找了一下，没有……我才想起来他是一直背着书包的。所以说，他肯定是背着书包跑掉了。"

"对呀，我想起来了，他没放下书包啊！"

"实在对不起！都是我不好，不应该放他进来的。"

"他是第一次来卖东西吗？"

"唉，是的。他说妈妈有病，我看他挺可怜的，就放他进来了……"

"原来是靠着骗人进来的呀。这招也不新鲜。"

虽然五十钱被骗走了,可刚才买的笔记本还放在那里。吾一把它拿起来,随手翻了翻,纸张很粗糙,一股难闻的味道直冲鼻子。

"没办法呀,就当这是五十钱买的笔记本好了。"

他苦笑着,一种莫名的苦涩也随之从嗓子眼里涌了上来。

快到上学的时候了,但吾一不想起身去学校。这并非是因为买本子被骗,近来他动不动就不想去上学了。自从那次学校闹事以后,他对于上学读书渐渐地失去了兴趣。过去,他把学校奉若神明,认为学校是最高尚的地方。可是现在,那种读书的狂热慢慢冷却下来了。

他厌倦上学后,对于知识的热情也就随之消退了。虽然并没有否定知识的作用,但是即便努力学习学校里传授的知识,又有什么用呢?近来,这种想法越来越强烈了。那些由父母交纳学费的人,在学校读书倒也无所谓,但是对于像自己这样的人来说,现在的学校就不能令人满意了。至少每天拼命劳动赚取微薄收入的人,不值得拿这些血汗钱去交昂贵的学费。他认为,不能够让这样的人学到真正的知识的学校,就应该受到惩罚。奇怪的是,竟然没有一所为那些拿出血汗钱交学费的人开设的像样的学校。虽说学校是做学问的地方,可在现在的学校里能学到什么呢?

"啊,这个时候要是黑田君在该多好啊!"

每当有了想不通的问题,吾一都会想起黑田。可是自己入厂以后,只见过他两三次,后来就没有联系了,不知道他现在怎么样了。有一天,他曾下决心到根津家去找过他,可连女主人都不知搬到哪里去了。他想,像黑田那样的人,应该不会默默无闻的,于是就留心起报纸和杂志来。可是到目前为止,还没有发现黑田的名字。

在这种时候,如果黑田在的话,准会呵斥一声:"发什么呆呀!"

同时,一定会对我说一些开导的话,给我探索人生的智慧和勇气的。像我这样起点低的人,即使再努力学习,也是跟不上别人的。那么,有没有捷径可走呢?

黑田不在自己身边,真是太遗憾了!为什么这样好的人,都要从我的身边离开呢?黑田也好,稻叶书店的叔叔也好,他们曾经都是那样关心我,转眼之间却不知去向了。还有,爸爸也是这样,他忽然想起了爸爸,赶紧打消了这个念头。

眼下虽然有次野老师在,但是老师是不擅长解决这种问题的。

老师只会说些"我是要拼命干的,你也要好好干!"来给自己鼓劲。可一碰到实际问题,老师也是一筹莫展,缺少应对现实困境的能力。就连自己的妻儿,他都不知道该怎么养活啊!作为老师,他自己当然是在努力走自己的路,可是他现在自顾不暇,即便跟他商量,也……

"回来啦,回来啦!"

突然听见老大爷大喊起来。吾一抬头一看,只见老大爷挺直腰板,把脸贴在格子窗上,往外面看。

"什么?回来了?"

吾一也站起身来,向外边张望。

果然，一个穿着筒袖衣服的少年在后门的外边，来回转悠，但他不是刚才来卖东西的那个孩子。

"大爷，您看错了，他不是那个孩子。"

"不是吗？长得很像啊。"

老大爷用手揉了揉昏花的老眼，仍然贴着窗户，向那少年召唤起来：

"喂，你有事吗？"

"……"

"你为什么老在那里转悠啊？有什么事到里边来。"

少年跑了过来，打开歪斜的伙房门，站在门口，提心吊胆地问道：

"请问，刚才买笔记本的人在吗？"

"你问买笔记本的人呀，就是这位大哥哥。"老大爷指着吾一说。

少年快步走到吾一跟前，把手伸给他："给你。这是找给你的钱。"少年的手掌上放着三个十钱的银币和一个五钱的铜板，像宝石一样，熠熠发光。

吾一仿佛突然被人揪住了胸口似的，喘不过气来。小孩子那干瘦的手腕，在他的眼里，竟然变得无比强有力。他半天没有说出话来。

"你是谁呀？刚才卖本子的孩子，不是你啊。"

老大爷在一旁问道。

"嗯，是我哥哥，他来不了啦，所以让我来送钱的。"

"噢，是这样啊。原来刚才的孩子是你哥哥呀，他为什么不能来了呢？"

"哥哥受伤了。"

"什么，受伤了？怎么受的伤？"

吾一吃惊地望着少年问道。

"过马路的时候，被自行车给撞了……"

"是去换钱的时候被撞的吧？"老大爷忙问道。

"那还用说，真危险啊！那你哥哥的伤严重吗？"

"没有出血，应该不太严重吧。就是腿撞伤了不能走动。"

"在家躺着吗？"

"嗯，是那个骑车人把哥哥背回家来的。"

"实在太可怜了。这样吧，找回的钱我就不要啦，你拿回去吧！"

说着，吾一把少年伸过来的手推了回去。

在这个造谣生事、不惜靠同事失业来捞取好处、追逐利益的社会里，竟有因换零钱受伤的少年，让家人把钱如数送回，这是多么高尚的品德啊！吾一不由得眼睛湿润了。

"那可不行，哥哥让我送来给你的。"

少年又把手伸向吾一，坚持要他把钱收下。

"你们很有志气啊！那好，我就收下了。"

吾一从少年手里接过了银币。

"你们住得远吗？"

"不太远。"

"那好，你可以领我去吗？我想去看看你哥哥。"

"那太好啦！"少年高兴地说。

"哈哈哈哈，你倒是高兴啦，我却过意不去呢！算了，不说这些啦，咱们一起走吧。"

吾一领着少年一起走出了工厂。

"你没有爸爸吗?"

"嗯。"

"你妈妈也在生病吗?"

"嗯,已经病了很久了。"

"是吗?"

吾一不由得叹了一口气。他为自己怀疑孩子的妈妈是不是真的生病而感到内疚。

"所以,你哥哥就出来卖东西了?"

"嗯。"

"你家没有大哥哥吗?"

"有,去很远的地方了。"

"很远的地方,是什么地方?"

"不知道,问过姐姐,她也不说。"

"你还有姐姐?"

"嗯。"

走到煎饼铺门前,吾一站住了,买了一包咸味煎饼。

"对不起,你拿着吧,回头给你哥哥。"

少年不要,吾一塞给了他。

少年的家住在一条偏僻胡同里的小巷深处,距离工厂有七八町①远。

"我回来了。"

少年大声喊道,然后就跑进家里去了。吾一被他丢在了

---

① 日本的一种长度单位,1 町约等于 109 米。

门口，他看见那些横七竖八的小孩子的木屐中，有一双是粉红色屐带的。虽然已经很旧了，但是在这昏暗的土间里，却平添了一抹亮色。

吾一以为会有人出来招呼他，可是等了半天也不见有人出来。没人出来就算了，他这么想着，刚要转身回去，这时候，突然出来了一个人，伏在地上，向他施礼。

由于此人一句话也没说就伏身叩谢，吾一着了慌，也急忙低头回礼。于是，对方更加恭敬地回礼。

吾一猜想，这个人大概就是那个少年的姐姐吧。由于对方一直低头行礼，吾一看不清她的面孔，只看到她发髻上戴着的淡粉色发饰，宛如一朵香艳的石楠花。

吾一本想说是来看望她弟弟的，但不知怎么搞的，一句话也说不出来。他只是低着头，呆呆地站在那里。那姑娘也一直没有抬头。尽管谁也没有说话，但吾一觉得自己的心情仿佛传递给了她，而她的心情，吾一也非常清楚似的。

吾一再次行了个礼，然后悄悄地走了。

他觉得仿佛在梦中走路一样，不知为什么，心里忐忑不安，两只脚也像踩在棉花上似的，就这样恍恍惚惚地刚一走出小巷，忽然想起了什么，停下脚步，飞速转身，又返回巷子里去了。

这时，姑娘正在门旁整理孩子们脱下的一堆木屐。

"啊……我打听一下，"吾一有些局促地开口道，"你家二楼是打算出租吗？"

原来，他是忽然想起在姑娘家窗外张贴的"出租房间"的招贴才返回来的。

自从领到日薪以后，吾一就一直想租间房子住。可是那个时候，他还想继续求学，需要存钱交纳学费，所以只好继续住在工厂里肮脏的房子里。但是近来，上学的热情冷却下来了，心思就有点活络了。何必住在那个破地方受那份罪呢？他忽然想到，反正也得租间房子，正好买了这家的笔记本，就是有缘，干脆……

"是啊，只是脏了点……"

姑娘红着脸，轻声答道。

"让我看看好吗？"

"请进吧！"

姑娘请吾一进了屋，告诉他房间就在二楼。

楼梯一般来说都应该是倾斜的，而这家的楼梯，却像消防队的云梯一样，几乎是直上直下的。吾一向上看了看，有些眼晕，但他还是抓着梯子，小心翼翼地一节一节爬了上去。

说是二楼房间，其实就是个阁楼，只有四铺席半大小。南北两边如果没有窗户的话，根本不能住人。

正如姑娘所说的那样，这屋子够差劲的。他以为姑娘也会上来，跟自己介绍一下房间的情况，就站在这昏暗的房间里等了一会儿，可是姑娘没有上来。

从窗口向外面眺望，眼前是一片黑色的屋顶，犹如波浪般一望无际，远处可望见一颗闪亮的金星。

吾一又抓着梯子下了楼，姑娘满脸歉意地站在那里等他。

"条件太差了，很不中意吧？"

既然对方问得这样直截了当，"唉，是啊"这话就不好说出口了，而且一想到这个家庭的生活情况，想到她弟弟为了换零钱受了伤,还特意把钱还给自己等等,吾一觉得虽然房子不令人满意,可是自己如果不租下来,姑娘一家人的日子就更不好过了。

一问租金,也不便宜。不过夜晚可以望见金星闪烁,倒让他难以割舍。他当下交了押金,同意租下。

二

　　吾一原本就没有多少铺盖，第二天的傍晚，他就住进了这间阁楼。

　　他一咬牙，买了一套现成的新被褥。把新被褥给他送过来的店伙计刚走，一直阴沉的天空就下起了小雨。

　　虽然是天棚低矮的阁楼，可一旦成了属于自己的住处，吾一激动的心情难以言表，因为有生以来，他第一次有了属于自己的房间！

　　他回顾自己走过的路程，不能不说经历了很多磨难，而且今后还有很长很长的路要走，这里只是一处歇脚的地方，不过，能在这里无所顾忌地伸展四肢，令他欢喜无比。

　　就在他的头顶上，雨点噼里啪啦地敲打着房顶。

　　"啊，好雨啊！"

　　新买的被褥还没有打开，吾一倚靠着它，望着顶棚出神。忽然闻到一股不知从哪里飘来的很好闻的气味。

　　这香味不是那种熏香或者香水味，好像是刚洗过的浴衣散发出的某种家的气息，闻着酸酸的，令人舒适得发困……虽有些刺鼻，却给人异样的感觉。吾一抽着鼻子使劲闻着，可是以他可怜的阅历，根本辨别不出究竟是什么气味。他陶醉于这浓浓的气味，舒舒服服地靠在松软的被褥上，享受着期盼已久的家的感觉。

他的眼前，朦胧地浮现出了姑娘的身姿，她低头俯身，静静地向自己施礼。她那乌黑的头发上，粉红色的发饰隐约可见。自己第一眼看到那种颜色，就想到了石楠花。然而他并非仅仅是从发饰的颜色联想到的，而是觉得姑娘的举止和容貌，都像极了那美丽的石楠花。她给人的感觉，宛如深谷幽兰一般温婉沉静，毫不矫揉造作。和盛气凌人的阿娟相比，完全是不同类型的女人，然而她的美丝毫不逊色于阿娟。她恭敬地低着头叩谢的姿态，是多么温柔可爱啊。突然间，那位不言不语的姑娘，变成了做针线活的妈妈，一转眼，妈妈又变成了那个姑娘。

"爱川君！"

他突然听到有男孩子叫他。

只见两个光光的脑袋出现在梯子上，就像挂在树上的两个青桃子。

"你们上来吧。"

吾一这么一招呼，两人飞快地爬上了阁楼。

"你的脚怎么样啦？"吾一问那个哥哥。

"还没好，一动就疼。"

"那怎么可以上楼来呀！"

"可我想来看看你啊！"

"哈哈哈，那我就下楼去看你好啦。"

"不，还是上楼来好玩。爱川哥来我家住，我可高兴啦！"

"你还要好好休息。说起来，也够危险的。"

"没什么，只是把脚扭伤了。"

"不过你很不简单，虽然受了伤，还能让弟弟给我送钱，一般人可是做不到的。"

"不是我让弟弟去的,是姐姐说必须送去的!"

"啊,是呀,是姐姐说的,我才去送的。"弟弟也跟着说。

真没想到,在人前寡言少语的姑娘却能够……想到这儿,吾一眼前又浮现出了那个姑娘的面庞。

"啊,这屋子里好像有股什么味儿?"弟弟问。

"嗯,我刚才就闻到了,是不是楼下在烧什么东西啊?"

"绝对没有啊!"哥哥回答。

弟弟跳到新被褥上,站得笔直,学着凯旋的将军,举起右手敬了个军礼,喊道:"我是大将军!"

"阿英,你不要踩在新被子上!"

"轰!"

弟弟模仿大炮的声音,假装被轰到似的,从被褥上倒了下来。

"呀,真软乎啊,就像刚做好的年糕。"

"哈哈哈。刚做好的年糕,这个比喻太好了!"

弟弟趴在新被子上,两脚吧嗒吧嗒地拍打着,学着游泳的姿势。突然,他大叫起来:"啊,就是这个,就是这个,就是这个味儿!"

月亮为什么不落下

一

恋爱似睡眠，恋爱美如梦。

啊，若君入情网，君即在生活。

——缪塞①

吾一每天睡觉前，都会抄写一句格言或有名的诗句——有时是其中一节，这已经成为他多年的习惯了。

这就相当于爱喝酒的人，要在睡觉前喝上一杯一样。吾一觉得，在上床之前，抄写名句格言，一天的劳累可以得到缓解，并且为第二天的工作储存了新的能量。好的名句格言比酒精更具有令人陶醉的功效，而且不会导致第二天头晕脑胀。

今天晚上，吾一从《名言集》中发现了缪塞的诗句，并抄录了下来。虽然他不清楚缪塞是什么人、生活在哪个时代，只是很喜欢这个诗句，便马上抄在了小本子上。

他所摘抄的名言佳句，都是随着当天的心情所选择的，所以内容非常庞杂。既有关于"勤奋""努力"的，也有关于"天下""国家"的；既有吟咏风花雪月的诗歌，也有短小的俳

---

① 阿尔弗莱·德·缪塞（Alfred de Musset，1810—1857），法国浪漫主义作家、诗人。

句,可以说是应有尽有,包罗万象。不过,细心翻阅他的笔记,仍然能够从中看出那个时代的特色,以及当时生活的缩影。战争时期的,大多是抒发爱国热忱的句子暴发般涌现出来时,关于立身处世的至理名言占据了很大篇幅。可见这些名言佳句,也会随着社会的动荡而兴衰的。

其中,也有一些如今不会抄录的格言,然而在当时,一定是觉得特别感动吧。总的来说,当他心情松弛的时候,多是选择抒情的名言;心情紧张时,多是抄录那些现在读来仍然振奋人心的句子。他甚至感到可怕,这本名言摘抄,竟然成了自己生活的写照。他哗啦哗啦地翻看着笔记本,看到了今天抄录的缪塞的诗句,不禁露出了微笑。

"对不起,已经睡下了吗?"

一个不认识的男人慢慢爬上楼来。

"如果还没睡着的话,我想来问候您一下。我不在家时,承蒙多方关照……我是阿米的哥哥……"

他恭敬地双手伏地施了一礼,仰起头来时,他那黑黑的眼睛里面闪过一道亮光。

"听说你到很远的地方去了?"吾一一边回礼一边问道。

"有些不得不办的事,才长期离家到外地的,今后还请多关照。"

这天晚上是初次见面,没有多聊,但后来听说,这位哥哥叫得次,也和自己一样,是个拣字工人。目前,他正在到处寻找工作。但是从去年开始,到处都不景气,很难找到工作。

说心里话,吾一对这位得次就是喜欢不起来。初次见面时，吾一感觉他那双眼睛里射出的目光很吓人，这个印象总是在脑子里盘旋。也许是由于他瘦得颧骨突出，而让他显得很可怕吧。不过，跟他谈话时，他却很稳重，不像是个坏人。也许是因为他比吾一大四五岁吧，虽然是个工人，却无所不知，令人钦佩。但不知为什么，吾一总是不想跟他亲近。

可是这位得次老是这么闲着，这个家就更困难了，特别是阿米，会更辛苦的。吾一非常同情阿米。他想，无论如何也要争取让得次到自己的大明堂里来工作，这与其说是为了得次，倒不如说是为了阿米。

有一天，吾一向车间的工长提出了这个请求。工长没有说行，也没说不行。

由于吾一从徒工开始就在这家工厂里干活，而且最近工长对他的印象也不错。既然工长没有拒绝他的请求，吾一感到很有希望。如果能把这件事办成，阿米不知会有多高兴呢！他偷偷想象起了阿米快乐的笑容来。

二

"拿箱子来!"

吾一拣满一盒铅字后,又叫打下手的小徒工再拿个空盒子来。

"喂,也给我拿一个来。"

在吾一身旁拣字的得次,也使唤那个徒工拿个空盒子来。

得次是在吾一的大力推荐下,顺利地进入大明堂的。

一般来说,从别处来的工人,即便是相当熟练的,开始时由于不熟悉情况,往往比别人拣得慢一些,可是得次就好像是在这个工厂里工作了多年的熟练工一样,拣得飞快。虽然说铅字的排列各个工厂都大致相同,但是初来乍到,像得次拣得那样快的,还是非常少见的。

"喂,小工。"

三十分钟的工夫,得次差不多就拣完了一盒。一盒有八百个五号铅字,拣八百个铅字少说也要四五十分钟,可是得次大大地缩短了这个时间。吾一不愿意自己落在新来的得次后面,也铆足了劲儿,加快了速度。吾一一加速,得次也更加快了。就这样,两个人你追我赶,不停地使唤着小工。

这一天,两个人都拣了二十盒。平时,一天能拣十四五盒,就算是超额了。这天,他们俩远远超过了定额。

"你干得好快啊!"

在回家的路上，得次开口夸道。

"你干得才快呢！刚来就那么快，不简单。"

"哈哈哈哈，因为是你推荐来的，不敢给你丢脸，所以才那么卖力的。没想到，你也那么快。"

"我可是在这儿练出来的呀。"

"嗯，说的也是啊。不过，如今像你这样年轻的拣字工，这个速度也很了不起了。"

"哪里，就因为你太快了，我才使劲追赶你的。"

"你是不服输啊！"

"哈哈哈哈，在这一点上，咱俩是彼此彼此啊！"

"不错，你说得有道理。不过，你和谁都那样比着干吗？"

"嗯。"

"那可没必要。我看还是适可而止为好。何必那么玩命呢！"

"为什么？那样互相竞赛不是很好吗？"

"我可不那么想，竞赛没多大意思，我早就吃够苦头了。"

"为什么？"

"我被爸爸狠狠地骂过。"

"跟别人打架了？"

"没有，不是因为打架。记得那时我十四五岁还在老家，常到山上去割草。一起去割草的人每次都会比赛，夸耀自己割得多。我是个争强好胜的人，无论什么时候都不甘落在别人后边，非要得第一才行。有时我还跟大人比试，居然把大人给比下去了，我像疯子似的拼命地割草，结果由于割的草太多了，连一匹马都驮不了。我把草驮在马背一侧时，马被压得晃晃悠悠的,再给它另一侧驮上后,马都看不见了。哈哈哈,我牵着缰绳一走,简直分不出到底是马在走,还是草垛子在移动。我得意极了,就像割下将军首级、凯旋的勇士一般,趾高气扬地回到了家。"

"噢——"

"可是一到家,就挨了爸爸一顿痛骂。他说:'你就知道多割草吗?浑小子多少也该替马想想啊!'"

"也是啊!"吾一也像驮草垛的马一样,有些招架不住了。

"这就是我经历过的啊!"

得次一边走一边潇洒地划了一根火柴,点了支烟,然后轻轻地吐出一股青烟。

"可是得次君……"吾一还是不想就此服输,"我们拣铅字,又用不着让马驮,跟爱惜不爱惜马没有关系呀。"

"哈哈哈哈,我说的不单单是马的问题啊!"

"那你的意思是爱惜自己喽?反正那样拼命干,我是累不垮的。"

"看来,你是什么都要逞能呀!"

"不是逞能不逞能的事,我觉得干活有意思。一想到今天干活没有落在别人后边,心里就特别舒服。"

"……"

"没办法,我这个人没有什么本事。像我这样一无所长的人若想在当今的社会上有出息,无论如何也得比别人多出力气,只有这样才能得到别人的欣赏,因为我觉得'勤劳的人才不受穷'啊。"

"你这是在唱催眠曲呢。"

"催眠曲是什么……"

"大家都被催眠曲给哄着啦!"

"我虽然很穷,可是并没有被哄着啊。"

"就因为像你这样的人说这种话,我才这么说的。你看,不管怎么干,大家还是过得……"

"那是因为干得不够卖力,如果拼命地干的话……"

"当然,勤劳致富的人也不少见,但是那些人……"

"所以说……"

"你先听我说。说起我爸爸,虽然我这么说有点不合适,但他比谁都能吃苦。他起早贪黑地干活,简直可以说凡是人能够承受的劳苦他都吃过了。他没有任何嗜好,也不喝酒,如果说有点嗜好的话,只是在干活间歇的时候抽一口卷烟而已。爸爸这样拼命地干,这样省吃俭用地生活,到头来又怎么样呢?哈哈哈哈,后来的事情,我想我不说,吾一也知道了吧!"

"不能否认,像你父亲这样的情况,在这个社会里太多了。可是,不能因为这样,就不干活了呀。"

"我说的就是这个问题。"

得次像要窥视吾一的内心似的,俯视着他。

吾一一边擦拭额头上的汗水,一边着急地问道:

"那你说该怎么办好呢?"

"啊,等一下,"得次也擦起汗来,"天气热起来啦!"

得次喘了一口气,突然话锋一转,说起了跟刚才的谈话毫无关系的事来。

"你看到月亮的时候,是怎么想的?"

"什么怎么想……"

"哈哈哈,突然这么问,你很奇怪吧?有一天晚上,我带着最小的弟弟去澡堂子洗澡。在回家的路上,无意中抬头仰望天空,看见在澡堂子的大烟筒旁边升起一轮圆圆的明月。夏季的夜晚,皎洁的月亮悬挂在空中,仿佛蹲在那里瞧着我们似的。'多么清澈啊!'我出神地看着月亮,在心里赞叹着。这时弟弟喊了我一声'哥哥',我回头问他什么事,他满脸疑惑地问我:'哥哥,月亮为什么不落呢?'我一时答不出来。因为我们虽然看过无数次月亮,可是谁会去想到它会不会落的问题呢?不过,吾一君,要是你的话,会怎么回答呢?"

"是呀,这可不好讲啊。"

"你也觉得很难吧?"

"也没什么难的。给他讲讲引力好了……"

"别说笑话啦,他才这么高,还是个不懂事的孩子,给他讲万有引力,他能明白吗?跟小孩子说话,就得说得浅显易懂,让他一听就能明白才行,不然听不懂的。"

"那倒也是。我没有弟弟,不知道怎样回答才好。你是怎么回答的呢?"

"我也没有办法,只好呆呆地望着月亮。月亮依然泰然自若地在清澈的夜空中乘凉。我怎么也说不清楚,它为什么能那么悠闲自在地浮在天空中,我真想仰天问一句:'喂,月亮,你为什么不落下呢?'就在我想发问的一瞬间,我的眼圈突然发起热来,于是我对弟弟说:'啊,英公,月亮不落,是因为它和太阳公公,还有小星星们紧紧地拉着手呢!'"

"噢,后来呢……"

"哪有什么后来呀,我那么一说,孩子就明白了。而且从那时起,我也逐渐明白了一些道理。我们这些人,也应该像月亮和星星那样拉起手来才行啊。我懂得了,我们必须紧紧拉起手来,才能让大家都不掉下去啊!"

"……"

"我们当然要干活。不过,为了让老板赚钱,或者为了自己养家糊口而干活,是很狭隘的。如果不能让大家都像月亮那样浮在天上而工作的话,是没有任何意义的。"

"你等等,你说的意思是……"

吾一听了,感觉很不舒服,就好像毛毛虫掉到脖子上似的。

"你怎么了?脸色怎么一下子变了?有什么可怕的呀,我只是希望社会变得更好罢了。"

"……"

"喂,吾一君,你听我说,假如这里住着一个寡妇,有六七个孩子,即使她白天黑夜里干活,给人家洗衣服,做缝纫,每天也只能拿到三四毛钱。这么点钱根本养活不了一家人,孩子一个接一个的都饿死了——这些人做了什么错事吗?可是他们世世代代都摆脱不了这么悲惨的命运。你看到这些情况,难道就没有一点想法吗?"

"……"

"月亮、太阳和星星互相伸出看不见的手,紧紧地拉在一起。而且日复一日,有规律地围着地球运行着。而我们人类,虽然自我感觉很了不起,却是一盘散沙,难道不是吗?难道你不觉得,我们这样连日月星辰都无颜面对吗?"

得次这番话虽然不无说服力,但是吾一却不想立刻响应"嗯,那就携起手来吧"。他觉得,得次讲的话虽然有道理,可总觉得好像缺少点什么东西似的。

这时,炭铺的小伙计拉着空车走出胡同,一边唱着流行小调。

> 铃铃铃铃车铃响,
> 小伙骑车冲出来,
> 双手撒把抖威风,
> 自行车上耍花样,
> 左歪右斜好危险,
> 危险危险快停下,
> 哐当一声翻了车。

三

月亮之所以不落，是因为它和太阳、星星拉着手的缘故。
与此同理，人也必须手拉着手，互相帮助。
这些道理都明白。
但是，为什么说只有穷人才要手拉手呢？
为什么把富人排斥在外呢？
有钱人不也是人吗？
因为有钱人中坏人很多。
可是穷人也未必都是好人哪。
我这样考虑问题，是因为我想要成为有钱人吧？
吾一在睡觉之前，思考了这些问题，然后，在那个每天抄写格言的笔记本上写下了：

> 月亮为什么不落下？
> 群星为什么不落下？
> 太阳和地球为什么不落下？
> 这些都是大问题。

由于今天没有找到名言佳句，他只好写了这几点自己的感受，但是这些感受并非特别符合他近来的心情。
自从搬到这个新居以来，吾一感觉每天晚上只抄写名言和感想，仿佛缺了点什么。格言名句当然也很好，但总感觉有些死板。那些柔软的东西，那些令人感觉舒服的东西，而不是这样冷冰冰的东西，更强烈地吸引着他。也许是因为买的新被褥还不到一个月，里面的棉絮就变瘪了，才会这么想的吧？不过一天下来，已然身心疲惫，这些烦恼转眼就被冲散了，他很快沉入了梦乡。

"爱川君，爱川君。"

不知哪里传来房东姑娘的呼唤。

"啊，那么腼腆的姑娘，竟然来找我了！"

吾一陶醉在阿米那动听的声音里，胸口剧烈地跳动起来。

他向发出呼唤的方向跑去，但眼前云雾弥漫，根本看不清阿米的身影。他伸出双手拨开那些雾气，可无论怎样拨，也无济于事，还是看不到她的影子。

"爱川君！爱川君！"

云雾的深处又响起姑娘的呼唤，但是他已经不想去寻找了。

"原来我是在做梦啊。"

他在梦中这么想。当他意识到自己在做女人的梦时，感觉有些愧对自己抄的那些格言名句。

"爱川君，爱川君！"

姑娘的声音又在耳畔响起，这回听得真真切切，好像不是在做梦。吾一立刻睁开了眼睛。

他看到在放梯子的地方阿米那张苍白的脸。

"爱川君，着火了！"

"什么？在哪儿？"

"你没有听到在敲钟吗?"

吾一这才听到可怕的报警钟声当当地响着。

他蹦了起来,奔向窗户,推开窗子,虽然看不到火焰,但是越过眼前一片住家的屋顶,可以看到那边的上空都被染红了。

"看见了吗?"阿米走到窗前问道。

"看不太清楚,那边是哪一带啊?"

"不知道……"她也伸着脖子向那个方向张望,身体微微颤抖着。

听到这可怕的钟声,吾一也不由自主地上牙叩打着下牙咯咯直响。

不知什么时候,两双颤抖的手,轻轻地握在了一起,但他们的眼睛却望着那片火红的天空。

"你哥哥呢?"

"他还没回家呢。"

"这么晚还没回来啊。现在几点了?"

"快两点了吧。"

"这么晚了,你也还没睡吗?"

"因为要赶点活儿……"

"你这么劳累,身体怎么受到了啊?"

"可是,爱川君不是也很晚没睡吗……"

"不,我跟你不一样……啊,火势又转方向了。"

远方的天空突然之间被火光照得如同白昼一般。

吾一不顾阿米的劝阻,从窗户爬出去,上了房顶。

他这才发现,今天晚上风很大。他抓着房瓦,轻轻抬起头，向远方张望。

好像有人拿着大火把在空中挥舞一般，火势借着大风越烧越旺了。

因为是在深夜，吾一看不清是什么地方起火，看方向是印刷厂那边。他心想，虽然着火的地方离工厂不算太近，但还是很危险。他立刻回到屋子里，连睡衣都没来得及换，就爬下梯子跑了出去。

无奈折笔

我从不曾想到会给本杂志撰写这个标题的文章，然而，我痛感现在除了折断自己的笔，已没有别的路可走了。在此，我要向长期以来给予《路旁之石》以厚爱的广大读者表示衷心的感谢，同时，对于万不得已而中断连载，致以真诚的歉意。

诸位对于突然中断小说连载，想必一定感到很意外。实际上，原本我也丝毫没有中断之意。在写完上一期的稿子之后，我就开始收集接下来的内容所需的参考资料。我现在手头并无其他作品，专心在写《新篇路旁之石》，由此可知，这部作品对我来说非常重要，是难以割舍的。暂且不谈我自己的情况，每当想到《主妇之友》杂志社对我的厚爱和激励时，我便感动不已。"请务必同意将《路旁之石》一书全部交由本杂志社来连载，无论连载几年，都没关系，请您放开地写吧。"他们就是这样一直鼓励着我写下去的。而且，凡是我提出的要求，他们无不一一满足。当我提出希望不给汉字标注假名时，他们就为我的作品破例，不做标注；当我提出希望使用简化汉字时，他们就立刻改用简体字。尽管杂志社为我创造了心情舒畅的写作条件，但最终，自己还是辜负了他们的信赖和期望，停止了连载，实在是愧对《主妇之友》杂志社，对此，我深感自责和歉疚。

回顾《路旁之石》的构思，是在昭和十一年（一九三六年）。在那个时代写书，别说这次世界大战了，就连日中开战也未曾想到。即便是承蒙杂志社的厚爱，着手写作《新篇路旁之石》的时候，形势也没有像今天这样严峻。然而，如今面临着众所周知的艰难时局。因此，按原计划继续写作以前构思的主题，在方方面面都会招致麻烦。当然，我可以断言，该作品本身并非违反国策之作。尽管出现了资本主义、自由主义、出世主义、社会主义，等等，但是对于这些主义是怎样的态度，只要读一读作品，任何人都会一清二楚的。今天的日本，是经历了作品中所描写的那样的时代的人物千辛万苦建设成的。这些过程对于思考日本的成长历程，我想绝对不是没有意义的。但是，在今天，专制统治日趋强化的日本，倘若按原计划写下去——特别是接下来的内容，很容易导致不幸事件的发生。若要避免不幸，顺从所谓时代的线索往下写的话，势必使我改变迄今为止的写作方向。可是，我没有改变自己写作方向的勇气。要想忠实于自己的见解，必然会背离时代的认识，若要与时代的基调相吻合，就必须写那些扭曲的东西。如此一来，我除了断然折断我的笔，别无选择。原本我为本社写《新篇路旁之石》，就是希望能够写得多少比以前的作品好一些。可是既然预见到不可能比原先的作品好，还继续写的话，就对不起自己的良心了。倘若立志写出好作品，即使明知不可能写出来，还要继续写，就失去"新篇"之名的意义了。

写完上一期稿子以后，才隔了几天，就突然中断写作，有不得已的缘由，如果说明缘由，或许可以得到读者的谅解，可是由于种种原因，不便说明。另外，中断写作是我个人的意愿，并非受到其他人的强迫，特此郑重申明。因此，中断写作的责任皆在于我，大家对此事的批评，也应由我来面对。

如果社会安宁，能够自由写作的时代到来之时，我会再拿起笔来，继续把作品写完。但是如果那样的时代不能降临，此作便只有弃之于路旁。或许此作的命运，已经预示在其题目中了。不过，不论是作品中的主人公被社会排斥，还是我个人被社会排斥，我都可以忍受，但如果被扔掉的石子打坏了《主妇之友》杂志社的窗玻璃，给广大读者带来不快，那就非常不应该了，在此向大家致以深深的歉意。

按理说，突然中断连载的话，应以其他文章代替，才合乎情理。但是现在的我，连这一点都做不到了。不遵守合同，中断连载，对我来说，犹如切腹般痛苦，若能以他作代之，我又何苦折断写作《路旁之石》之笔呢？既然折笔，我打算暂时远离创作，闭门思过。对于杂志社以及广大读者，我深感愧疚，恳请读者们体察我的心情，予以宽容和谅解。

昭和十五年六月二十日

劳动，劳动，再劳动

一

"你哥哥呢？"

"他还没回家呢。"

"这么晚还没回来啊。现在几点了？"

"快两点了吧。"

"这么晚了，你也还没睡吗？"

"因为要赶点活儿……"

"你这么劳累，身体怎么受到了啊？"

"可是，爱川君不是也很晚没睡吗……"

"不，我跟你不一样……啊，火势又转方向了。"

远方的天空突然之间被火光照得如同白昼一般。

吾一不顾阿米的劝阻，从窗户爬出去，上了房顶。这才发现，今天晚上风很大。他抓着房瓦，轻轻抬起头，向远方张望。

好像有人拿着大火把在空中挥舞一般，火势借着大风越烧越旺了。

因为是在深夜，吾一看不清是什么地方起火，看方向是印刷厂那边。他心想，虽然着火的地方离工厂不算太近，但还是很危险。他立刻回到屋子里，连睡衣都没来得及换，就爬下梯子跑了出去。

街上到处都是看热闹的人。吾一好不容易穿过人群，跑到工厂。所幸工厂没有着火，起火的地方是跟印刷厂隔了半条街的棉花批发店。

工厂的老板、经理和工长都还没有来，厂里只有住在附近的两三个工人，以及住在厂里的单身工人。

他们说工厂位于下风，不会着火的。要是飞来火星，一扑打就灭了，所以他们拿着水桶、棍棒等消防工具上了房顶，其实一半是为了看热闹。

吾一也想跟着他们上房顶，但他爬不上去，只好一个人留在下边。可是他不知做点什么才好，只是心神不定地来回转悠，看看有什么可干的。

对啦，突然他两手一拍。风刮得这么猛烈，说不定什么时候会转向，应该先把那个最要紧的东西转移到安全的地方去。

他急忙去了办公室，看到专门装稿件的旧木箱还放在原处。他用手抬了抬，感觉有些沉，但也不至于扛不动，就铆足劲儿，把箱子扛上肩头，走出了办公室。

当时办公室里有三四个人在工作，但吾一扛了箱子往外走，谁也没问什么。吾一本想往老板或经理的家里搬，可是都离得很远，就把箱子扛到跟工厂有联系的一个装订铺去了，并再三叮嘱他们，这是重要的东西，务必保存好。放下箱子的时候，他才发现箱子上挂着一把大锁，还贴着写有"危急搬出"四个大字的红纸。

存好箱子，他又扭头返回工厂，虽然感觉没过多长时间，但工厂已燃起了熊熊大火。

"喂,你干什么呢?赶快搬字盘,搬铅字!"

工长一看到吾一,就气急败坏地吼道。

工人们正在把嵌满铅字的字盘往工厂下面的水沟里扔呢。

二

东方发白的时候，大火终于扑灭了。

经过消防员们的奋力扑救，印刷厂的厂房保住了一半。但是，残垣断壁呈现在黎明时分昏暗光照中的景象，比起被全部烧光更显得悲惨。

被烧毁的是二楼的拣字车间、铸字车间、楼下的办公室、伙房和印刷车间的一部分，而没有被烧掉的地方也满是积水，所受损失的程度与被烧毁相差无几。

掉到水沟里的木头，仍冒着火苗浮在水面上。

吾一他们都累得筋疲力尽，坐在水沟旁边的地上歇息。随着黎明的到来，他们看到火光渐渐变暗下来，心里涌起了难以形容的哀愁。

有人送来了白酒和饭团，他们一边吃饭团、喝酒，一边七嘴八舌地议论着昨夜着火的事。

此时，老板和经理正领着几个办事员巡察灾情，还到处翻动，像是在寻找什么东西。

工长脸色苍白，跌跌撞撞地走过来，垂头丧气地一屁股坐在地上。

"喝点酒吧？"

一个工人递给他一壶酒，他接过来就喝了一大口，结果呛了一下，"噗"的一声把酒都喷在自己的手腕和前胸上。

"真糟糕,我也太粗心大意了。"

"怎么了?"

"老板大发雷霆呢。我怎么就没想到啊,文稿都被烧掉了。"

"是文稿吗?"疲惫不堪地躺着的吾一,一听他说文稿,猛地坐起来说,"我把它扛出来了。"

"扛出来了?在哪儿啊?"

吾一就把自己在着火前把箱子扛出来寄存到装订铺的经过简要地说了一遍。

"真的呀……你怎么不早说啊,真是个浑小子!"

"对不起,我也给忘了……"

"那好,快跟我来!"

工长赶忙把吾一带到老板跟前,说:

"老板,文稿被这小子给搬出去了。"

老板盯着吾一的脸,结结巴巴地问道:

"你,真,真的,搬出去了吗?"

"嗯,是真的,我马上去取回来吧。"

"不用急,知道没烧掉,我就放心了。不马上取也可以。"

"没多远,我现在跑一趟。"

"可你也很累了……"

"不累,没关系,这是重要的东西,我马上去取回来。"

工长和办事员也跟着吾一一起到装订铺去了。这回,吾一一个人说什么也扛不动那个箱子了。他用绳子捆起箱子,穿上木棍,和办事员两个人把箱子抬了回来。

上着锁的旧木箱放在一片灰烬的地上,那把漆黑的大铁锁在朝阳下发出阴冷的光。

三

"小伙子。"

经理正在开锁,站在他旁边老板突然叫了吾一一声。

吾一抬起头,看见老板从西服背心表链上解下怀表,递给吾一,说道:

"给你的,拿去吧!"

吾一飞快地把老板手中闪闪发光的金表与自己身上皱皱巴巴的睡衣对照了一下,慌忙推辞:

"我不能要,那么贵重的东西……"

"不用客气,拿去好啦。你这么年轻,却干得很出色。"

"……"

"其他人要么来得很晚,要么惊慌失措,谁也没想到尽快把文稿抢出来,可是你想到了,干得好啊!这样,我对于主顾和作者,都可以有个交代了。"

"……"

"尽管工厂被烧毁,但文稿完好无损,这件事对于提高大明堂印刷厂的信誉具有无比重大的意义。这次火灾,虽然我在经济上受到了相当大的损失,但这些都是可以挽回的,可如果失掉了信誉,就难以挽回了。"

"老板,您这么说,我可不敢当啊……我也不是在大火里把它给抢救出来的……我做的这件事,别人也能做到的……"

由于吾一从来没有和老板说过话,所以很紧张,结结巴巴的。

"未必呀,虽说是都能做到的事情,可是谁都没做呀。至于冲进大火里去抢东西,那是下策中的下策了。在大火到来之前,能提前把重要东西转移出来,才是上上策。你干得非常好。快把表拿去吧!"

"这是老板的一片心意,你就拿着吧。"经理也在旁边劝说。

吾一再次来回看了看金表和自己的穿着,低着头,平静地回答:

"那么,我就恭敬不如从命了。"

"实在是了不起的奖赏啊!"工长羡慕地说。

老板脸上露出微笑,再次把金表伸到吾一面前。

可是吾一摆摆手,没有接。

"我可以收下,但是现在不能拿。"

"那是为什么?"老板很诧异。

"我现在是个工人,拿了金表也没有地方戴,请暂时替我保管一下吧,等我到了能够佩戴它的时候,再来拿……"

"嗯,有志气!可是,我既然已经给你了,就不能收回啊!"

"可是我现在戴它太不配啦……"

经理插话道:"是啊,老板既然已经送给了你,就不能再拿回去了,而年轻人现在用它还不是时候。我看这样吧,暂时放在我这里保存,对双方都合适。我一定会好好给你保管的——你看好不好?希望你今后更加努力,争取早日成为佩戴这个金怀表的人。到了那时,我随时可以把表还给你。"

这时,后面突然发出很大的声响,可能是被烧坏的橡木掉下来了。吾一不禁一阵紧张。

四

只有最初起火的店家还没有进行清理，周边受到波及的地方都在清理火灾现场。大明堂印刷厂由于工人多、干活快，很快就清理干净了。

大致清理完之后，印刷车间的工人开始修理和拆卸机器，可是拣字和铸字工人没事可做，就聚在一起聊天。

起初吾一也夹在他们当中，但他不想这么闲着，就掖起衣襟，下到水沟里，打捞起扔到里边的铅字来。

在大火蔓延到工厂的时候，为了保护铅字，大家纷纷把铅字扔到水沟里了。当时往下扔的时候，大家很卖力，可现在谁都不愿意从水沟里往外捞。说是水沟，其实就像地沟一般肮脏，淤积着很多垃圾和污泥，臭气熏天，所以谁也不愿意下脚。

吾一开始也很犹豫，可是看到掉在淤泥里的上百个铅字，觉得很可惜，实在不忍心看着自己每天使用的铅字白白地丢掉，于是就毅然跳了下去。

"喂，别太溜须啦！"

"哼，人家得了块金表呀！"

"省省吧，多脏啊，你寄存的那个金表会哭的！"

见吾一下了水沟，爱说风凉话的工人就在上边你一言我一语地讥讽起他来。不用说，大家都嫉妒他得到了一块金表。

可是吾一仍然站在污水沟里，默默地捡着铅字。他觉得只有这样勤勤恳恳地干活，才能早日成为配得上那块金表的人。

"喂，吾一，你该上来啦！"

早上一直没见到的得次不知什么时候也来了，站在沟边叫吾一。

"嗯，马上就上去。"

吾一虽然这么答应着，但还在不停地捡着身边的铅字。

"别管那些铅字啦！快点上来，我有事找你。"

"好，马上就完了。"

吾一把周围的铅字都捡光了，才上岸来，问得次：

"有什么事，你说吧。"

"也没有什么要紧的事，我是想，还是应该给你提个醒……"得次一边拉着吾一往没人的地方走，一边说着，"我想跟你说，你干活能不能不要那么拼命呢？不然的话，你会被别人怨恨的。"

"多谢你的关心。可是我并没有干什么像样的活儿呀，你是不是说我下沟捡铅字的事？"

"是的，你下去的话，那些拣字工人也不好袖手旁观呀。"

"既然这样，就不能稍微干一点吗？那些铅字本来就是我们扔进去的呀。"

"可是，你想想，谁愿意到稀泥里去捡铅字呢？再说了，把它们捡出来又有什么用呢？肯定都是破损的了。"

"有的还能用啊。即使不能用，扔在沟里，未免也太可惜了。"

"可是，吾一兄弟，拣字工的工作是从架子上拣字，可不是从水沟里捡字啊！"

五

河边的柳树被大火烧得只剩下光秃秃的树干，伫立在火辣辣的夕照下。干枯的黑炭树干仍在夕阳里燃烧着，迸发出红色的火星。

"我并没有要大家都下沟去捡铅字呀。如果大家都不愿意下去的话，就不下去好啦！"吾一反驳说。

"话虽这么说，"得次说着，朝水沟里抬了抬下巴，有三四个学徒童工正掀着衣襟在沟里捡铅字呢。"你看看，你这么一带头，徒弟不是都下去了吗？就连我们这些当师傅的恐怕也不好在一边看着呀。"

"……"

"我说吾一，你不会是因为得了金表，才那样拼命干的吧？"

"你说什么？得次君，怎么连你也说那种话呀？我是因为不忍心看着自己用过的铅字被扔在水里才下去打捞的！"

"可是，你……"

"你先听我说。我们不管怎么折腾，也造不出铅字来。铅字也许值不了几个钱，但是那么多铅字白白埋在泥沟里不是很可惜吗？什么发明啦，创造啦，我们是做不到的，所以至少我不想浪费东西。"

"不糟蹋东西当然是对的，不过为了捡那些铅字，也不能糟蹋自己的身体呀……"

"你说什么，干那点活，能把人累出病来吗？"

"你也太固执啦！"

得次把脸扭过去，望着火灾后烧焦的断壁残垣。那棵烧焦的柳树还在冒着火星。

"不管怎么说，我认为没有必要那么为老板卖命，甚至不惜到脏水沟里去。"

"你总是这么说，可是为老板干活为什么就不好呢？就说老板吧，工厂被烧，他不是愁得长吁短叹吗？"

"哪里用得着长吁短叹啊，他会得到保险补偿的。倒霉的只是咱们工人。你干那种活，一个钱也不会给你的！"

"所以我才那么说呀，为了能够早日拿到工钱，咱们更应该尽快让工厂恢复起来。为了老板干活，也就是为咱们自己干哪。"

"哼！就算你打捞铅字，工厂也不能马上恢复生产的。"

"那倒是，不过，你不是说过，大家必须携起手来，一起奋斗吗？那么，和老板携起手来，也没什么不可以吧？"

六

"必须与主人一样,视自己为组织的一员。始终抱着雇佣于人之念,则不能成大事。即使身为店里的小伙计,也必须有一颗主人翁之心。"

这是昨天晚上睡觉之前,吾一抄录的卡内基①的一段名言警句。现在吾一的头脑已经变成卡内基了。

然而得次所主张的团结奋斗的对象,并不包括老板或有钱人,而是"全世界无产者联合起来",老板和有钱人都是无产者的敌人。

得次又开始向吾一灌输这方面的思想,但吾一一点也听不进去。虽说贫苦的人们之间,工人和工人要手拉手、心连心,可是回顾自己这些年的经历,又有谁向自己伸出过援助之手呢?尽管自己挨打受辱,那硬邦邦的拳头、冷酷无情的脚尖,在他的额头上、前胸上、大腿上,留下了难以忘怀的印记,但是,他身上并没有留下任何来自同一阶级的人们的亲切关怀。

"归根结底,人是孤独的,不要依靠别人。可以依靠的只有自己啊!"

---

① 卡内基(1835—1919),美国的实业家,美国资本主义发达时期的资本家代表人物。

每当这种时候，吾一总是想起次野老师对自己的教诲。这些话里渗透了老师经历过的血的教训。自己经历的这二十一年人生，不就像是为了印证老师的观点吗？

"迄今为止，我一直是一个人走过来的，从不指望别人。我所依靠的，只有我自己的两只手。"

"所以我才说要携起手啊。要是把你的两只手变成两百只、两千只的话，不就更有力量了吗？"

"得次君，手这种东西是很任性的。它会左右上下自由活动，它可不像劈柴那样，能够捆在一起啊。"

"就是因为有些人像你这么想，我们才没有出头之日的啊！"

"哪儿的话，不是没有出头之日，而是不想有出头之日。手拉手是没法游泳的。要想游泳，除了一个人游之外没有别的办法。我没有兄弟姐妹，被爸爸抛弃了，妈妈病死了。我给人做牛做马地过日子。我很小的时候就是孤苦伶仃一个人。因为一直是独自走过来的，所以今后，也打算一个人走下去。"

小徒工们都从水沟里上来了，头上脸上溅了好多泥点，一个个就像泥罗汉似的。

"怎么弄得满脸都是泥呀。你们都跟我来。"

工厂里的水龙头都被烧坏了，吾一把孩子们领到一条临时架起的竹筒管道口来，仔细地帮他们把脸洗干净。

太阳渐渐落下，天黑下来了。

也不知什么时候来了好几个捡破烂的人，跳进了水沟里，拿着大笊篱打捞铅字呢。

"嗨，谁让你们来打捞的？"

吾一一喊，那些捡破烂的人拿着大笊篱逃跑了。

七

第二天早晨，吾一到工厂一看，沟里的铅字已被捞得一干二净了。看样子，是被昨天晚上那些捡破烂的人给捞走了。不过，这样一来，关于打捞铅字的事，也就无人再争论了。

大明堂印刷厂必须早日恢复生产，很快就开始在废墟上搭建临时工棚，可是进展得很不顺利。原以为可以在残存的断壁基础上搭建厂房，可是由于承重部分被烧毁了，无法利用，所以要先拆除原有的部分。无论搭建多么简易的厂房，也要费两道手。而且印刷机器几乎都被烧毁，没有一台能够运转。

在新厂房建起以前，工人们几乎都不上班了。也有的人等不及开工就去别的工厂了。得次就是其中的一个。然而吾一还是每天照常来废墟上班，自己找些活儿干。他一直认为"我也是这个工厂的主人"。

有一天，他被经理叫了去。

"听说你上过商科夜校，是吗？"

"是的。"

"那么，调你到办公室来做管理工作，怎么样？"

"如果我能行的话，当然好啊……"

"哈哈哈……对你来说，打算盘肯定比拣字要有前途啊。那好，等厂房盖好，开工以后，我们就调你到办公室来工作，以后，你就好好地干吧。"

自从火灾之后对吾一刮目相看的经理，对他后来的表现也很欣赏，所以把他提拔为职员。当然，这是经过老板同意的。

一想到能从原来的日薪改为月薪，吾一心里就有说不出的喜悦。

他再次告诫自己：

"要劳动，劳动，再劳动！"

在工厂放假期间，工人一般都不到工厂来，所以谁几天没有来，也没有人注意。有个打捞铅字的徒工发起高烧来，躺在家里，很久没来，也没人知道。

那是打捞完铅字三四天以后的事了。孩子的妈妈从钱包里拿出仅有的钱买了冰，放到儿子头上，可是一会儿工夫就化成了水。

吾一从来没有生过病，他以为自己身体健康，多干点活儿累不着，别人也都跟他一样没病没灾的。不，无论是对自己还是他人，吾一对健康一向是不怎么在乎的。

几天来，一直是风和日丽的天气，吾一依然如故，每天都不知疲倦地干活。

小人国

一

"喂，开饭吧，开饭吧！"

得次催促着阿米。

"再稍微等一下吧，爱川君这就回来了。"阿米说。

"何必非要等他呀。你看看，舍公他们都困成那样了，再不吃该睡着了！"

哥哥这样一说，阿米只好把饭菜端上了桌。

全家人围在油灯下吃起来。

卧床的妈妈也坐起来，在床上吃饭。

大家将要吃完的时候，吾一快步进了家门，手里还拿着一个菜盒。

"啊，正好大家还在吃饭，顺便尝尝这个吧——早回来一点就好了，老是走不了。"

他把菜盒打开，放在桌子上。

"哇，这么多好吃的呀，今天有人请客？"

吾一拿菜盒回来还是第一次，而这家人也从未吃过这么好的菜。

"因为明天工厂就要开工了，今天举行了庆祝落成宴会，主要负责人和办事员都参加了。我拿回来让大家都尝尝，也沾点喜气吧！"

"哇，还有加吉鱼哪！"最小的舍公叫了起来。

"是啊,还有鱼糕和金团呢。舍公,你喜欢吃什么就吃吧。"

"我真想再大吃一顿啊。"

得次翻着白眼瞪了小弟一眼,说:

"舍公,你不是已经吃完了吗?"

"他想吃就让他吃呗,你干吗那么说他呀?"妈妈坐在床上责怪道,"爱川特意拿回来的,大家就跟着沾沾光吧。阿舍,让姐姐分给你吃,我也想吃点金团。"

"妈妈,你还是不要吃吧,身体这么不好。"

"怕什么,少吃点没关系。这样好吃的东西,可不是你们常常能吃到的。阿米,给我来一点。"妈妈把小碟子伸给阿米。

阿米在给大家分盛菜盒里的菜时,弟弟们都把自己的小碟子伸出来,嚷着:"也给我点,也给我点。"

"哥哥,你想吃点什么?"

"我什么也不要。"

"还是吃点吧。"阿米劝道。

大弟弟一边大口地吃着芸豆做的金团,一边冲着哥哥说:

"哥哥,这个金团可好吃啦!"

得次没有理睬他,他给自己的碗里倒上茶,涮了涮筷子,然后闭着眼睛,咕嘟喝了一大口。

"爱川君,你也吃点什么吧?"

"不了,我在工厂已经吃得不少了。如果可以的话,我想喝杯水。"

看到还是个毛头小子的吾一和妹妹说话时脸竟然涨红了,

得次已经感觉不快了,再看到吾一喝茶的时候,那圆鼓鼓的喉结在喉咙那儿一上一下的,更是感到说不出来的厌恶,他突然冲着妹妹吼道:

"喂,阿米,去给我买酒来!"

二

"可是哥哥，饭都吃完了，还喝酒……"

"吃完饭也可以喝呀。叫你去买，你就去买！"

"早知道拿回来就好了，"吾一自言自语地说，"哎呀，今天还剩了好几瓶正宗的呢，没拿回来，太可惜了！"

"你说什么？吾一，酒我还不至于买不起。"

"我不是那个意思……"

吾一把碗里的水一口喝光，慢慢站了起来。他想，今天不知为什么得次老是阴阳怪气的，这种时候，还是趁早离开为好，就回到自己的楼上去了。

得次非要让阿米去买了酒来。

见得次情绪不好，妈妈和孩子们都早早上床睡下了。

阿米给哥哥烫好酒，然后把切好的鱼糕放在一直没有动筷子的哥哥的饭案上。

"给我这个干什么？"

得次一把把妹妹端来的菜碟推掉了。

"哎呀，太可惜了！"

阿米一片一片捡起掉在席子上的鱼糕。

"不用捡那些！"

"……"

"还有，你还留着加吉鱼干吗？那种东西可别留到明天，还是拿去喂隔壁人家的猫算了。"

"哥哥，你怎么说这种话呢？"

"刚才吾一在这里，我一直忍着没说，你们居然当是什么好东西，吃得那么香。一听有什么加吉鱼呀，金团呀，你们的眼睛都发光。简直太不知羞耻了！"

得次一边骂骂咧咧的，一边往杯里倒酒，结果，酒满得溢了出来。看见酒流出来，他更生气了。这时见妹妹拿着碟子正要离开，就喝住了她。

"喂，你去哪儿？等会儿再去厨房！你给我坐在这儿。"

他命令妹妹坐在自己对面，自斟自饮起来。阿米想走也不敢走。

"阿米，你知道吾一为什么拿菜盒回来吗？"

"……"

"他那是为了向我们炫耀。"

阿米不敢反驳他，什么也没有说，但是脸色很难看。

"你怎么了，干吗这么看着我？"

得次见她这副样子，更火了。

"你真愚蠢，难道你感觉不到他轻视我们吗？刚才那家伙怎么说的？胡说什么只有主要负责人和办事员去赴宴了，对吧？那家伙以为当了办事员，就是有权势的人了。居然因为参加了宴会，就向咱们炫耀起来了！"

"……"

"哼，办事员有什么了不起的，从工人升到办事员有什么可显摆的！那家伙就知道为老板卖命，甚至不惜进泥沟里打捞铅字。只有那种人才会把资本家施舍的残羹剩饭当成宝贝拿回来。可是，你们也那么稀罕那些残羹剩饭，真不像话！"

三

"小孩子和老人不明事理,没有办法,你怎么也跟着吃呢?真是气死我了。我不是老跟你说吗,人不能只为了钱干活,应该知道什么是最重要的才行,不然还算人吗?"

得次喝得有些醉了,越说越粗鲁了。

阿米已经快要哭出来了。

"阿得啊,别说个没完了,好不好?"

妈妈实在看不下去,翻了个身说道。

"什么?你怎么还没睡呢?"

"你别老难为阿米了,怪可怜的。"

"这怎么是难为她呀?"

"你不能怪阿米,都怪我不好。你要是说我们不该吃的话,我道歉行了吧……"

"……"

"看孩子们都那么想吃,我是为了让孩子们吃,才那么说的,难道不可以吃吗?"

"妈妈,爸爸是怎么死的?你又为什么卧病在床啊?你好好想想吧!"

"那些事和今天的菜盒有什么关系……"

"真是糊涂啊,妈,你受了这么多折磨,却什么也不明白。"

"是啊，我是不明白。"

"所以我说你不要插嘴，我是说给阿米听的，你没有插嘴的必要。"

"好，我可以不插嘴，不过爱川可不是你说的那种人。他很本分，很能吃苦，不是你说的那种狂妄、爱显摆的人。"

"真烦人，不让你管，还说个不停。上了岁数的人，还是别操心的好！"

"哥哥，你那么大声说话……"

"怕他听见是吗？听见了也没关系啊。我最讨厌那种人了，阿米，我可警告你，你要是迷恋那家伙，我决不答应！"

一直忍气吞声的阿米再也控制不住，"哇"地一声趴在铺席上大哭起来。

"你怎么这么乱说呀，阿米多委屈啊。再说，阿米也没做什么。"妈妈责备道。

大弟弟被姐姐的哭声吵醒了，他不知发生了什么事，担心地撩开被头瞅着。

吾一带回的一个小菜盒竟打乱了楼下这家人的平静生活。可是楼上的吾一，对这一切毫不知晓。虽然不时听见得次的大嗓门，但他以为得次只是喝醉了酒，在撒酒疯呢。

这天晚上，吾一一直在看弗兰克林的自传，弗兰克林也在印刷厂工作过，令吾一颇感兴趣。

像往常一样，他在睡前，又抄写了所罗门的一段谶言：

"倘若你右手握有长命百岁，左手握有荣华富贵，你的人生之路便充满乐趣。你尽可无忧无虑地安度人生。"

墙缝里的蟋蟀唧唧地叫着。

399

四

当了办事员后，吾一就不能再穿工作服上班了。他现在换上了立领的制服。那身衣服虽说是在柳原买的旧货，但是在这种穷街陋巷里，穿这种服装的人只有他一个。因此，众人都对他投来羡慕的目光。

这也是让得次不悦的事。虽然彼此都是拣字工人，但得次很瞧不起吾一，而且自己年长吾一好几岁，仍旧穿着沾满油污的工作服上班。吾一则已经扔掉了脏兮兮的工作服，穿上了新服装。哼，小人得志！得次一看到吾一就来气。他暗自庆幸自己去了别的厂。不然，每天早晨和那种穿着立领制服的人一起走路，多难堪啊。

吾一丝毫没有因为自己当了办事员就瞧不起别人。而得次也不是那种不讲道理的人，然而，由于对很多问题的看法有了根本的分歧，所以不管吾一做什么，得次都看他不顺眼，总是说三道四的。

但是，妈妈和阿米两个人总是尽量不让吾一听到得次说的那些闲言碎语。她们这样做，不光是觉得让吾一听到不合适，还因为吾一住在这里，对他们家来说，就等于是个财神爷。如果他搬走了，对这个家庭的影响很大。自从大哥回来后，弟弟们就不再去卖明信片了。但是，只靠得次的收入和阿米做针线活赚的钱，还是很难养活一家老小。

因此，得次越是说三道四，母女二人越是偷偷地尽心竭力照料吾一的生活。比如前些日子，阿米晚上干完针线活后，还一连两个晚上通宵为吾一织毛线袜子。

吾一自从进了办公室以后，即便工作再繁忙，比起捡字来还是轻松了很多。不但工作轻松了，收入还比以前增多了。他不想闲着浪费时间，所以下班以后，开始去学习速记。

他也曾考虑过继续学习大学的课程，但觉得还是应该根据自己的情况学一些实用的知识为好。过去在夜校里虽然学过一点速记，但这种技术不专门学一学，是掌握不了的，所以他才重新回到专门教授速记的夜校学习速记。

不过，在学校里学习相关知识是一方面，实践对于掌握速记来说更加重要。所以他一有闲暇，就让楼下的孩子给他读童话故事书，练习速记。

那是入学后的第三个星期天，工厂休息。吾一眺望窗外，越过一片破旧屋顶，看见远方天高云淡，晴空万里。虽说这朗朗秋日十分诱人，可他哪里也没去，却把楼下的大弟弟收吉叫到楼上来，帮他练习速记。可是收吉读到三分之一左右，有些不耐烦了，"啪"地把书合上了。

"喂，接着往下念哪。"

"我不行。"

"为什么？"

"太难了，我念不了啊。"

"怎么会呢，阿收没问题的。是小人国的故事，很有意思的。"

"我觉得没什么意思，让姐姐给你念不好吗？"

401

五

"你姐姐太忙了,不行。"

"不忙,今天姐姐没有活,现在闲着呢。我去叫姐姐来。"

收吉不顾吾一劝阻,匆匆下楼去了。在楼下跟阿米说了些什么,姐弟俩好像争执了一会儿后,阿米上二楼来了。

"我可不会念书啊!"阿米说话时脸红得就像盛开的罂粟花。

"实在是不好意思。其实不是非得麻烦阿米不可的。"

吾一也很腼腆,指间不停地转动着削得尖尖的铅笔。

"没关系,我今天闲着,只要我能做的,什么都可以,不过,念书我行吗?"

"是一本童话书,谁都能读的。要是太难的书,我的速度还没有那么快,记不下来。"

"是这本书吗?"阿米拿起一本印有一个漂亮公主的彩色封面的书,翻看着。

"很容易吧?"

"嗯,这个程度,我倒不是念不了。"

"那就麻烦你啦。一个人实在是没办法练习,真是不好意思!"

吾一嘴上虽然这样解释,但一个人不能练习的速记,反倒使他感到无比喜悦。

"是从头开始念吗？"

"不是，虽说随意了些，从中间开始吧，因为前面的已经写过了。"

"那么，从哪里读起呢？"

"请等一下，阿米小姐对书的内容不大了解，会觉得没意思，所以我还是把前面的情节简单地介绍一下吧。"

"嗯，那当然好啦。"

"从前，有一个走街串巷的年轻理发匠，一天在一个客栈住下后，来了一辆四头骏马拉的马车，马车里边只坐着一位美貌的公主，一个随从都没有带。所以，理发匠对公主非常体贴，关怀备至。在照顾公主的过程中，年轻的理发匠对公主产生了爱慕之心。当他向公主倾吐自己的爱慕之情后，公主对他说，如果能按她所说的去做，就满足他的心愿。公主所说的条件非常简单，就是把公主的小盒子拿到她指定的地点去。"

"这样啊！"

"理发匠觉得这件事很容易做到，就欢欢喜喜地答应下来。虽说是个小盒子，但公主非常宝贝，绝不许他摇晃它。由于盒子很轻，理发匠猜想盒子里装的不是金银，一定是宝石。后来吧，我想想，对了，想起来了。一天夜里，他正迷迷糊糊躺在床上的时候，忽然感觉眼前光芒四射，非常美丽，原来光是从那个小盒子里放射出来的。理发匠想看看里边究竟装着什么样的宝石，就好奇地从放射光芒的小孔往里边窥视，不由得大惊失色。原来盒子里所有的景物都是非常微小的。里边有雄伟壮丽的宫殿，宫殿里灯火辉煌，摆设非常精致。壁炉中燃烧着红红的火苗,炉旁坐着一位美丽的少女,正在看书。这位少女不是别人,正是那位跟自己有约定的公主。"

六

"这么说,那个公主是来自小人国的了?"

"好像是这样。由于自己是一丁点大的小矮人,就想找个巨人做女婿——所谓巨人就是咱们这样的人,只是从小矮人的角度看,就是巨人了。她大概是想招个巨人做驸马,改善一下种族血统,所以打算把理发匠引诱到小人国去——前边的故事情节大致就是这样,请你继续往下念吧。"

吾一把书翻到那一页,递给了阿米,又说:

"还有,开始之前,我说明一下,无论我是否记得下来,你都不要管,只管读你的。不要读得太快,我怕跟不上,正常的说话速度就行。好啦,请读吧……"

吾一拿起铅笔,准备一字不落地把阿米读的都记下来。可是等了半天,阿米也没有开始读。

"你怎么啦?"

"我不好意思读……"阿米用书遮住了脸。

"不要那么说,我只是想尽快学会速记!"

"那好,我就读了。他,他,就是理发匠吧?"

"啊,是的。不过,中间可不要插话啊,要一直不间断地读下去……"

阿米的脸又刷地红了,赶紧把书遮在脸上。过了一会儿,她才读了下去。

"理发匠立刻乘坐马车到那个城市去了,公主接待了他,但是脸色很不悦。

"'我不在的时候,你偷看我了吧,'公主边哭边说,'这样的话,你的幸福也好,我的幸福也好,都没有可能了。'

"他很吃惊,不明白公主怎么会知道。他反复解释,自己不是故意偷看的。

"'可是,你已经知道我的身世了。因为你知道了我的身体会变小,你的爱情也会变得越来越少的。'

"公主说完,叹了口气。可是理发匠心里想,找这么一个经常会变小的,以至于能装进盒子里带着走的女人作为情人,能说是件很不幸的事吗?倒是找个会把男人塞进盒子里的女巨人做老婆才真是不幸呢。"

这时,从阁子楼的窗户外边,飞进来一片黄色的银杏叶,阿米也没顾得看,继续读下去。

"'再见吧。'公主说道。

"但是,他实在不愿意跟公主分离。公主一说'再见',他就更舍不得了,一把抱住公主,想和她亲吻。可是公主推开了他。公主越是拒绝他,他越是不放手,扯着嗓子苦苦哀求。

"'不管你怎么说,既然你已经知道了我的身世,我们就不可能在一起了。不过,现在还剩下一条路,但你恐怕不会同意的。'

"'不,为了你,我什么事情都愿意去做,请告诉我吧,唯一的那条路,是什么?'"

七

吾一飞快地记着，铅笔尖在纸上刷刷地游动的声音宛如身旁潺潺流淌着一条小溪。

阿米换了口气，继续往下念。

"公主告诉他，那就是他也得和公主一样变小才行。只有这样，他才能永远和公主在一起，住在公主的宫殿里，过着帝王般的快乐生活。虽然理发匠并不愿意变成小人，但是由于不愿意同公主分离，只好答应了公主的条件。

"他问公主，怎样才能变成像公主那样的小人时，公主告诉他，只要能戴上她的戒指，就会变成小人。他伸出右手的小拇指，公主也用右手的小拇指托住他的手指，用左手把金戒指摘下来，戴在了他的无名指上。

"可是一戴上戒指，理发匠就感到手指钻心的疼痛，戒指不停地收缩起来，与此同时，他的身体也像被榨油机一点一点地压缩了似的……哎呀，怎么这样啊，爱川……"

见吾一放下铅笔，呆呆地望着自己的脸，阿米突然停下，不往下念了。

"真是的！你要是不写了，我就不念了。"

"不，不是不写，是写不下去啦。"

"为什么？是我念得太快吗……"

"不是的，是手腕，也不知怎么了——你看，就是这样，拿不住铅笔了……"

吾一伸出右手，犹如上了弦的乌龟脑袋似的不停地抖动着。

"呀！"

"不知怎么，手指发麻，拿不住铅笔了。"

突然间吾一感到有双温暖而柔软的手抓住了自己的手腕，然后又被拉到她的下巴底下。

吾一不禁大吃一惊，姑娘的这一举动，他连做梦都不曾想过。他不仅手腕在颤，就连心脏也剧烈地颤动起来。

吾一一直以为这是一位沉静得叫人着急的姑娘，即便挨一巴掌都不会叫唤的姑娘。然而这么腼腆的姑娘，内心怎么会潜藏着这般炽热的情感呢？姑娘用力收紧下颚，把吾一的手指头紧紧地夹在她那柔软的下巴和喉咙之间。吾一闭着眼睛，任凭自己麻木的手指包裹在姑娘温暖的身体中。

"你的手好凉啊。"

"是吗？"

麻木的手指头也许是感受到了姑娘的热情吧，沉睡的血液仿佛渐渐苏醒了。

"我再给你揉一揉吧！"

"不用，就这样再焐一会儿吧。"

八

吾一恍惚觉得自己身处童话世界一般，尽管紧箍着他的手的并不是金戒指。不过，即使现在变成了小人，但只要能跟阿米在一起，只要是为了阿米，自己变成什么都心甘情愿。

吾一用左手轻轻搂住了阿米的肩膀。如果那个时候楼下的哥哥没有叫阿米的话，他和她说不定会……

"喂，阿米。"

"哎呀，又在喊我了。哥哥什么时候回来的呀？"

吾一轻轻地松开了手说：

"你去吧。"

"可是，你的手，没事吗？"

"啊，不要紧的，一点也不疼。"

阿米依依不舍地下楼去了，走到楼梯口的时候，她回过头来情意绵绵地看了他一眼，似乎在说："回头我再来！"

阿米走后，吾一仿佛还陶醉在梦境中，他不想离开这个梦境，想把美好的梦继续做下去。他用麻木的手打开了那本童话书。不知他们后来怎么样了，他现在特别想知道那个故事的结局。

故事里的主人公借助戒指的神奇力量，变成了豆粒大的小人，但他们两个人在小人国里，仍然像原来没有变小的时候一样幸福，不，比原来更加幸福。

理发匠在人世间的时候,吃的、住的和穿的都十分拮据,自从到了小人国以后,再也用不着担忧这些了。在这里,房屋是小的,锅碗瓢盆是小的,连裤子都是小的,但他自身也变小了,所以丝毫没感觉到不协调。

他住在铺着大理石的房间里,坐在皮椅子上,用龙胆花般精美的紫色玻璃杯喝啤酒,只觉得酒香沁入心脾,侍者们端着珍珠绣线菊花瓣般雪白的小盘子,不断地送来美味佳肴。吃着这些当理发匠时从来没有吃过的山珍海味,他恍惚觉得自己来到了仙境,而不是什么小人国。尤其是公主不时噘着樱桃小口跟他亲吻,简直让他迷恋无比。

他就这样在小人国里过着幸福甜蜜的日子。唯一令他苦恼的事,就是小人国里的居民们都喜好音乐。虽然他们说音乐可以使人心情平和舒畅,可是只会使用剃头刀的理发匠,对这种高雅的东西一点兴趣也没有。渐渐地,他对悠游自在、安宁舒适的生活厌倦了。比起这种不愁吃穿的日子,他更想找回原来的自己。与此同时,他怀念起了自己以前的生活。尽管在这里住下去,可以一生无忧,享尽荣华富贵,但他宁愿回到人间去。最终,他偷偷找来一把锉刀,把手指上的那个金戒指锉断了,于是他又变回了原来的样子,回归了穷理发匠的生活。

吾一看完了故事后,感到有些茫然若失。

砖瓦屋顶的远方,枯黄的树梢随风摇晃着。

突然间他的右手莫名其妙地抖了起来,他用左手按住右手,手指还是止不住地颤抖。

意想不到的来客

一

不知怎么搞的，吾一的右手突然间麻木了，去看医生，医生也说不清楚原因。他原来以为是写字累的，但是，手指并没有问题，大概是握笔姿势不对，或者是练习得太猛了些的缘故。休息了十天左右，竟然自己好了，就跟没有这回事似的。

当然了，就连手不听使唤的时候，吾一也没有请一天假，每天照常去上班。有一天，经理对他说：

"你到这儿来一下。"

说着，经理亲自打开接待室的门，让他进去。

他经常被经理叫到办公室去，但是像对待客人一样被请到接待室，还是破天荒头一次。他不知是什么事，心里有些紧张。

"这花打蔫了，该给它浇水了……"

经理一边看着插在花瓶里的紫菀花说，一边坐了下来。

"是啊，我这就给它浇水。"

吾一想缓和一下紧张的气氛，伸手去拿桌上的花瓶。

"你不用管了。我找你来，是有话想跟你说。你先坐下吧。"

吾一越发觉得不安了。

"其实也不是别的事。前些天，在其他地方和别人谈起了你。好在你的手经过检查,已经没什么事了。怎么样,做上门女婿,你愿不愿意考虑啊?"

吾一吃惊地稍稍抬起头,但马上又低下了。一瞬间,在家里安静地做着针线活的阿米忽然浮现在他的眼前。

"看来,你是不愿意啊。不过,对方是个独生女,所以无论如何也不会让她嫁出去的。"

"……"

"这可是不错的人家啊!"

经理的声音里充满着慈父般的爱,但是在吾一心中,还有比这更强烈的爱在操纵着他。他怎么也忘不了那天感受到的阿米身上那温暖的感觉。

"非常感谢您的关心,不过……"

吾一好不容易才做出回答,已经好了的右手又微微颤抖起来。

"你不愿意吗?"

"也不是不愿意,只是……"

"俗话说,'家有三斗粮,不做上门郎',所以我也猜到了,你多半不会愿意的……"

"请您不要见怪……"

"哪里,我一点没有责怪你的意思,只不过,作为我来说,那块金表老放在我这里总是个事儿,我想尽早还给你……"

"您别这么说,那块表请您帮我收着好了。如果不能凭自己的能力出人头地,我是不会接受它的。"

二

走出接待室，吾一大大地松了一口气，心里充满了难以形容的畅快感觉。其程度远远超过了老板给自己金表，而自己没有接受时的痛快心情。

尽管自己委婉地拒绝了经理提到的事，但是自己并没有家业可以继承，去当上门女婿也未尝不可。再说，自己也没有向阿米承诺过什么，不必对她负什么责任。自己居然没有听对方介绍情况，就拒绝了做上门女婿的提议，对于他来说，仿佛战胜了很大的诱惑，心情舒畅极了。

不过，说心里话，吾一第一次见到阿米的时候，就喜欢上她了。正因为这个缘故，他才搬到那个阁楼上去的。但是，如果不发生几天前的事，如果没有看到姑娘内心里涌动的热流的话，他心中的爱，也许不会燃烧得这样旺盛吧。

阿米犹如山上的湖水一样，总是波澜不惊、温和平静，然而一旦湖水决堤，就会将其蕴藏的全部能量释放出来，倾泻而下，转变成热能的。只有这样的女子才是女人中的强者啊。

阿娟那样的女人，高高在上，以高山上的宝物自居，但同样是山上的东西，阿娟和阿米是完全不一样的。阿娟犹如熔岩，只有在喷发出来的时候是灼热的，但很快就会冷却下来，因为她自身不具备可以燃烧的能量。前些日子，吾一听次野老师说，她嫁给了家乡的一个银行家。那样的女人嫁给什么人，都和自己没有任何关系。

和阿米在一起，也许就像和小人国的公主在一起差不多。她的家很"小"，穷得一无所有。尽管她很穷，却能够忍受贫穷，纵然再贫穷，她也决不贪婪，决不小气。她是一位穿着布衣的高贵公主。将来，她上了年纪后，肯定会更像自己死去的妈妈的。阿米就是自己心中穿着粗布衣裳的公主……

突然，一辆洒水车紧贴着他身边开了过去，车夫连声抱歉都没说。

一边想着心事一边走路的吾一，被水打湿了裤腿，与此同时，他幻想的穿着粗布衣裳的公主也全身湿漉漉的了。

车夫不以为然地拉着沉重的洒水车，哼哧哼哧地往前走。

洒过水的路上，就像刚刚下过阵雨，满地淌水。吾一踮起脚尖，躲着水洼往前走。

"可是，我怎么连问都没有问一句呢？经理说是一门很不错的亲事，至少我也应该问一下对方的名字啊，太不应该了，"不知不觉吾一的思路又转了向，"既然经理那么说，说不定也会有穿着绫罗绸缎的公主愿意嫁给我呀。"

三

一股难闻的尘土味儿从脚底下涌了上来。路上虽然刚洒过水，可是那尘土味儿似乎比没有洒水之前还要呛人。

尽管刚才经理提起入赘的事时，自己毫不犹豫地拒绝了，可对阿米为什么这样钟情呢？

过去，自己遭到阿娟的冷眼和蔑视时，曾经咬着牙咒骂过"女人都是畜生"，而现在，自己已经把这些都忘掉了。

我现在可以谈情说爱吗？有钱人家的阔少和小姐另当别论，我这样的人哪有这些空闲工夫啊。要是这么左顾右盼的，会耽误大事的！

要是被小人国的公主给戴上了戒指的话，虽说可以拿锉刀把它锉断，可是……

实在是不可思议。那篇童话故事为什么总是在自己的脑海里挥之不去呢？只是随便找了一本童话来练习速记，可是，这篇童话似乎非同一般。难道说是因为那天阿米的温柔，让自己久久不能忘怀吗？

不能再这样想心事了，不然又该被洒水车淋到了。

"您回来啦！"

突然，阿米出现在他眼前。

近来，一到吾一下班回家的时候，阿米总是找些事由跑到路口来接他。

自从那天念书以后，栖息在阿米心中的爱情小鸟就展翅欲飞了，吾一仿佛能听到那扇动翅膀的声音。每当她一扇动翅膀，吾一也按捺不住心中的小鸟，跟着扇起翅膀来。

"今天厂里有事，回来晚了。"

吾一本想把经理的话讲给阿米听，逗一逗她，看她是什么反应，可是还没等他开口，阿米就说道：

"爱川君，有个客人在家里等你呢。"

"客人？是谁呀？"

"不认识，他也没说叫什么名字。他说见面就知道了。"

"什么样的人？"

"是个老年人，穿得不太好。"

吾一猜不出来是谁，因为平日很少有客人来找他，这个人还进到房间里等他，就更想不出是谁了。

房间里已是一片漆黑了，如果不是那人在抽烟，他根本看不见屋里还坐着个人。

客人见吾一上了阁楼，便磕了磕烟袋锅，亲热地说："噢，你回来啦。"

一听到这熟悉的口音，吾一顿生厌恶，真想转身下楼去，一走了之。

四

"可能是脸皮厚了点，我自己上楼来等你了。"

吾一没有说话。父亲使用了不同以往的敬语也让吾一不快，听起来仿佛就像大灰狼尖着嗓子说话似的。

两个人在黑暗中默默地对坐着，好一会儿，吾一才跪行到桌前把油灯点上。

父亲眨巴着昏花的老眼，惊愕地盯着长成棒小伙的儿子。然而当吾一看他的时候，他却立刻低下头，抽了一下鼻子。

"我本想到印刷厂去找你，可是我穿得这么寒酸，怕有伤你的面子，所以就特意到这里来了。"

已经到了暮秋时节，吾一见父亲连和服外褂都没有穿。

"你居然能找到这里啊。"

"哪里，很难找啊。你不知道，我找你找得好苦啊，要是早点知道你住在这里的话，我就……"

"你来找我，到底有什么事？"

"要说有什么事嘛……这个，那个，我找你……"

父亲不停地咳嗽，可是不像是抽烟呛的，像是故意在干咳。

"这个，我找你什么事……你不会不明白吧？"

"我不明白。"吾一冷漠地回了一句。

"你要是这么说，我也就没话说了。可是，你看到父亲这副样子，也应该明白了呀。"

"……"

"也许是上了年纪吧，觉得今年的秋天特别的冷，真是寒风刺骨啊——"

"你是来要零花钱的吗？"

"啊，零花钱先不说，今后你还得照顾一下父亲啦！"

"你不是在谷中有家吗，怎么不去呀？"

"别提那个地方了……"

"什么那个地方，你不是说很喜欢那里吗？"

"你就不要提那些啦，都是我不好。我后悔死了……那是个冷酷无情的女人……"

"……"

"不管怎么说，到了关键的时候，还是亲骨肉最靠得住啊。爸爸看到你现在这样有出息，实在太高兴了！吾一，爸爸求你了……"

"你真会打如意算盘哪！爸爸，不，我连爸爸都不想叫你。你现在以爸爸自居，来这里找我，可是我根本不认为你是我的爸爸。我清楚地记得，是你把我抛弃的，除此之外，你从来没有抚养过我，所以我也没有赡养你的义务。"

"无论你怎么说，我都没话说，你说得很对啊！"父亲说着呜呜地哭了起来，"啊，你说的都没有错。你是在没有父母的照顾之下自己成长起来的，你说得都对啊！正因为是这样，我才求你让我跟你一起生活的。"

"这房间很小，你住不下，而且也没有你的被褥。如果你没有零花钱，我可以给你，你马上走吧！"

"可、可是天已经黑了啊……"
"爱川哥,吃饭啦。"
楼下的孩子喊了一声。

五

"爱川君,请下来吃饭吧!"

梳着银杏发髻的阿米在楼梯口露了个头。

弟弟叫过几遍,没见吾一下楼,阿米就亲自来喊他。近些日子,她不像以前那么腼腆了,一有点事,就喜欢上楼来。

"你们自己吃吧,不用等我们。可以的话,帮我叫两碗荞麦面条来也行。"

"叫面条多费钱哪。如果不嫌弃的话,请你们下来一起吃吧,今天做了很多,都是粗茶淡饭。"

"是吗,那太不好意思啦!"

还没等吾一推辞,父亲就向阿米施礼道谢。这样一来,吾一也就不好再回绝了。

"是个好姑娘啊!"阿米一下楼,父亲就连连点头夸赞,"有点像你死去的妈妈。"

父亲一提死去的妈妈,吾一更是气不打一处来,他故意把话头转到妈妈身上。

"说起妈妈,她的坟建了吗?"

"现在哪里顾得上给死人建坟啊。我如今连活下去都难呢!亏得你有这份孝心啊,还惦记着这件事呢。其实,我来找你,也是为了这个呀!你看,也不能让人家老等着咱们,还是先下楼去吃饭吧。"

父亲的脸皮真是够厚的，吾一虽然不愿意把这种人当作父亲介绍给房东，可是既然阿米特意为他准备了饭菜，吾一也只好同父亲一起下楼去。

得次也回来了，正坐在长火盆旁边等着他们。一看到庄吾，他突然惊叫了一声："哟！"赶紧盘好腿，坐正了身子。

与此同时，庄吾也叫了一声："哟！"

"怎么，你们认识吗？"

"也说不上是认识……啊，请坐！"得次有些慌乱，不得要领地回答着，把坐垫递了过来。

"是吗？这世界很大，有时候也很小啊！你们是在什么地方认识的啊？"吾一问道。

"哪里认识，只是见过一面。看您很健康，太好啦！"

庄吾眯着眼睛坐在了得次的对面。

"我打听你家的时候，觉得这名字好像听到过，可没想到就是你的家呀。还要谢谢你们对犬子的关照啦……"

"是吗？吾一原来是您的儿子啊，我一点也不知道。"

就是这样，庄吾和得次聊得很热乎，他们聊起了吾一不了解的往事，所以很晚才吃完饭。吾一本想给父亲一些零用钱，早一点打发他走，可是父亲吃完晚饭以后也一直坐着不动，就跟扎了根似的。

结果，当晚他还是住在这里了。第二天早晨，上班之前，吾一给了父亲一些钱，再三叮嘱他离开这里。

父亲虽然不情愿地答应了，但是晚上吾一下班回来一看，他仍然坐在二楼上。

六

"你怎么还没走啊？不是跟你说了那么多遍吗！"

"是这么回事，我忘了一件大事，想等你回来告诉你……"

"是妈妈的坟地吗？若是那件事你放心好了。虽然以我现在的收入还不行，可我一定会给妈妈建坟的。"

"哪里，我没有担心那件事，我是担心你呀，"庄吾突然压低声音说，"住在这个家里，你觉得合适吗？"

"怎么不合适了？"

"你还问怎么不合适？这里的房租多贵啊！你不在的时候，我跟房东姑娘聊了聊，随口问了下房租，吓了我一大跳。再稍微加点钱，可以租到一套独门独院呢……"

"这些用不着你来操心！"

"可是，也太不划算了。本来可以租一套独门独院的钱……"

"就是租那样的房子，也没人看家呀。"

"我可以给你看家嘛，我还会做饭呢。这样不是很合算吗？"

吾一没有说话，父亲看了儿子一会儿，又说：

"其实，这些还是小事，你住在这个家里，我实在是不放心哪！"

吾一以为父亲要提阿米的事，心都提了起来。

"你知道吗，这家的那个得次，可是犯过事的呀。"

"啊，你说什么？"

"我就是想跟你说这件事所以才没有走，等你回来的。本来我昨天晚上就想说，可是又考虑到告诉你不太好，就没有说。但是，想来想去，还是觉得你有必要知道一下。"

"你说他犯过事，到底干了些什么？"

"这个嘛，他不是一般的人品不好。我告诉你，那家伙是社会党。"

"这个我也知道啊。"

从得次平素的言行，吾一对他也有所了解。不过父亲说他进过监狱，这还是头一次听说。他忽然想起自己刚搬来的时候，家里有人说他到远方去了，原来是在监狱里啊。

"你既然知道他的情况，还住在这个家里，不是很危险吗？"

"可我又不是社会党，怕什么呀？"

"虽说是这样，今年夏天，在神田的锦辉馆，不是发生过大暴乱吗？"

"你说的是赤旗事件①吧？我在报纸上看见过……"

"当时我偶然路过那儿，看到很多人被抓走了，真叫人胆寒啊！要是被警察知道你和他们有瓜葛，还不知道会受什么

---

① 明治四十一年六月二十二日，在东京的神田锦辉馆召开欢迎社会主义者山口义三出狱大会时，大杉荣等人挂出写有"无政府、共产"的红旗，并上街游行示威，与警察发生冲突，十几人遭到逮捕。事后，政府加剧镇压社会党，此事件又名锦辉馆事件。

425

株连呢。我求你了，还是搬出这个地方吧！"

赤旗事件，正好发生在大明堂着火的那个晚上，因为第二天早晨，大家还在废墟上议论过这件事。而且那天夜里得次没有回家，他一定到什么地方去了。联想到这些事，吾一不由得后背一阵发冷。

"你是我唯一的依靠，所以我劝你最好离开这个危险的地方！"

"可是，爸爸，你怎么知道得次进过监狱呢？"

"这个，是这么回事……我是偶然知道的——真是的，又堵上了。"

好像是烟袋嘴被烟叶堵住了，父亲烦躁地用火筷子尖儿捅着。

新论社的内幕

一

"新榻榻米，就是百看不厌哪。"

父亲十分得意，经过他跟房东的讨价还价，在他们搬进去之前，房东换了新榻榻米。

"怎么样？我做的菜也相当不错吧？"

"没想到爸爸还有这一手。"

吾一夸赞道，和父亲面对面坐在新矮桌前。

"不管花多少钱，在别人家里住，就是不能想怎样就怎样啊。不管怎么说，还是自己的家里自在……"

庄吾终于说服了吾一，租了个独门独院。虽然只是两间小房，生活用品也不够齐备，但毕竟有了自己的家，吾一也感到很舒心。

吾一本想给父亲些钱，把他打发走，可是父亲总是找各种借口赖着不走。后来，父亲租到了这个地方。不但有电灯，房租也不比原来的阁楼贵多少。

即便父亲再怎么不好，毕竟是自己的父亲，不能看着老人无处可去。虽然对北上一家有些抱歉，但吾一还是以赡养父亲的名义，决定搬出去另外租房子了。

对得次谈起搬出去的打算时，他一副无所谓的样子，可是阿米和妈妈却显得非常失望。尤其是阿米的心情更是低落。尽管这样，在搬走前一天的晚上，她特意做了些好吃的，还买了酒，为他们送行。

受到这样的款待，吾一心里特别难过。阿米的温情，仿佛无数根针在扎他的心，但他以为父亲"尽孝"作护身符，忘掉那份疼痛。

以吾一眼下的收入，即便父亲搬来同住，也不如住在那个阁楼省钱。按说人口增加了，更应该尽量减少花费才是。尽管他很清楚这一点，但由于担忧着某种危险，还是决定逃离那里。

他所担忧的危险并非是得次，而是阿米，是倾心爱恋的阿米。正因为爱她，才要斩断情丝。

吾一和阿米在一起的时候，总是不由自主地产生想要吻她的冲动，但是他的"理智"每次都阻止了他不理智的行为。

他总是告诫自己：你难道忘了离开家乡时的事了吗？你难道忘了被人抛弃被人侮辱的遭遇了吗？

难道你想去小人国吗？你不是还很年轻吗？你不是想要有所作为吗？正在奋斗的时候怎么能陷入缠绵的爱情中去呢？

他把"孝道"两个大字，写在了"恋爱"两个字上面，然后又在上面写了一个字，于是，终于将"恋爱"两个字从心里抹去了。

自从搬进新居后，父亲似乎很满足。看到父亲每天又是做饭，又是煮酱汤，一副乐在其中的样子，吾一对父亲甚至产生了一丝同情。他已经完全看不到父亲以前那种蛮横的影子了。

当吾一看到给自己盛饭的父亲眼角的一道道皱纹时，心里不禁一阵颤抖，他想：我的身体里毕竟流着这个老人的血呀！

二

由于有父亲操持家务，虽说家里没有女人，也不觉得有什么不便，只是，每个月的开支还是远远超出了原先的估计。

建一个新家，需要置办的东西很多，虽然尽量节省，还是有很多东西要买。而且天气渐渐冷了，还给父亲添置了和服外褂和棉衣，因此吾一好不容易积攒的几个钱也花得差不多了。

这样下去可不行，转眼间一年过去了。面对新的一年，吾一必须想办法多挣点钱。

也就是说，必须找那种在工作之余可以干的活儿，可是很难找到合适的。他左思右想，终于想到了现在正在学习的速记，打算让它派点用场。

手好了以后，吾一一直在练习速记，近来已经练得相当不错了。于是，星期天或下班以后，只要听说哪里有讲演会，他就去速记社会名流的讲话。开始的时候，老是跟不上，时间长了，就渐渐适应了。他把其中记录得较完整的演讲整理出来，写上父亲的名字，按政论文章和文艺作品的类别，分别寄给了相关的杂志社。

可是，他没有得到一家杂志社的回音，等于是买了门票去练习速记。这让吾一愁眉不展。虽说经常有杂志社的人来印刷厂办事，他曾打算直接拜托杂志社的人，但又觉得利用工作便利为自己揽私活,有负于老板对自己的信任。所以他只好另外寻找挣钱的路子。

"看来还是寄居在房东家省钱啊!"

他总觉得这是抛弃阿米而遭到的报应,心情糟糕透了。

墙上挂着一块不知是什么人写的"独立自尊"的匾额,这是搬新家的时候,从旧家具店买来的。

搬出出租屋后,生活困窘的吾一想方设法寻找挣外快的机会。一天,吾一投过稿的《东方新论》杂志社终于来信了。由于这个杂志刊载的文章包罗万象,涉及政治、经济、文艺等各个方面,所以吾一给它投的稿最多。来信说,就某某伯爵讲演的速记稿件之事,想请他去社里面谈一下。

但是,吾一每天都要上班,不能按对方指定的时间去杂志社。由于稿件是用父亲的名义寄去的,他就让父亲代他前去。他以为如果只是去领取稿费的话,自己不去也没什么关系,谁知父亲从杂志社回来,对他抱怨:"人家说我去不行,要你本人去。"

尽管吾一觉得领稿费何必非要本人去,可是没有办法,只好第二天找借口外出办事,事先打了个电话,然后去了新论社。

他被领到会客室里等了一会儿,总编走进来,一看到吾一,吃惊地说道:"哟,是你啊!"原来,他为催促印刷等事,常到工厂来,所以早就认识吾一了。

"我真没想到是你呀!因为你那篇速记写得非常出色,所以我很想见见你本人,才请你过来的……"

主任边说边坐了下来。

三

无名之辈寄到杂志社的稿件一般很少被采用，最终都被扔进杂志社的纸篓。

吾一的稿件开始也是同样的命运，但是这篇稿件，由于字迹工整，又是名人演说的速记，引起了编辑的注意，才被破例采用的。特别是对某伯爵的讲演速记，不但演讲人很有名，题目也很新颖，所以编辑们都非常高兴，就像挖到了宝贝似的。于是他们对速记投稿者产生了浓厚的兴趣，想知道他是什么样的人。

编辑部主任听完吾一讲述自己学习速记的过程后，平静地问道：

"你的那篇速记得到伯爵的同意了吗？"

"还没有——因为不知道能否被采用，所以……"

"我估计会这样。现在这篇速记稿已经送给伯爵审阅了。由于记录得很完整，我想伯爵会允许我们发表的。如果得到允许的话，我们下个月就刊登。"

"那太感谢了……"

"不过，还有一件事想跟你商量一下，你想不想到我们社里来工作？我们这里虽然也有记录员，可是达不到速记的水平，很不理想。如果像你这样速记水平的人能够来我们杂志社，就没有问题了……"

吾一听了感到很意外。他认真思考了一下,说:

"这么好的机会,我恨不得马上就来工作,可是实在不好意思辞退工厂的工作……"

"你要是担心大明堂的话,我们可以去跟他们谈。"

"如果是星期天或者下班后,我没事的时候可以来这里工作,怎么样?"

"这里的工作,不是零敲碎打做得完的。既然把你调来了,就有很多工作等着你做呢。"

人家都把话说到这个份上了,如果自己还推辞的话实在可惜。然而,虽说在工厂里已经熬到了一定的职位,但是断然舍弃培养自己成长的工厂又于心不忍。于是,吾一回复说"让我回去考虑考虑吧"就回去了,其实他内心还是打算在大明堂待下去。

吾一觉得这件事应该告诉厂里,所以第二天上班的时候,他把新论社想要他但自己没有答应的事告诉了经理。经理夸赞道:"你这么有情有义,真是难得啊。"

后来,新论社还找过吾一,他都婉言谢绝了。

大约过了半个月之后,吾一被老板叫到办公室去,经理也在。

老板告诉他新论社派人来要人了,想听一听吾一自己的想法。吾一重复了一遍对经理说过的话。但是老板并非愚笨之人,能够体察吾一的真实内心。

"你能这样说,我很高兴。不过,既然对方这么迫切地希望你去,我看你就下决心去那边试试看吧……"

吾一深感意外,怔怔地望着老板。老板继续说道:

"你能这么重情重义,我已经很满足了。新论社是个刚刚出名的杂志社,你到那边去,比在这里更有发展前途。虽然放你走很令人惋惜,但是别的地方能看上我们厂的人,也是我们厂的荣誉。你觉得怎么样?到了新论社后,好好干,让他们看看,在我们大明堂工作过的人有多能干。当然了,如果你什么时候不想在那儿干了,就回来好了,我们厂的大门随时都为你敞开着。"

四

老板之所以这样决定,一方面是考虑到吾一的发展前途,另一方面也是因为新论社是工厂的大主顾,不好驳对方的面子。

新论社这么迫切地需要吾一,是因为主编正在计划利用速记开辟新的专栏,所以非常需要他这样好的速记技术。而且,主任也很清楚吾一平素的工作情况,连他在火灾中主动抢救文稿一事都知道,很欣赏他的人品,因此恳请老板无论如何让吾一去杂志社。

"一个人的一贯表现还是很重要啊!"经理也从旁插话道。当吾一顺从老板的意思,同意到杂志社去工作后,经理又提起了金表的事,说这次不要再推辞了。可是吾一仍然说为时尚早,说什么也不肯接受。

"也是啊,到那边去,比起金表来,西服是更需要的吧。当了编辑后,就不适合穿立领制服了,给你一套我的西服吧,稍微改一改,应该可以穿的。哪天晚上有空到我家来取吧。"老板体贴地说。

吾一对老板深深鞠了一躬,感谢老板的厚爱。

因为厂里还有些工作需要交接,经过协商,吾一决定从下个月开始到杂志社去工作。在最后这段时间里,吾一工作得更加卖力了。

一天晚上下班后,吾一顺便去老板家取了西服。在老板家里吃了一顿饭后,吾一抱着一个大纸盒走出来。可能是酒劲上来了,他觉得脚底下轻飘飘的。

"我总算快要熬出头了!"

他这么想着,朝着灯火通明的大街走去。

他摇摇晃晃地走进一家服装店,买了一条领带。

那条街上正好有庙会,到处是夜摊。他走出服装店,来到一家花店门口,欣赏了一会儿盆栽木瓜和早开的紫藤花。此时他志得意满,心情畅快。

花店旁边,有个人摆了个将棋棋局。一个长得像棋子的男人坐在粗糙的棋盘跟前。

吾一当工人的时候,伙伴们常常这么摆棋局玩儿,他耳濡目染跟着学会了,所以也喜欢看看热闹。

他站在一边看起来。起初,他只顾盯着棋盘上的棋子,偶尔看了一眼跟摆摊的对局的穿西服的人,才注意到原来是自己将要去的新论社的老职员。他常到厂里来校对稿子,是一位很随和的老人,吾一跟他很熟悉。

吾一考虑到去了杂志社以后还要打交道,还是打个招呼比较好,就凑到跟前,叫了声"藤本先生"。

藤本回过头来,看了吾一一眼,没有回答,又扭头紧盯棋盘了。

老人太阳穴上的青筋一跳一跳的。这也太过投入了,何至于此啊,吾一有些不屑地想着,在旁边默默观阵。只听老人喊了一声"将军","啪"地一声把"车"摔在了对方的大王旁边。

五

藤本老人喊出的"将军"里夹杂着一股怒气。

他一边喊着"将军",一边用力一摔,由于力气过大,棋盘上的其他棋子都被震得跳了起来。

而每次"将军"都被将棋店的擂主轻松化解,只见擂主微微一笑,轻轻捏起自己的大王,巧妙地逃脱了。

"混蛋!"

老人气得冒火,一个劲地"将军"。可是,他越是紧追不舍,越是将对方的大王驱赶到安全地带了。

"真是够背的——"

老人盯着对方的大王,叹了一口气,恼怒地把手里的棋子都扔到了棋盘上。

"藤本先生。"吾一再次跟老人打了声招呼。可是这回老人连头都没回,把手伸到棋牌店老板的眼皮底下,表示"再来一盘"。

于是两个人又开始了新一局的对阵。老人使劲皱着眉头,情绪非常亢奋。棋局仍和上次一样,老人反复"将军",但最终还是被对方轻而易举地跑掉了。

老人输了棋后,作为代价,只得买了一本薄薄的棋谱,非常懊恼地站了起来。

"藤本先生,承蒙您的关照,我……"

吾一刚刚说了一半，老人就突然穿过人群，头也不回地走了。

吾一倒没有生气，只是忍不住想笑，心想，就算是下棋输了钱，也不至于气成这样啊。

这个月转眼就过去了，吾一也脱去立领服，换上了西装。吾一穿着老板给他的西装——虽然改过后，袖子还有些不合适，但他仍然兴冲冲地到《东方新论》杂志社上班了。

主编又正式向员工们介绍了吾一，然后，给他在编辑室的一角安排了一张办公桌。

"今天怎么没见到藤本先生呢，他今天休息吗？"

他悄悄地问旁边的人。

"不是，他不干了。"

"真的？我一点也不知道，什么时候走的？"

"上个月末。你现在坐的地方原来就是他的。"

"为什么不干了呢？"

旁边那个职员似乎也不大清楚老人为什么不干了，所以吾一更无从知晓。但是坐在老人曾经的座位办公时，他心里总觉得有些不自在。

时间长了，渐渐和同事们混熟了以后，随便聊天时，他才知道了老人离开跟自己有直接的关系，这大大出乎了他的意料。

听说老人原来在社里是负责记录的，但他不能很好地完成这项工作，恰在此时，吾一的速记偶然被发现了，结果吾一一来，老人就被解雇了。

老人在大街上喊着"将军"、摔棋子时的情形，清晰地浮现在吾一眼前。一想到那天晚上的事，吾一心里就感到非常难过。

他也想过到老人家里去，对他说几句道歉的话。但他转念一想，这样做只会让老人觉得自己是来看他的笑话的。

作为吾一来说，当然不曾想把老人挤走，而且他一直是婉言谢绝来杂志社的。尽管如此，他还是十分内疚，心情平静不下来。

但随着时间的流逝，加上工作繁忙，吾一渐渐地忘记了这件事。为了让一个年轻人成就事业而辞退一个老人，算不上什么大事。

这种情况在社会上很普遍，并不值得大惊小怪。

独立自尊

一

　　吾一站在浅草本愿寺的筑地后面，等着出殡队伍的到来。
　　他回想起往事，不胜感慨。无论是筑地，还是黑漆横梁木门、寺院内外的树木，都一如往昔。望着眼前这些熟悉的景象，他不禁想起了阿清。她现在在哪里呢？说不定她今天就混在出殡的队伍里，装模作样地走过来呢。
　　当然，自己现在穿着体面的西服，来这里不是为了骗取供果和礼券的。但是，干的却是另一种形式的赚钱生意。
　　然而，这种靠参加葬礼赚钱的方式，后来越来越频繁了，将来汽车业发达了，他就会开着汽车来干这个。今天会有哪些人来参加葬礼，可以顺便洽谈一下生意——骗取供果和礼券被人蔑视，而为了做生意来葬礼，则是"谢谢专程来参加"了。不过，这并不是吾一的发明创造，而是企业家们都在做的事。
　　这些自然都是后话，但那时，曾经在筑地的锦水酒馆里聚会时，有人问大家："每天早晨一打开报纸，你们首先看什么内容？"
　　有人说"看外国的新闻"，有人说"看社会专栏"，有人说"看连载小说"，然而老板娘却说："我最先看的，是黑框里的讣告！"此语一出，举座皆惊。
　　老板娘解释说，平日常来关照的主顾家里如果办喜事的话，即使万一不能分身参加，人家也不会怪罪；可如果是办丧事的话，没有参加葬礼就是大不敬了。因此，每天早晨什么都不看，也要先看黑框里的讣告。于是有人说，这么说来，那些饭馆或者生意兴隆的店家，看报纸的内容都与众不同啊。看来一个人若是不能从黑框里发现生财之道，就不会有出息啊。

虽说这两件事不能相提并论，但是吾一从跟阿清婆一起干那事的时候起，就习惯于看黑框了。后来进了大明堂印刷厂，也不知道为多少黑框——讣告或葬礼请帖等拣过字了。像他这样，从小到大都在同黑框打交道的年轻人恐怕很少有吧。

今天，他也是看了黑框里的讣告，才到这里来的。

给《东方新论》写连载小说的作者A氏，常年泡在花街柳巷里，是个隐居的名人。社里派人到他家里去催稿时，他的家人往往会反问："我家先生在哪里啊？"交稿日期已过，都没有收到他的一页稿子。即便到他常去的两三个地方寻找，也不见他的踪影，杂志社里的编辑们都急得团团转。

吾一偶然看报上登出的讣告时，发现死者的名字与A氏有些关系。他猜想，即便是行踪不定的A氏也一定会出席今天的葬礼，所以到这里守株待兔来了。

二

一走进寺院，吾一竟然想起了黑田君，而非阿清婆。

进了大明堂印刷厂以后，吾一只和他通过两三次书信。因为当时无法到谷中家去找他，所以后来就断了联系。这次和父亲重逢后，吾一跟父亲打听过他，父亲也不了解详细情况，只是听说黑田到国外去了。吾一曾想，若能把他的漫画推荐给杂志社，既可报答当年关照之恩，又给杂志社增添了人才，但现在没有他的一点音讯，无可奈何。

吾一终于等来了送殡的队伍，可是没有看到A氏。

猜想落了空，吾一不禁感到灰心丧气，又不知到哪里去找他，只好呆呆地站在那里。就在葬礼即将结束的时候，他忽然发现A氏在两个人的引导下匆匆赶来了。

虽然这位A氏一年到头搞得记者叫苦连天，但见了面却是个像猫一样温顺的人。这种人只要见到了真人，就是自己的囊中之物了。于是，吾一一刻不离地缠着他催稿，结果顺利得到了稿件。

吾一被调去新论杂志社，靠的是他的速记水平。编辑部主任新开辟的专栏登载的速记稿件，连演讲人的口头语都毫不走样地被吾一记录了下来，因而受到了读者们"读起来如闻其声"的高度评价。不过，除了本职工作出色之外，在对付难缠的作者方面，他也是鹤立鸡群。

《东方新论》发刊时间还没有多长,但由于社长和主编都是干练的人,杂志社的发展速度十分惊人,因此吾一也觉得很有干劲。他就像在大明堂时那样,与老板同心同德,以社为家,一心扑在工作上,毫不惜力。

由于吾一曾经在印刷厂干过,所以一些版面的设计也找他做。即便可以明天交,只要是下班前吩咐他的事,他必定在当天安排好,准备好资料。他严格遵守"当天的工作当天完成"的规定,所以,就连社长也对他另眼相看,夸他说,如今这样的人太少了。

有一天,他陪着社长和主编到筑地的精养轩去吃西餐。在酒席上,社长突然向他问道:

"我问你,不看着说话的人,你也能做速记吗?"

"不看说话的人?能听到说话的声音吗?"

"当然能够听到声音了,我是问你能不能隔着墙做速记。"

"是这样啊,我想也不是不可以,不过最好还是在场……"吾一说。

"那是当然,可是对方不愿意有人在旁边做记录,而我们又很需要他的讲话,所以,打算请你背着说话的人做一次速记,可能会费点力气。"

主编举起啤酒杯,一边跟吾一碰杯,一边说道。

三

吾一把耳朵紧贴在拉门上,速记着里边的谈话。

与隔壁的客厅之间有一扇画有胡枝子图案的小拉窗,小拉窗开了一寸左右的缝。这里是唯一的声音通道,吾一宛如捞什么东西似的,费力地听着,生怕听漏。

但是由于小拉窗里面还隔着一个银制屏风,加上谈到关键之处客人们就会压低声音,所以很难听清楚。他们所谈的内容大多是关于权益的问题,可一谈到具体金额时,声音就听不见了,根本记不下来。

吾一搞不明白,速记这种谈话到底有什么用处,就算将这种残缺不全的资料登在杂志上,也没什么意思,哪有人愿意看呢?

但这是社长的命令,吾一只好全神贯注地做速记,却丝毫没有感受到以往做速记时的那种快感。

过了没多久,谈话声音没有了。社长轻手轻脚地走过来,把他领到另外一个房间里,然后问他:"都记下了吗?"

"很抱歉,今天记得不怎么好。"

"那么,记多少算多少,整理出来给我。但是不要在社里整理,拿回家去做吧。让你做这个工作,是信任你,要绝对保密,知道吗?"社长再三叮嘱他。

吾一走出了那家酒店。外面正淅淅沥沥地下着小雨。

由于谈话时间很短，加上有些地方听不清，所以吾一当天就把速记稿整理完了。晚上，他拿着速记稿去了社里。

"能记到这个程度，已经很不错了。"社长一边翻看稿子一边夸道。

"数字的部分，实在是记不下来……"

"没关系，那些数字我们会添上的……"

尽管对于吾一来说是一篇很不像样的记录稿，但没想到社长却说他完成得很出色，还给了他一份特殊的奖金。

吾一刚走出社长室，杂役就跑来对他说：

"爱川先生，你的电话。"

"谁打来的？"

"不知道，没听清楚，是个女人打来的。"

一听是女人，吾一心里一惊，他知道肯定是次野老师打来的。

是神乐坂的一家饭馆的女招待代次野老师打来的，让他马上去一趟。次野老师是那家饭馆的常客。

最近一段时间，吾一有些发憷和次野老师见面。因为他告诉次野老师自己调到新论杂志社工作的时候，次野老师曾拜托他说："我的稿子，也请你多帮忙了。"可这事一直没有办成。当然，吾一是极力推荐次野老师的稿子，无奈主编一听是次野的稿子，说什么也不同意。

吾一不好意思去见次野老师，就让女招待转告次野老师今天很忙，去不了，这时女招待的声音突然变成了男人的粗嗓门：

"喂，我叫你来，你也不来吗？什么也别说了，快点来吧。工作有那么重要吗？真是的，马上过来！"

既然次野老师这么说了，吾一也不好再推托不去了。

四

次野已经喝醉了，正坐在壁龛前跟老板娘对饮。

"老师还是这么爱喝酒啊。"

"你说什么？这个吗？这就叫做酒杯犹如吾猎犬啊。这玩意很可爱噢。别看它不大，可我到哪儿它都跟着我，不会像你似的跑掉。来，干一杯！"

"老师，以前您的这只猎狗，冲着我汪汪叫唤，我害怕得都不敢摸它呀。"

"不用怕，我的猎狗从不咬人。"

"可是，肚肠被它抓出来可不得了，我害怕它！"

"哈哈哈，你真是长进了不少啊，能说出这样的话来啦。"

"您可别这么说呀，老师毕竟是老师啊！"老板娘朝着吾一递了个眼色，一边给次野斟酒一边插嘴道。

"你也知道这些啊。"

"当然知道啦，怎么能不知道啊！您不是对我说过'那小子这么小的时候老用袖子擦鼻涕，袖子油亮油亮的'嘛……"

"你连这个都知道啊！真叫人受不了，一到这里来，就被当成流鼻涕的孩子了。"吾一插了句嘴。

"没法子，先生一看到爱川君，就爱说这个呀！"

"是这样吗？我会那样说吗？不过，爱川可是千里迢迢终来到啊！"

"回想起因为铁桥打吊被老师训斥的事,就像做梦一样。"

"可是,你已经长大成人啦。"

"要是老师这么说,我会逐渐变小的。"

"哎哟,先生,您怎么又哭啦。先生可真是个喝酒就哭的人哪。这么爱哭可要不得呀,先生,请不要哭了,我自罚一杯好啦。"老板娘又插嘴说。

"嗯,好,好,你喝一杯。可是,老板娘,你知道吗,他才这么大的时候……"

"这些先生已经说了好几遍了。您想说'老用袖子擦鼻涕,袖子油亮油亮的'什么的吧?"

"不是,不是,我不是想说那个。这小子才这么高的时候,也就是十六七岁的时候吧,我骗过他的钱呀!"

"真的吗?这倒是头一回听您说呀!"

"老板娘,别看我道貌岸然的,我可是小偷呀。我把别人委托我转交的钱……"

"老师,不要再说那件事啦……"吾一急忙制止他。

"你不要说话。老板娘,我,我就是把这小子的钱给花掉了。可是你猜猜看,这小子当时是怎么说的?这小子当时才这么大啊!这小子……这小子竟然说出这样的话来——'老师,那笔钱我不要了,老师,我给您斟酒吧!'老板娘,你听到没有?这小子才这么高的时候呀!"

"老师,您就不要再提那件事啦……"

"我不是叫你不要说话吗!老板娘,我告诉你,这小子对我这么说的时候,我真恨不得双手合十感谢他呢。不过他那么小的时候,就很了不起了吧!他竟然会说:'老师,我给您斟酒吧。'这小子,别看这小子个头小,马上就会有出息的啊!"

"是啊,我早就看出来了。"

"哼,你这个老板娘,就会说好听的!爱川哪,今天叫你来,是有东西要给你。"

五

"刚才我打电话叫你来,是想把这个给你的。"

次野老师把手伸进怀里,拿出一个白信封,放到吾一面前。

"爱川,你把这个收下吧。"

"老师,我已经说了不要,您怎么还……"

"不,你不要客气。拿着,这是你的钱。虽说还给你,可不是全部,只是一半。虽然是一半,也是我今天领到的全部稿费。我总是想,下次一定要还,下次一定要还,但每回只领到一点点稿费,所以拖到现在。爱川,替我高兴吧,总算有出版社买了我一个长篇。这就是那篇稿子的稿费。要是不赶快还你,又得被我花掉了,你就拿着吧。"

"可是,我真的不能要……"

"什么能要不能要的,拿着,我要你拿着就拿着。你小子真是好样的,我跟你提到这事的时候,你才这么高。从那以后,你一次也没有跟我提过还钱的事。你肯定也有过很需要钱的时候吧?也想过要是有这笔钱的话就好了吧?可是你一点也没有表现出来。你小子真是让人敬佩啊!怎么回事?哪有你这样的呀,瞎客气什么,还不快收起来。"

次野拿起信封,塞进了吾一的口袋里。

吾一感动至极,一句话也说不出来。老师的稿件没能在自家杂志刊登，本以为会挨说的，谁知反而拿了老师的稿费，他感到愧疚得抬不起头来。

"怎么了？你小子哭什么呀！哪有人拿了钱还哭的？高兴点！啊，我今天太高兴了。压在我心头的一块石头，总算搬掉了。这回终于对安吉君有个交代了！爱川啊，安吉先生一直到死，都惦记着你呢。你可一定要有出息啊！"

"可是那个……"

"好啦，我明白了。今天晚上，我要预祝你前途无量，开怀痛饮。老板娘，我真高兴啊！"

"是啊，您今天晚上特别高兴。"

这时，一个上了年纪的艺妓走了进来，伏地施礼。

"嗯，我高兴得不得了啊。今天是个大晴天啊。"

"先生，这会儿要不要听个《阿奴》助助兴啊。"老板娘提议。

"好啊，《阿奴》好啊，今天什么都行啊。"

"就是'哎呦哎呦呦，这不是阿奴吗，你这是去哪儿呀？哎呦哎呦呦，我去接老爷呀……'吧？"

《阿奴》这种曲子，爱川可不喜欢听。你一直在跳这个曲子，都老掉牙了。这样吧，今天来个《桑名①的老爷》吧。

"好像是'桑名的老爷啊，嘿哟，嘿哟哟，桑名的老爷啊……'后面怎么唱来着？"

"是'用雷阵雨泡茶哟'吧。"

---

① 日本三重县东北端的一个市名。

"嗯,对,对!'桑名的老爷啊,用雷阵雨泡茶哟,嘿哟嘿哟哟,哎呦哎呦呦。'啊,我太高兴啦……爱川,你也起来一起跳吧。"

次野站起来,拉着吾一的胳膊跳起来。

"桑名的老爷啊,嘿哟哟,桑名的老爷啊,用雷阵雨泡茶吧,哎呀呀……"

被老师拉着转圈的吾一,也渐渐被感染得高兴起来了。他的泪水啪嗒啪嗒洒落在草席上。

六

那天回去后,吾一照例躲在社长安排的老地方——候客室的小拉窗下面,速记里边的谈话。

一切都和往常一样,拉窗开着一寸左右,拉窗前边隔着屏风,但今天谈话的人不是社长和客人,而是某公司的董事与董事在密谈,社长没有在里面。

要是有社长参加密谈的话,社长会不时地提高嗓门,于是对方也跟着提高声音说话,所以比较好记,可今天却是名副其实的密谈,声音很低,特别难记。而且社长要求,今晚的谈话内容极为重要,必须尽可能一字不漏地记下来。然而,尽管吾一全神贯注地倾听、记录,可是,别说一字不漏了,连一半都没记下来。

吾一整个人都处在神经紧绷、焦躁不安、精神亢奋之中。就在这时,房间的隔扇突然被打开了。

"哎呀,真吓人,这里有人哪!"

透过隔扇门,只见大红色的友禅绸子和服衣袖像火焰般掠过,隔扇又被关上了。

也许是个年轻的艺妓无意中拉开了隔扇,可即便她是无心的,至少也应该说一句"对不起""很抱歉"之类的道歉话吧,但她竟说了一句"哎呀,真吓人,这里有人哪!",也太不像话了。

"不懂事的雏儿!"

吾一恼怒地瞪着拉门,不知不觉铅笔从手里掉在了桌子上。

因为在这种地方,只有喝得酩酊大醉的阔男人,或趴在女人大腿上的男人,才会受到她们的尊敬。像自己这样拿着铅笔写字的人,在她们看来,自然会说"哎呦,真吓人"了。

待客室不是男人工作的地方,而是男人玩乐的场所。到这地方来工作的男人……

其实,这并非那个年轻的艺妓对他说"真吓人"的原因。多半是她以为房间里没有人,却意外看到有人,才吃惊得脱口而出的吧。如果说她没问一声就开门失礼的话,那么,偷听记录别人谈话的我,又算什么呢?

当然不是我自己愿意干的。尽管吾一不止一次地以"我记不下来"为借口,想摆脱掉这个活儿,可是,每月领人家的薪金,就不能不服从社长的命令。

加上今天,干这种偷偷摸摸的事,已经是第三次了。隔壁房间里的董事们,不知隔墙有耳有人在偷记他们的谈话,还在吃吃笑着,一门心思地密谋着什么。

问题是,社长要做这种速记究竟打算派什么用场呢?虽然对于前两次的速记被用在了什么地方,又是怎样使用的,吾一完全不清楚,但他朦朦胧胧感觉到,杂志社的蓬勃发展与自己的速记之间,似乎有着某种关联。突然,他想起了半年前,报纸上曾刊登过有关某经济杂志社的讹诈事件的报道。

吾一浑身无力地靠在柱子上,闭上了眼睛。搬家时从旧家具店买来的匾额上的题词模模糊糊地出现在了眼前。

隔扇又被人轻轻地打开了。

七

与主人同心同德地工作,是每一个职员的座右铭,但是,难道可以这样不辨是非地跟主人同心同德吗?

吾一感觉有人拍了拍他的肩膀,睁眼一看,原来是社长站在身旁。他慌忙机械地低下头去,一边想,我还有必要继续干这种工作吗?

社长用眼色暗示他"到这边来",然后像往常一样,把他领到另外一个房间里。

"你刚才干什么呢?"

"对不起,实在记不下来,所以就……"

"你可不是记不下来,是没记吧。我不是跟你说过,今晚的谈话很重要吗?你怎么还打瞌睡呢?这样可不行!"

"我刚才不是在打瞌睡。"

"既然没有打瞌睡,即便没记下来,谈话的内容也听到了吧?"

"也没听清楚,因为声音太小,听不见。"

其实他听到了一些,但他不愿意谈论别人的秘密。

"声音是很小,但只要仔细听,不会完全听不到的呀。"

"那样的话,社长亲自听听好了。"

"什么?我怎么能干这种事啊?"

"社长干不了的事,我当然也干不了啊。"

"你怎么说这种话呢?以前记得不是很好吗?为什么这次不行了呢?"

"我不适合干这种工作,请换别人吧。"

"喂,喂,爱川,你说什么呢?我不是因为看重你,才让你干的吗?这么重要的工作,可不是随便什么人都可以干的。"

"您对我这么信任,我很感谢,不过,我可干不了这种事!"

"噢,是这样啊,实在抱歉啊。可是,爱川君,我并没打算让你白干,只是觉得事先许愿有点不合适,就没对你说明……"

"社长,请不要误会我的意思,我可不是见钱眼开的人。"

"这么说,你是说什么也不想干喽?"

"实在对不起,这个工作……"

"如果不干的话,你就得离开杂志社了……"社长冷冷地说。

"那也只好这样了。"

"我问你,是不是有别的什么地方要你去呢?"

"不,没有别的地方……"

"哈哈哈……你还是太年轻啦。今后打算怎么办呢?"

"……"

"我告诉你,要想出人头地,就必须随机应变,像你这样死心眼的话……"

社长谈起了自己的处世哲学,但吾一找了个适当的时机低下了头,站了起来。

"怎么,你非要辞职吗?你千万不要太意气用事,还是慎重考虑一下吧!"

"谢谢您的关心,不过,今后我想靠自己的努力去奋斗。"

"那么,你不会把我的事……"

"怎么会呢,我可不想用别人的秘密换饭吃。"

社长一脸的尴尬。然后,他把手伸进怀里,取出钱包,开始数钞票。

"社长,我可不是需要用钱堵嘴的人。"

"哈哈哈……不,我不是那个意思……那好吧,爱川君,我就给你开个盛大的欢送会吧。"

社长的表情就像初夏的天空,刚刚还阴云密布,忽然又晴空万里了。

《成功之友》

一

"爸爸，酒烫好了，喝一杯吧。哎呀，烫过头了。"

吾一把酒盅从热水壶里拿出来。这是他在回家路上买的一瓶正宗清酒，想借酒浇愁。

"哈哈哈，烫酒的话，应该由我来呀。不过，你小子买酒回来，真是稀罕哪！"

"一直也没给爸爸买过好酒，今天晚上，我想陪你一起喝点儿。"

吾一敬了父亲一杯酒。

"哎呀，我已经戒酒啦。"

"不要那么说，请喝吧。这可是好酒啊。"

"……"

"爸爸，干吗跟我还这么客气啊？"

"不是跟你客气，我还是不喝为好。"

"像过去那样酗酒的确是不好，但还是偶尔喝一点吧！近来爸爸好像瘦了些，大概是整天在厨房里干活的关系吧。"

"怎么会呢，来，我来给你倒一杯。"

"怎么能让爸爸给我斟酒啊……"

"这样才天下太平嘛！"

父亲拿起酒壶，给儿子斟了一杯。

"会喝酒的人不喝酒，多难受啊！爸爸，你就喝一杯吧，

463

我一个人喝多没意思啊……"

"也是啊。哎呀,我还是不喝的好啊!"父亲把伸出来的手又缩了回去。

"爸爸真是变啦!"吾一想起过去爸爸那么贪杯,非常感慨,"爸爸,再过些日子,我想找个阿婆来干家务,你再忍耐一段时间。"

"你说什么呀?我一点也没有觉得厨房的活儿累啊。对我来说,给你做饭是种乐趣。"

"爸爸,"吾一放下酒杯,换了个郑重的口气说,"今天我把杂志社的工作辞掉啦。"

"啊!为什么?"

"让人家拿着软塌塌的薪水袋敲打着脖颈干活,我受够了!"

"跟上司吵嘴了?"

"虽然自己夸自己有点可笑,但是爸爸,我一直都是特别努力工作的。可给别人干活,我实在干够了,今后我要为自己干,墙上挂的匾额就是我的愿望,我要以这种精神去生活。"

"自己干?你打算干什么呢?"

"我刚刚一路上反复地考虑过了。你看,前些日子老师不是给了我一笔钱吗?我想用它……喂,爸爸,你上哪儿去?"

父亲一边往厨房方向跪蹭过去,一边说:

"没事,我想给你切点咸菜来。"

"咸菜无所谓啦。你先坐着听我说一下我的打算。我想用那笔钱做本钱,办个刊物。对一般人来说,那点钱是远远不够的，可对我来说，几乎不需要花费什么本钱，印刷、纸张都不是问题，稿件就用我的速记文稿。爸爸，我一定要干出个样儿来给你看看。"

二

"本想和爸爸喝几杯,结果成了我一个人喝酒了。"

吾一已经喝得醉醺醺的了。

他认为搞出版事业,对于资助自己念书的稻叶书店的叔叔,或是从和叔叔的书店最接近的生意角度来说,都是最好的回报。这天晚上,吾一的心情好极了。

往常父亲不来叫就醒不过来的吾一,次日清晨天还没亮就睁开了眼睛。难道为自己工作这么不一样啊,他自己都感到好笑。

吾一在厨房洗了脸,想到今天要做的事,首先需要那笔存款,就打开箱子盖,找那个银行存折。原来他是把钱存在邮局的,次野老师还了那一大笔钱后,他把所有存款都转存到了银行。

他把箱子翻了个遍,也没找到存折。存折就放在箱子最下面,按说根本不用翻找,可是,最下面没有,翻遍了所有的衣物也没有。

"爸爸!"

"……"

"爸爸,你起来呀。"

"……"

"我放在这里的东西,你知道吗?"

父亲猛地爬起来，奔向厨房，要打开套窗。

"先不着急开窗，爸爸，这里面的……"

吾一刚说到这儿，父亲拉开门就要往外跑，吾一从后面一把抱住了他。

"上哪儿去啊？爸爸，大清早的……"

"不要拦着我。我对不起你，我对不起你！"

"光说对不起有什么用，到底是怎么回事？"

吾一费了好大劲才把父亲拽进客厅。

父亲像条芋虫似的，一下子躺倒了，吾一也累得像散了架似的，呼哧呼哧直喘气。

"这到底是怎么回事？"

"……"

"你不说话，我也不知道啊。告诉我怎么回事。到底……"

"我，我这两三天一直不知道该怎么办才好，昨天晚上听了你说的那番话，我就更……啊，我，我昨天夜里死了就好了。"

"你说什么呢？你还是先说说把那个东西拿哪儿去了？"

"……"

"快点说呀！都花了吗？"

"倒不是花了，可是……"

"那么，干什么用了？"

"存进去了，就等于是存进去了，但是……"

"存了？存在什么地方？爸爸，我问你存到哪儿去了？"

爸爸趴在铺席上，怎么也不回答了。

467

正是因为有那个存折，吾一才打算自己干，才会对社长说话那么硬气的。这回钱都被父亲弄没了，今后该怎么办呢？

外面大概天亮了吧，街灯都灭了。吾一仿佛闻到从爸爸那蜷缩在昏暗中的身体上散发出一股难闻的狐臭味儿。

三

好不容易才一点点问清楚，原来父亲是用那笔钱买了股票。

新东股票处于下跌趋势，已经见底，如果趁此低点买进，一定会赚钱。父亲虽然知道擅自作主不好，但如果和吾一商量，他肯定不会同意的。然而眼看着利益近在咫尺，绝不能坐失良机。好吧，就借此机会让存折翻一番吧。父亲想瞒着吾一，撞个大运，把赚来的钱悄悄存入银行，好让吾一大吃一惊——"哎呀，存款什么时候变这么多了！"就是出于这种打算，父亲才把钱取出来，都买了股票的。

面对已经铸成的失败，父亲仍然没有丧失自信，还对吾一说，只要继续买进该股票，近期一定会上涨，有可能的话，继续补仓，来激活以前的投入，只要今天能够补仓，就……吾一没有回答一句话。

吾一深感懊悔。从老师那里拿回钱来的时候，为什么要告诉父亲呢？自己竟然对父亲那样的人毫无戒备地谈论钱的事，实在太糊涂了。

当然，一是因为他觉得稻叶书店叔叔和次野老师的好意不告诉父亲不太好，而且近来父亲就像变了个人似的，每天任劳任怨地操持家务，所以一高兴，就什么都告诉父亲了……

自己这位父亲，不是一般的父亲，而是祸害家人的机器。妈妈就是被这个机器折磨死的，自己的手也被这个机器夹住过好几次。

对于父亲和得次认识这件事，吾一也觉得很蹊跷，于是暗中进行了解，意外地发现他俩是在监狱里认识的。

过去，经常出入兜町①的父亲，在那场大萧条的时候也未能幸免，赔了个精光。那段时期，他为了筹集股资，捞回本钱，伙同几个投保人，一起进行保险敲诈，败露后，蹲了两年监狱。刑满出狱后，由于没有人愿意和他交往，才来投靠吾一的。

刚了解到这种情况的时候，吾一连话都不想和父亲说。可是又不能因为父亲干了那些不光彩的事就立刻把他赶出家门。无论他是个多么可恶的人，也是自己的父亲，总不能不管他。

但是，既然知道以前这些事，就应该提高警惕才是，都怪自己太大意了。可是，做儿子的必须提防自己的父亲，这说得过去吗？

吾一简直是欲哭无泪。他盯着趴在席子上的父亲看了片刻，嚯地站起来去开套窗。一扇窗很容易就打开了，另外一扇由于门框已然腐朽，加上吾一正在气头上，推得过猛，只听"哐当"一声，那扇窗脱离了门框。

他也不去管脱落的窗扇，一屁股坐在了湿漉漉的檐廊上。

---

① 日本东京都中央区，日本桥的街名，也称兜町，是东京股票交易所的所在地。

吾一租住的这家房屋位于山谷中一般的洼地,所以邻居的房基高出许多,基石正好映入他的眼帘。只见从那基石的缝隙间长出的两三棵无名小草,正舒展绿叶沐浴着晶莹的朝露。望着那碧绿的叶子时,吾一只觉得银针般闪闪发光的东西穿透了他那烦躁的头脑。

四

在那些基石之间,根本没有一点土壤,因为石头与石头之间是用水泥勾的缝。尽管如此,无名草却在那仅有的空隙间生根发芽。在这样的缝隙中也能生存,还能长出枝叶来,这种情景给了吾一某种勇气。

以往,吾一每天很早就起来,赶快吃了早饭去上班。而下班回来时一般天都已经黑了,所以根本没有注意到那些石缝里还长着绿草。即使偶尔看见了,也不会有任何感触。但是今天早晨,这些小草却显得特别亲切。他也像小草那样呼吸了朝露,感到自己的身体里立刻充满了力量。

吾一捡起被自己推掉的套窗,小心地安在门框里,然后走进厨房,开始做饭。父亲见了,要来帮忙。但吾一不让父亲插手:"不用,不用,今天我来做饭。"

吃饭的时候,吾一安慰父亲说:

"爸爸,您不用担什么心了,我本来也没有指望那笔钱。因为是白来的,就指望上了。不过,如果当作一开始就没有这笔钱,就无所谓了。"

现在,有一种想法已经在他的脑海里深深地扎了根。

那就是:"只有实力,才是我的财富。"某天晚上就寝之前抄录的这句施蒂纳①的名言，与从石缝中长出来的无名草不可思议地在他的内心握手了。

吾一不像刚才那样沮丧了。他的内心生出了一股劲，即便没有本钱，也要像那些小草一样在石缝里生根发芽。混蛋，我一定要干出个样子给他们看看。他想起当年吊在铁桥上时，激励他战胜困难的格言"精神一到"。

可是，万一父亲胡思乱想，产生了轻生的念头，那么他的努力也就白费了。于是，吾一安慰父亲说：

"听我说，爸爸，事已至此，我也不再说什么了。所以，爸爸还要像以前那样帮我操持家务。要是像妈妈那样的话，我不知该多伤心呢。我怨恨妈妈，因为她抛下我，自己死了，我不知受了多少苦啊！当时妈妈由于得了病，精神恍惚，也许才产生了那样的念头。听见了吗，爸爸？你要是真的为我着想的话，就不要做出轻率的事。"

这样一再叮嘱后，吾一才走出了家门。

现在如果能补仓的话，就能捞回投进去的那些钱，父亲刚才说的这些话已经印在了他的脑海里。走在路上，他也偶尔想起过，但是，转念一想，父亲的话有多少可信度啊。他再次告诫自己，那些钱原本就不属于自己。

吾一去了大明堂印刷厂，找到经理，然后问经理，自己可不可以拿走金表。

"啊，随时可以给你啊。再说放在我这儿，一直是我的心

---

① 施蒂纳（1806—1856），德国哲学家。小资产阶级无政府主义的创始人之一。

473

病。你想戴上金表,难道有什么好事了?"经理说。

"没有,没有那回事。"

其实吾一并不是想要戴金表。他向经理提出,希望以金表作为抵押,请印刷公司为他出版刊物提供帮助。

五

印刷厂一般都会存储一些纸张，吾一知道大明堂也囤积了很多。所以，他来找经理，不单是为了出版刊物，还想请厂里通融些纸张。

但是，经理对吾一独立经营出版物的打算并不赞成。他认为吾一还年轻，不必急于求成。如果不愿意在新论社工作，可以再回大明堂来，因为老板当初放吾一去新论社的时候就表过态的。可是吾一总觉得再次回厂工作很难为情。既然已经下决心单干，无论遇到多大的困难都要努力去实现这个计划。他通过有说服力的成本计算，向经理详细说明了自己的计划，并且表示，按照他的估算，即便出现再大的失误，也不会让厂子赔本的，再三恳请经理务必支持他。

这时老板也来了。老板和经理的意见是一致的，但他们看到吾一那么充满自信，只好同意帮他这一次。

吾一高兴极了，自己终于在水泥勾缝般坚硬的人生夹缝里播下了一颗独立创业的种子。

他从自己的速记稿中，精选了三篇推测会受读者欢迎的稿件，分别去找演讲者，请他们同意刊载。其中也有某伯爵的一篇。另外两篇虽说都遇到了不小的麻烦，但演讲者最终还是同意了。然而伯爵连面都见不到，更别提同意不同意了。然而吾一没有灰心，坚持不懈地去伯爵家拜访，最后终于得到了伯爵的许可。

稿件的问题解决了,下面就是排版印刷了。如果像一般的出版社那样送去印刷厂印刷的话,成本比较高,而且一旦失败,也会给大明堂带来很大的损失。因此,他按照自己与经理商定的办法,等印刷厂的工人下班以后,借用厂里的印刷设备,自己去排版、拣字,一切工序都亲自动手。

吾一白天东奔西跑忙于其他的事情,晚上去印刷厂干活。在工人们都下班后的空荡荡的车间里拣字、排版时,他感到有一种说不出的激动。

当学徒时挨打挨骂的那个旧车间,如今已经焕然一新了。然而新厂房或车间里的布局几乎跟从前一样,唯一不同的只是头上的油灯都换成了电灯。

当年误认为文选工就是挑选文章,因此才进的印刷厂,算起来已经过去八个年头了。当时谁能想到,现在自己亲手给自己速记的文稿拣字呢?

当了办事员,又当了编辑的人,今天又重新干起了工人的活儿,但是能为自己的速记文章拣字,自己排版,这份喜悦就连住上自己盖的房子都无法比拟。这样完全靠自己的努力出版的刊物在日本恐怕是屈指可数的。

吾一想,要让自己所学的速记真正发挥作用,仅凭这一点,这次出版的刊物就充满了生命力,这样的读物不可能不受读者的欢迎。

六

起初，吾一打算三篇稿子汇编成一册，定价五十钱。但仔细一琢磨，那种出版模式太墨守成规了，没有什么新意，于是改了主意，把三篇文章分成三本装订，每本售价减到十钱。

十钱一本的价格在当时算非常低了。即便是《中央公论》《新小说》那样的杂志，也要二十五钱一本。吾一想，虽说装帧差了些，像小册子似的，但毕竟是一本书，便宜得跟买本杂志差不多，估计一般人也都买得起。

吾一处处都以自己的喜好为标准。觉得自己感兴趣的读物，自己这样的人买得起的书，也一定会得到读者的喜欢。因为社会上的大多数人都是像他这样的穷人，他正是基于这样的信念，才自己办刊物的。

用下将棋的术语来说，胜负在此一举。自己走的这一步棋，将决定自己的成败。干好了就可以成为老板，失败了还得给别人打工。他把一切都压在了这个刊物上，把自己所有的智慧、经验和精力全部投入了进去。

书终于装订成册了。虽然使用了廉价的纸张，但由于吾一在排版、装帧上都下了工夫，所以它看上去完全不像十钱的刊物。

他立刻借来了平板车，自己推着书送到书籍批发店。他现在既是老板，又是工人。

估计书差不多已经被送到各个零售店时，他就到那些书店去转悠。一看到有的店家把他的书压在最下面，就请求人家摆到上面来。有时候，他会装作一般的顾客询问店家"这种刊物好卖吗？"来了解销售情况。

转了一圈后，吾一感觉销售的情况还不错。果不其然，过了两三天后，书商竟要求追加订货。

只是三个月以后才能结货款，所以刊物虽然卖得很好，但货款还没有收到，所以他手里没有一点现钱。于是，他只好再次跑去找老板，把追加的订单给老板看，恳求老板允许他加印。

老板二话不说就答应了他的要求，而且建议他，最好尽快再出几本，这样会更好卖的。于是吾一又从以前的速记稿中选了几篇好看的文章，仍然按上一批的模式出版发行了，同样卖得非常好。

但是，总是采用过时的演讲稿没有多大意思。经过一番思考，吾一走访了一个专科学校，跟校长商量，可否允许他将授课的内容速记成文，刊印出版。吾一之所以这样做，是因为他考虑到社会上像自己这样念不起书的人很多，出版这样的速记教材，可以让这些穷苦人买到便宜的讲义，从而起到向社会开放学校教育的作用，是一件很有意义的事。可是校长不赞成将学校的讲义编成这样的廉价小册子。他认为，这样一来，谁还愿意到学校来念书呢？吾一又跑了几个学校，都遭到了拒绝。

他一赌气，打算干脆出版讲义。可是，实在没有多少把握，只好作罢。

其间，最初出版的小册子的货款陆续收回了。成本低廉，所以利润很少，但由于一直卖得不错，还是赚到了钱。他灵机一动，用这种模式创办一个杂志如何？比起出版那些让人昏昏欲睡的讲义，不如发行一种十钱的杂志更有活力，也更有意思。

七

杂志的名称他已经想好了，就叫《成功之友》。

在编辑方针上，为了与刊名相符，将两个方面的内容作为杂志的中心，即健康与成功之道。因为，无论什么人都珍惜生命，也都希望事业成功。而且，这些文章还要尽可能编排得丰富有趣，深入浅出。再加上十钱的低价，人们肯定会喜欢的。

这种想法看起来好像非常自我，完全忽略了社会似的，但这绝对不是他一个人的错，因为正是时代不让人们意识到社会这一概念的。

读者可能不会相信，在这个时代，连《昆虫社会》这样的科普读物都被禁止发行。据说不是不准研究昆虫，而是因为在书名中有"社会"二字，才不准发行的。

如今在内务省里甚至都设置了社会局，但在那个时代，政府非常讨厌"社会"二字，一旦发现此二字，就一律禁止。

那时，国粹主义①当道，风行一时。在思想领域中，个人主义、实用主义很有市场，在文艺领域，自然主义盛行，不随波逐流仿佛就暗无天日一般。

---

① 明治中期，将欧化主义视为反动思想，兴起了国家主义、国粹主义的思潮。

而在农村，尽管连年丰收，却是陷入丰年亦灾年的困境之中。市场萧条，商品滞销。然而，天皇竟然还发布了厉行勤俭节约的戊申诏书。那个时代的日本就是这个样子。

吾一认为，在这种局势下，创办以健康和成功为内容的十钱的杂志，是最合时宜的想法。所以他决定现在开始做好充分准备，明年正月争取出版第一期。

要想办杂志，稿件光靠速记是不够的，所以他打算去找次野老师，请他也来写写稿子帮助自己。

虽然从老师那里得到的那笔钱一分也没有用上，但正是由于有了那笔钱，才下决心自己创业的。这一点他是决不会忘记的。

"出版刊物是可以的，但不能出那种无聊的东西。"

次野老师似乎对这种封面粗糙的廉价刊物很看不上眼。他把书籍看作是一种艺术品，装帧和内容都必须精益求精才行。

吾一见老师脸色不对，赶忙把话题转到办杂志上来。

"嗯，办杂志还有点意思。你打算办什么样的杂志呢？"

"我想办一本名为《成功之友》的杂志……"

"《成功之友》——这名字真不怎么样。"

"是吗？可我觉得挺不错的……"

"我最讨厌'成功'这种俗气的词了！杂志的名称，还是好好考虑一下吧。"

"这我可难办了，老师这么说的话……"

"你办这种杂志，哪里还需要我帮忙呢？"

"不，老师可别这么说。请老师务必帮帮忙……"

"你到底想让我帮什么呢?"

"这个嘛,老师,可以请您写写那种激发人们奋斗精神的立志小说吗?"

"你说什么,写立志小说?"

老师挽起单衣和服的袖子,吃惊地瞪着吾一。

八

"你在看我的小说吗?"

"嗯,大致看过……"

"你走吧!"老师瞪起眼睛,呵斥道,"你既然看过我的作品,为什么还来找我写那种东西呢?"

"……"

"无论多么穷,我也决不写那种破烂小说!"

"可是,老师,听说在德国,那种小说很多啊!"

"我不了解德国的文学。"

"我也是听说的,不大清楚。但听说那边有很多'教养小说''立志小说'什么的,就是描写一个人的成长过程,有名的文学家写了不少这类小说……"

"无论德国人写了什么东西,我是不会写那种东西的。说起来,我很讨厌德国小说,全都特别沉重,没有诗意的东西不能算文学作品。"

吾一不具备与老师谈论文学的素养,只好沉默了。

"爱川,你最近怎么变得贪婪了?又是出版了无聊的小册子,又是办这种庸俗的杂志,到底为了什么呢?"

"……"

"你说是因为对《东方新论》杂志感到失望才不干的,可是你现在要办的杂志,不又是一个《东方新论》吗?你做这些没有意义的事……"

"老师,《成功之友》和那种骗人的杂志可不一样!"

"哪里不一样?用'成功'这样轻薄的字眼去勾引读者,比《东方新论》杂志更卑鄙。当然,介绍某某人怎样出人头地,某某人怎样赚到一万元钱,这类报道无疑会受到社会上贪心的家伙们的欢迎,杂志也可能会大卖。但是卖光了杂志又有什么用呢?这不就等于把石头扔到马路上去绊人吗?还是不要干这种伤天害理的事吧。"

"可是,老师,这些报道会让人摔倒吗?应该是激发人们奋斗的勇气……"

"好了,好了!你跟我说这些干什么?难道你忘了我对你说过的话吗?'How to live?'如何生存,才是人生最重要的大事啊!可是你一味追求怎样才能成功、怎样才有出息,一天到晚就知道钻研这些,你到底想干什么?那种无聊的杂志还是不要办了!"

"……"

"你怎么这样看着我?你不明白我说的话吗?"

"不是不明白。不过……不过,我想老师好像也不能理解我……"

"我不理解你什么?"

"老师,我办杂志并不是为了获得成功,或让人觉得我有什么出息。我只是想要回顾自己曾经走过来的路。人不能任凭挨打受骂,被人欺负着过一生。就连压在石头下面的种子,都会顽强地生根、发芽。那么像我这样的人……像我这样的人……"

吾一也很激动,脸涨得通红。

九

当天晚上,吾一仍然到车间去拣字。

吾一知道一旦办起杂志来,就没有时间干这个活儿了。但是到目前为止,凡是自己能干的活,都是自己干的。十钱的小册子,后来销售情况越来越好,所以拣字排版等等即使承包出去,也不会亏本的,可是他丝毫不想放松自己。

外边大雨如注。雨点噼里啪啦地敲打着屋顶的铁皮,发出哭泣般的声音。

"诸位,牛顿就是这样坚持不懈地从事自己的实验的。他并没有去看望和解救那些可怜的人或悲伤的人。这一事实告诉了我们什么呢?不言而喻,那就是:每个人都应该踏踏实实地全力以赴做好自己分内的工作,以及总结想要做的事情。这不仅是为了发挥自己的价值,也是为了……"

吾一正在拣字时,突然亮起了一片白光,犹如破碎的白色电影胶片。文稿、铅字盒都融入一片白光之中。头上的电灯顿时变成了手提灯笼一般暗淡无光。就在此时,一声震耳欲聋的巨响突然在头顶上炸开,仿佛快要把铅字架给掀翻了,门窗也被震得哐当哐当响,玻璃仿佛都快被震碎了。吾一吓了一大跳,却没有停下手上的动作。他看着稿子,正要继续拣字时,一直忽明忽暗的电灯,突然啪的一声彻底灭掉了。

他一动不动地站在铅字架的前面。在空无一人的工厂里，只有他一个人伫立着，一道闪电划过，清晰地勾勒出了他的轮廓。"你听着，你就是你，知道吗？"他这样一遍遍地告诫自己要好好思考。

等了半天，电灯也没亮。他走到窗前，窗外已经开始泛白了。

然而，望着电闪雷鸣中下着的倾盆大雨，吾一反而感到异常痛快。他不由得伸开双臂，渴望那强有力的东西捶打自己的胸膛。

"How to live？"

老师说，如何生存是首要问题。但是，对于像我这样的人来说，这难道不是更大的问题吗？

老师毕竟是老师，我是我。归根结底，每个人都是不同的。我即便和老师那样的人相比，也是不一样的。

电闪雷鸣不知不觉间消失了。大雨渐渐变成了毛毛细雨，四周渐渐亮了起来。

电灯一亮，他想继续工作，可是突然又灭了。

伙房的老大爷轻轻地走上楼来。

"夜里的雷好大呀！"

"大爷，您这么早就起来了？"

"是啊。你昨晚又熬了一夜吧？"

"我以为电灯马上会亮起来，可是等着等着，天就亮了。"

"你真有毅力啊！"

"哪里，这不算什么……"

吾一揉了揉眼睛。他望见远方的天空像兔子耳朵似的透出了微微的亮色。房檐还滴答着绢丝般的几条雨滴。

"面包,面包,刚烤好的甜面包!"

胡同里响起了卖俄罗斯面包小贩的叫卖声。